KB133723

건달할배 채현국과 친구들

건달할배 채현국과 친구들

초판 1쇄 발행   2022년 9월 1일

지은이   황명걸 신경림 백낙청 염무웅 등
펴낸이   구주모
편집책임   김주완 김훤주
디자인   박인미
유통·마케팅   정원한
펴낸곳   도서출판 피플파워
주소   (우)51320 경상남도 창원시 마산회원구 삼호로38(양덕동)
전화   (055)250-0190
홈페이지   www.idomin.com
블로그   peoplesbooks.tistory.com
페이스북   www.facebook.com/pepobook

ISBN 979-11-86351-38-3 03800

건달할배
채현국과 친구들

황명걸 신경림 백낙청 염무웅 등 지음

차례

제1부

인사동에서 채현국 선생 ⓒ조문호

명동, 관철동, 인사동 세 시절

황명걸(시인)

내 생애에 '인사동 시절'이 있었다는 것은 큰 행운이었다. 1983년쯤부터 10여 년간 종로1가 큰길에서 안국동 로터리까지 인사동 거리에서 민병산 선생을 비롯해 천상병·박이엽, 신경림·민영·구중서·강민·황명걸, 채현국·임재경 등과 함께 어울려 지낸 세월은 잊을 수 없는 추억거리다.

민병산(閔丙山)은 충북 청주의 갑부 여흥 민씨 민영필(閔泳弼)의 장

2016년 3월 인사동에서 왼쪽부터 소설가 김승환, 시인 박정희, 시인 강민, 민속학자 심우성, 답게출판 사장 장소님, 채현국, 소설가 신경림, 화가 김이연, 장경호, 앞에 앉은 이는 조문호 ⓒ조문호

손으로 태어나, 동국대 사학과 전공이나 철학에 경도되어 나중에 인사동에서 그를 찾는 사람들 사이에서 '한국의 디오게네스'로 존경받았다. 〈새벽〉에 「死-擬哲學的 斷片」 발표를 시작으로 그 후 여러 교양잡지에 철학적 에세이들을 게재, 문필가로 활약했다. 그의 두툼한 유고집 『哲學의 즐거움』은 애호가들의 필독서이다. 우리보다 여섯닐곱 살 위로 장자 노릇하기에 알맞은 나이였다. 천상병(千祥炳)은 서울대 상대 경영학과 출신으로 〈文藝〉에 시 「강물」과 「갈매기」 그리고 평론 「事實의 限界-許允碩論」으로 추천 등단한, 특이한 경우의 시인 평론가다. 동창 강빈구(姜濱口)에게서 평소대로 용돈을 얻어 썼다는 이유로 동백림 사건에 연루돼 사람이 망가질 정도로 시달렸다는 소문은 유명하다. 박이엽(朴以燁)은 부산 수영 태생으로 이웃한 수영비행장에서 나오는 영문 포켓북을 독학으로 읽으며 영어를 익혀, 제대로 대학을 다니지 않고도 헨리 워즈워드 롱펠로우의 장시 『에반제린』을 번역 출간할 정도의 실력이었다. 인기를 모은 방송 시츄에이션글 〈아차부인 재치부인〉의 집필자로 방송 극작가로 머물고 만 건 아쉽다.

신경림(申庚林)은 동국대 영문과 출신으로 〈文學藝術〉에 「낮달」 「갈대」로 추천 등단한, 전에 볼 수 없던 농민시로 신선함을 몰고 온 「農舞」의 시인. 문명이 나면서 생활이 피기 시작하니 호사다마로 상처하는 불행을 겪게 돼 안타까웠다. 〈現代文學〉에 「童願」 외 시로 추천 등단한 민영(閔暎)은 학력은 미미하나 독학으로 한시를 번역할 정도로 실력을 갖춘 흙수저 시인이다. 구중서(具仲書)는 중앙대 대학원 문학박사로 〈新思潮〉에 평론 「歷史를 사는 作家의 責任」을 발표하면서 등단, 지금도 활발히 문학평론 활동을 펼치고 있는데, 뒤늦게 시조도 왕성하게 발표하며 호평을 받고 있다. 시구문 안에서 태어나 자라 광대한 동국대 시사단의 리더가 된 강민(姜敏)은 문단의 추천제를 못마땅해 해서 친구들 중에서 가장 늦게 〈自由文學〉에 등단하지만, 금성출판사에 임원으로 있으면서 친구들에게 일자리와 일거리를 주어 선행을 많이 쌓았다. 얼마 전에 '창비시선'에서 선시집 『백두에 머리를 두고』를 간행했다. 나 황명걸(黃明杰)은 이어령(李御寧)에 이어 서울대 문리대문학회 2대 회장을 지냈지만 불문과를 중퇴하고, 〈自由文學〉에 「이 봄의 迷兒」가 당선 등단한, 한때 판금되었던 시집 『韓

2014년 9월 시인 황명걸 시비 제막식에 참석한 채현국 선생

國의 아이』의 시인임. 본래 과작인 나는 게으른 데다가, 요즘 노쇠해져 시작도 제대로 못하고 있어 부끄럽다.

채현국(蔡鉉國)은 나와 동기의 서울대 문리대 철학과 출신으로, 백낙청(白樂晴) 명예교수와 함께 〈創作과 批評〉을 창간한 막후의 산파역이다. 부친의 광산개발로 뒤늦게 부자가 된 그는 혼자만의 부(富)는 값어치가 없다고 여겨 어려운 친구들을 도우니, 그의 도움을 받지 않은 친구가 없을 정도였다.

역시 나와 동기인 임재경(任在慶)은 서울대 문리대 영문과 출신의 영재로, 행동하는 지성인을 지향 사회참여파 인텔리겐차다. 박정희(朴正熙) 유신 시대에 자유언론을 외치다 파면된 조선일보 해직기자로, 국민의 성금을 모아 한겨레신문을 창간한 대표였다.

좀 더 정확히 이야기하자면 '인사동 시절' 이전에 '관철동 시절'이 있었고, 그 이전에는 '명동 시절'이 있었음을 말해야, 인사동 이야기의 사정의 흐름을 이해하기가 쉽다.

그러니까 6·25전쟁 휴전 후, 마치 1차세계대전 뒤 프랑스 파리에 '라벨 에포크'란 사조가 유행했듯이, 환도한 서울 폐허의 명동에 문인·화가·음악가·연극인들이 모여 예술을 꽃피웠으니, 다방 갈채·모나리자·청동·금문·동방살롱, 음악다방 엠프레스 등에 둥지를 튼 '명동시대'가 생겼다.

우리 젊은 시인 친구들은 송옥양장점 4층에 위치한, 국수 조남철(趙南哲)이 운영하던 송원기원에 나가 바둑을 두거나, 그 아래 금문다방에 모여 앉아 문학토론에 시간 가는 줄 모르며 열을 올렸었다. 당시 문인들은 대개가 동국대생이나 서라벌예대생 또는 그 출신으로 서울대는 거의 없었는데, 나를 보러 명동에 나온 서울대생들은 저들의 모임이 자신들과는 달라 무척 신기함을 느꼈고, 그 색다른 분위기에 젖어 보고 싶어해 학교 강의를 팽개치고 명동에 나오기 시작했다.

가난한 문청(文淸, 문학청년의 약자)들은 해 떨어지면 바로 맞은편 골목 안의 작은 술집-이름 그대로 젊은 과부자매가 꾸려가는-'쌍과부집'에서 주머니를 털어 술잔을 나누었었다. 물론 그 중심엔 천상병이 있었음은 두말할 것도 없고, 변변한 안주도 없이 소줏잔을 홀짝홀짝 비워댔는데, 어떤 때는 그가 빌어 모은 동냥돈마저 아깝게 없애기까지 했다.

우리는 '쌍과부집'에서 단골로 환대받는 손님이었는데, 한 번은 천상병이 짓궂은 장난기가 발동해 그 집 아들을 구겨진 잔돈 몇 푼으로 꼬드겨 자신을 "아버지!"라고 부르게 했으나, 노발대발한 작은 과부 추자댁에게 쫓겨나고 말았던 기억이 지금도 웃음 짓게 한다. 그녀는 입가에 검은 점이 박혀 매력인 미녀여서 천상병이 늘 놀려댔었다.

'명동백작' 원로소설가 이봉구(李鳳九) 선생은 명동극장 옆 골목 초입의 술집 '은성'의 터줏대감이었는데, 여기에는 주로 우리나라 화단을 이끌어가는 쟁쟁한 화가들 박수근(朴壽根), 손응성(孫應星)과 촉망받는 젊은 화우 문우식(文友植), 나병재(羅炳宰) 등 많이 모였다. 『剩餘人間』의 영화감독 유현목(柳賢穆)의 모습도 보였었다. 북구 출신의 헐리우드 여배우 그레타 가르보를 유독 좋아해 흑백사진으로 크게 뽑아 계산대 위에 붙여놓을 만큼 영화애호가였던 여주인은, 이웃한 국립극장 근처를 서성이던 연극지망생 아들이 성장해 오늘날 관록의 배우가 된 최불암(崔佛岩) 그분의 어머니시니, 그 피에 그 피라 하겠다.

음악다방 '엠프레스'에서는 아르바이트 청년 레코드플레이어가 작은 칠판에 백묵으로 곡명과 작곡가명을 적어 알려주곤 했는데, 그가 나중에 조선일보의 유명한 고정칼럼의 집필자인 논설고문 이규태(李圭泰)이다. 당시 공전의 히트를 기록한 베스트셀러 『한국인의 意識構造』의 저자이기도 하다.

또 한 분은 날씬한 몸매에 깨끗한 피부, 다비데를 닮은 준수한 용모의 주인공 미술평론가 이일(李逸)인데, 그는 나와 같은 불문과 대선배로서 나보다 더 학교 가기를 빼먹는 문제적 자유인으로서, 어쩌다 강의실 의자에 엉거주춤 앉는 날엔 텍스트가 없어 내 것을 함께 보기도 했었다. 비 오는 날에는 낮부터 혼자 나가 술 한 잔 걸치곤 돌아와, 젖은 하얀 코트를 벗으며 비에 젖어 더욱 곱슬거리는 머리카락을 손가락으로 빗어 넘기며 들어설 때는, 같은 남자가 보기에도 정말 멋져 보였다. 그리고 또 한 사람은 역시 같은 문리대 정치과 선배인 이기양(李基陽) 조선일보 기자. 갑자기 파리 특파원으로 발령이 나자 독어는 뛰어나나 불어가 따르지 못해 초속성으로 마스터해서 그 일을 감당해 내는 천재성을 보였던 그를 떠올리면, 지금도 감탄을 금할 수가 없다. 그는 독일의 리드보다는 프랑스의 샹송이 더 멋지다며 학교에 클럽을 만들어 샹송을 처음으로 교내에 전파한 앞서가는 학생이긴 했어도, 특파원으로서 불어 회화의 구사는 어림없는 실력이었기 때문이다.

음악다방 '엠프레스'가 이름을 '돌체'로 바꿔 명동공원 앞 지하실로 옮겨 음악감상실로 규모를 크게 늘렸는데, 어중이떠중이 다 모여 분위기가 전만 못했다. 그래서 나는 그 옆의 참한 다방 '창'에 자주 들르곤 했는데, 공원 안의 '할머니집'과 모퉁이의 '징기스칸', 충무로 쪽의 '비짓집' 그리고 동방살롱 앞의 지하실 '무진장'을 돌아가며 다녔다. 지척에 있는 녹두 지짐으로 유명한 '평양집'에는 어쩌다 가기는 했어도, 우리의 형편으론 분에 겨워 뜸했다.

세월이 흘러 이제 '명동 시절'은 접어들고 바야흐로 '관철동 시절'이 열리는데, 거기에는 기원의 메카 재단법인 한국기원 빌딩이 자리해 2층에 일반대국실이 있고 1층엔 유전다방이 달려 우리의 아지트로서는 적격이었던 것이다. 그런 데다가 출판사와 불가분의 관계에 있는 문인으로서는 주변에 여러 출판사가 널려 있어 편리했던 것. 이웃에 성춘복(成春福) 시인이 편집장을 하는 삼성출판사, 소설가 양문길(梁文吉)이 주간으로 있는 현암사, 근처 관수동에 신경림이 혼자 장구 치고 북 치고 편집하던 진문출판사, 종로1가에 민영이 운영하던 출판대행사 금란사 등이 있었다.

그리고 멀지 않은 곳 충무로에 자유문학사가, 효제동에 현대문학사가, 수송동에 신동문(辛東門) 주간의 주선으로 민병산이 기획위원으로 있던 신구문화사가, 그리고 그 신동문이 잠시 위탁받아 운영하던 '창비'가 그 옆에 흩어져 있어서, 교통이 편리한 한국기원은 우리가 이용하기에 적격한 집합처였던 거였다.

소학교 동창인 신동문 시인과 민병산 문필가는 둘이 성격도 판이하거니와, 바둑 급수는 같아 아마추어로 최고인 1급의 고수로서 기풍은 정반대여서, 신동문은 끊고 싸우고 재기가 탁탁 튀지만 민병산은 반면 운용이 조용하고 호수면 같고 관조적이다. 그래서 신동문은 늘 실전에 뛰어들고, 민병산은 곁에서 관전하는 편이었다.

술 사기는 바둑을 진 사람이 맡게 되어 있었는데, 바둑에 지구 술값까지 내야 하는 데 대한 위로로 "우리의 지도자!"라고 치켜세워 주었다. 그러나 철학적 에세이스트요 전기연구가요 바둑해설가인 민병산은 원고료를 받기만 하면 자기 주머니에 돈이 있는 게 죄인 것만 같아, 빨리 써 없애 죄책감을 떨쳐버리려고 술값은 노상 도맡아 치렀다. 우리는 늘 민 선생에게 얻어먹기만 해서 고맙고 미안했지만, 한편 갑부의 집안에 태어난 것을 원죄처럼 여겨온 그의 금수저 콤플렉스를 해소해 주는 역할을 했던 셈이다. 우리는 한국기원 맞은편 위에 있는 '꼬마집'에 늘 갔는데, 주인이 키가 작아 만만해 보여 편안하고 우리네 푼수에 맞게 작은 술집이었기 때문이다. 어떤 때는 미안해서 그 옆의 '언니집'에도 가끔 들렀다.

민병산 선생은 철학자답게 데이빗 소로우의 『월든의 사람들』의 소박한 삶(심플 라이프)의 지향과 야나기 무네요시의 『工藝文化』의 인간구원은 종국에 민예에 있다(하이 싱크)는 철학에 찬동하는 것은 그답다고 하겠다.

기존의 서예를 깡그리 무시한 채 자신이 하고 싶은 대로 붓글씨를 휘갈겨 쓰는 행위는 어쩌면 자기구원의 길을 찾아가는 나름대로의 처절한 노력의 일환이 아니었을까 생각된다. 그래서 전시회를 열어도 굳이 표구가 필요 없고, 쓴 붓글씨는 여럿이 나누어 가지는 데 의의가 있다고 보았다.

느릿느릿한 그만의 별난 걸음걸이로 어깨에는 늘 허름한 배낭을 메고 다니다 찻집에 자리를 잡고 앉으면 자신을 따르는 사람들에게—그 대상이 학자이든 문인이든 예술가든 장인이든 각종각양의 직업인이든 그리고 지성적인 여성이든 가리지 않고—붓글씨를 주는 광경은, 예수가 그를 따라 구름처럼 모인 사람들에게 말씀과 함께 빵과 포도주를 나누어주는 선지자의 모습과 흡사했다.

그런 그가 관철동을 떠나 볼거리가 있어 사람들이 많이 모이는 인사동으로 더 많은 동조자를 만나기 위해 본거지를 옮긴 것은 자연스러운 추이라 할 터. 인사동 거리에는 화랑·도예전시장·공방·민예품점·골동품 가게가 있고, 필방·표구점·목각점이 있고, 고서점·책방이 있어 볼거리가 다채롭고, 한편 전통찻집·한정식집·실비집 등 갖가지 먹을거리도 더해져 여러모로 둘러볼 만했던 것.

임재경이 발의한 일인데, 그것은 선생으로 하여금 변두리의 코딱지만한 사글세방을 전전하며 쌓인 책더미에 밀려 다리 펴고 한 몸 누이기조차 힘든 열악한 주거환경에서 벗어나게 하기 위해 친한 지인인 건축가 조건영(趙建榮)이 설계·시공한 높지 않은 가격의 불광동 독신자용 다가구주택을 우리 후학들이 얼마씩 각출하여 마련해 드리자는 것이었다. 그런데 정작 당사자는 이를 수용할 수 없다고 극구 사양하는 것을 갖은 설득으로 입주를 성공시킨 것은 참으로 잘한 처사였다.

2015년 11월 임재경(앞줄 오른쪽에서 네번째) 회고록 출판기념회에서

　한데 나는 나대로의 생각이 있어 이에 반대하여 십시일반에 참여하지 않았던 점을 지금도 후회하고 있다. 내가 민 선생을 따라 활동처를 인사동으로 옮기지 못하고 관철동에 혼자 남아 짝 잃은 기러기처럼 외로움에 겨워했던 괴로움은 이 글을 쓰면서도 절절하다. 하지만 나도 뒤늦게나마 민 선생과 친구들을 좇아 인사동에 나갔으니 불행 중 다행이 아니고 무엇이랴!

　천상병 시인의 부인인 목순옥(睦順玉) 여사가 경영하던, 천 시인의 대표시 제목에서 옥호를 따온 찻집 '歸天'을 주로 하고, 전통찻집 '隨喜齊'를 부로 하여 민 선생은 인사동을 주무대로 누비며 참으로 많은 사람들에게 올바른 삶의 철학을 깨우쳐 주셨는데, 많은 지식/많은 돈/많은 행동은 필요 없이 그것들이 적을수록 좋다며, 자신에게는 엄격하면서 타인에게는 관대하면서, 기진맥진 초췌한 모습이면서도 목소린 카랑카랑하고 눈빛은 형용했다. 끝없는 자기응시의 내면적 몰입에 최선을 다한 민병산! 그는 늘 끼니를 '누님칼국수집'에서 검소하게 잡수시며 입는 것도 남루에 가깝 도록, 다 헤어진 벙거지를 삐딱하게 쓰고 한쪽으로 쓰러질 듯 위태롭게 걷 던 거리의 수행자였다.

그런 선생을 위해 소설가 강홍규(康弘圭)가 회갑연을 마련해 드리자 고 제의해 모두의 찬동을 얻어 '수희재'에서 열기로 하고, '수희재' 주인 장 문정(張文貞) 여사는 연회를 위해 설빔까지 장만했는데, 환갑 하루 전날 인 1988년 9월 19일 심야에 평생을 괴롭히던 지병인 심한 천식으로 숨이 막혀 돌아가시니, 오호통재라 우리는 선생을 잃었다! 선생과 같은 폐쇄성 폐질환으로 그의 뒤를 이어 저세상으로 간 박이엽, 그리고 같은 병으로 언 제 종언이 찾아올지 모른다는 경고를 받고 있는 나로선 걱정이 아닐 수 없 다. 그 후 천상병이 선생을 따라가고, 최근에는 채현국마저 먼저 가니, 아 인생이 덧없다! 이제 내 주변에 살아있는 친구가 몇 없다.

그러니까 이제 종로 큰길 건너 가까운 관철동에 갈 발걸음이 차츰 뜸 해지고, 거기서 청계천을 건너 을지로 거쳐 서울극장을 지나 천주교 명동 성당 드높이 자리한 종현고개를 넘어 명동으로 가는 길은 거의 없어졌다. 그야말로 '인사동 시대'도 끝난 것이다.

이제 인사동에는 대충 중요한 사진작가 조문호(趙文浩)와 서지학자 김영복(永福) 그리고 전시기획자 김명성(金明成) 세 후배만 남았는데, 이들의 연배가 우리보다 아래여서 다음 기회에 언급하겠다.

채현국 선생님을 기리며 할머니 꼰대가 되지 않기를

고은광순

(평화어머니회 상임대표, 평화어머니공동체마을 추진 중)

엘리베이터 안에서 만나 부탁을 드리다

내가 채현국 선생님을 처음 만난 것은 2015년 초겨울 수운회관 엘리베이터 안이었다.

2014년 한겨레에 실린 이진순 선생님과의 인터뷰에서 채 선생님은 호주제 폐지 운동을 하며 겪었던 할아버지 꼰대들과는 너무나 격이 다른 모습을 보여주었다. 내가 만난 할아버지 꼰대들은 남성 중심 신분등록제도인 호주제 때문에 여태아 감별 낙태가 한 해에 평균 6만여 명씩 이어지고 있던 그 시절에도 호주제 폐지를 이야기하는 우리들에게 '네 애비 붙어먹을 ×들'이라며 모진 악담을 했다. '모든 인간은 자기의 성과 본을 후손에게 물려주기를 원한다'며 '모든 인간' 속에 여성을 제외시켰던 경찰대학 교수 꼰대도 만났다. '고은광순이 하는 말에는 한 마디도 틀린 말이 없지만 앞에 있다면 멱살을 잡고 싶다'던 법대 교수 꼰대의 이야기도 전해 들었고, 토론 상대로부터 '총 한 방이면 될 걸 뭐 하러 토론회에 끌려 다니냐'는 소리를 하더라는 꼰대의 이야기도 전해 들었다. 하여튼 그 무렵 나는 할아버지 꼰대들의 폭력성에 기함을 하고 있었던 터라 할아버지 꼰대들은 무시를 당해도 싸다는 채현국 할아버지의 인터뷰를 보고는 묵은 체증이 내려가는 시원함을 맛보았다. 세상에, 이렇게 깨인 노인네도 있었네. 그런데 그분을 엘리

여성동학다큐소설의 작가들에게 큰절을 하시는 채현국 선생님. 예상치 못한 일이어서 급히 사진을 찍었더니 초점이 흐리다.

베이터 안에서 만난 것이다. 수운회관 12층에 있는 출판사 '모시는 사람들'을 찾아가던 참이었다. 나는 그를 단박에 알아보았다.

"어머 채현국 선생님 아니세요? 저희 여성들 십여 명이 여성동학다큐소설 열세 권을 써서 곧 출판기념회를 할 건데요, 오셔서 축사를 해 주시면 감사하겠습니다."

처음 대면하는 자리에서 급히 부탁을 드렸건만 선생님은 흔쾌히 허락을 해 주셨다.

파격적인 선생님의 큰 절

명상스승의 안내로 2012년 청산에 집을 지을 때 도종환 의원은 청산에서 태어난 정순철의 평전을 보내주었고 이것이 박맹수 교수님의 지도 아래 13권의 여성동학다큐소설로 태어나는 불씨가 되었다. 도종환 의원, 정순철의 아들 정문화 선생님, 유시춘 선배 등이 참석한 출판기념회에서 채현국 선생님은 축사를 하시기에 앞서 갑자기 무대 위에 앉은 우리 작가들에게 큰절을 하셨다. 우리도 황망히 일어나 맞절을 드렸다. 상명하복, 위계질서 깨기, 권위주의의 파괴는 나도 주장해온 바이지만 채현국 선생님의 급습(^^)은 과연 선생님다운 것이었다. 백 마디의 축사와 격려사가 이 보다 더 가슴을 파고들 수 있으랴.

소설을 쓰는 내내 동학언니들을 뒤에서 밀어주신 박맹수 교수님은 그 후 얼마 안 되어 원광대학 총장이 되셨는데 형님 되시는 박인수 선생님이 채 선생님과 여성동학작가들을 초대해 음식을 베풀어주셨다.

선생님이 이사장으로 계시던 개운중학교, 효암고등학교 정원에는 덩치 큰 로즈마리들이 학교 앞뒤로 지천으로 심어져 있다. 오래 전 어느 수녀님이 버리려 하는 것을 얻어와 교정에 심으셨다는데 향기가 강해 모기 등이 범접을 못한다고 하셨다. 엄청나게 번식을 잘 했던 모양이다. 청산 내 집 마당에는 여러 차례 심어도 잘 자라지 않아 애를 태우던 로즈마리. 한 그루 주시라고 차마 용기를 내지 못한 것이 후회스럽다.

홀로서기 힘든 독거노인

몇 년 전에 채현국 선생님은 가평에 사는 박○○ 선생님을 찾아가 달라고 부탁을 하셨다. 초기 방송작가였고 여성PD로 원폭문제와 관련한 책도 쓰시고 외국에서 상도 받았다고 한다. 이후 환경문제에 관심을 가져 화학농업의 위험을 알리고 친환경농업을 위한 모임도 주도하셨다는데 그분의 주거환경이 심히 열악하다고 하니 집안 정리를 위한 해법을 찾아봐 달라는 부탁이셨다.

찾아간 그분의 댁은 나무로 둘러싸인 숲속의 단독 주택이었는데 과연 집 안에는 온갖 물건들이 쌓여있어 운신하기 힘들 지경이었다. 그러나

2015년 12월 5일 여성동학다큐소설 출판기념회. 청산에서 함께 올라가신 두 분의 동네 할머니와 나란히 앉으셨다.

본인이 타인의 도움으로 정리하는 것을 완강히 거부하므로 할 수 없이 돌아온 후 시간이 흐르면서 잊고 있었다. 그러다가 며칠 전 우연히 페북에서 풀무원 창업자 원경선의 딸이며 경기도 포천에서 평화나무 농장을 일구고 있는 원혜덕 님의 박○○ 선생님 관련 글을 보게 되었다. 생명역동농업으로 40년 넘게 농사를 지은 김준권, 원혜덕 부부가 그 뒤로 박○○ 선생님을 빌라로 이주하게 하고 비용을 부담해가며 전일 요양보호사를 오게하는 등 애를 쓰셨던 모양이다. 최근에는 그들이 성년후견인이 되어 95세가 된 그분을 돌보려 하는데 융통성 없는 공무원들 때문에 문턱을 넘기 힘들다는 내용이었다. 많은 페친들의 도움으로 해결이 된 모양이지만 결혼, 출산이 급격히 줄어드는 이 시대에 혼자 사는 독거노인들 문제가 주변의 저와 같은 친절한 이웃들에 의해 모두 해결될 수는 없는 일이다.

　내가 태어나고 자란 서울을 떠나 명상공동체 마을을 만들겠다며 청산 삼방리에 자리 잡은 것은 올해로 10년이 되었다. 산속의 외딴 집에서

동학언니들, 신경림, 채현국 선생님과 함께. 수염 나신 분은 민교협을 꾸리셨던 유초하 선생님

책 쓰기, 평화운동, 행복마을 만들기, 실미도 공작원 암매장지 발굴추진 등 도시생활보다 오히려 더 바쁘게 동분서주하며 살았다. 함께 명상마을 공동체를 만들자고 땅을 장만한 도반들은 이러저러한 사정으로 도시를 떠나지 못하고 있다. 공동체마을 만들기는 언제나 가능하려나?

공동체의 첫 삽을 뜨게 되다

그런데 얼마 전에 싼타 아짐이 나타났다. 오래전부터 알고 지내던 그녀는 3년 전에 아파트로 이사 가며 기르던 개를 내게 맡겼던 대학 후배다. 사업 하던 남편이 대출을 받아 아내에게 모처럼 마음 놓고 써보라고 준 돈을 들고 그녀가 명상공동체 주변의 필요한 땅을 사겠다고 우리 집에 나타난 것이다. 내셔널트러스트 운동 등을 하며 문화유산보전, 환경보전에 관심을 기울였던 그녀는 엄혹한 시집살이로 심신이 망가져 갈 때 호주제 폐지 운동을 하는 선배들의 악전고투를 보며 여러 차례 죽음을 극복할 용기를 얻었다고 했다. 그녀의 부채질로 손가락만 빨고 구입하지 못하고 있던 땅을 구하고 보니 한쪽에는 평화어머니들의 공동체마을을 꾸려도 좋겠다는 생각이 들었다.

평화어머니들이 누구인가. 2015년 여성동학다큐소설이 마무리될 무렵, 세계의 평화, 한반도의 평화를 방해하는 것이 미국의 군사주의자들임을 깨닫고 미 대사관 앞에서 일인시위를 하기 위해 조직된 어머니들이 아닌가? 지금까지 550회 가까이 미 대사관 앞에서 피켓을 들어왔다. 그녀들에게는 루이비똥, 샤넬 등 명품백이 눈에 들어오지 않는다. 수영장에 다니며 몸매를 다듬거나 늘어진 얼굴 볼살 리프팅을 하는 것도 관심에 없다. 노후 비자금? 당연히 안중에 없다. 현수막을 착착 접어 빛바랜 백팩에 넣어 가지고 다니며 언제 어디서라도 기동성 있게 '미국은 평화협정 당장 하라!'는 문구를 펼칠 준비가 되어있는 일당 백 하는 여성들. 그녀들 십여 명을 이곳으로 모셔 오리라!

경사진 땅을 고르고 아주 작은 거처 십여 개를 배치하고 가운데에는 공동식당과 모임 장소를 마련해야지. 정신이 오락가락해서 여기저기에서 푸대접받으며 근근이 살고 있는 그녀도 올 수 있으면 좋겠다. 여기에서야 어우렁더우렁 채소와 꽃밭 가꾸며 설거지 돕고 안전하게 함께 살 수 있을 것 아닌가. 최소한의 돈으로 최고의 생산성을 발휘해야지. 세상의 무기 장사꾼들을 모조리 녹여버릴 레이저빛을 단체로 쏘아대야지. 가끔은 고문당하고 조작당하여 주눅 들고 세상을 원망하거나 두려워하는 사람들을 초대해서 따듯하고 아름다운 채식 밥상을 차려드려야지. 아이들에게 평화가 무엇인지 체험할 수 있도록 해주어야지. 꼰대 할머니 할아버지 없는 이곳에서 곳곳에 로즈마리 향기 퍼뜨리며 자연 속에서 아침부터 저녁까지 유쾌, 통쾌, 상쾌하게 살아야지.

채현국 이희종 고은광순

　과거의 무서운 시어머니들, 꼰대 할머니들은 청산 삼방리에서는 발
붙일 수 없을 것이다. 피해당하고 숨어서 흐느끼는 우울한 그녀들도 없을
것이다. 독거노인으로 혼자 쩔쩔매며 사는 일도 없을 것이다. 아직은 땅밖
에 마련된 것이 없지만 함께 꾸는 꿈은 이루어진다고 했으니 공동체의 선
을 향하여 애를 쓰는 야(野)한 여자들을 채현국 선생님도 멀리서 축복해
주시리라.

'라 마르세예즈'의 밤

김보경

(『낭독은 입문학이다』 저자, KBS1라디오 '라디오전국일주-우리땅예술기행' 패널)

부음(訃音)을 듣고 아이쿠 싶었다. 심장이 철렁하고 눈앞이 잠시 아득해졌다. 뵌 지 두 달 정도밖에 안 됐는데, 그때 혈색도 좋고 건강하셨는데, 어떻게 이런 일이……. 너무도 황망했다. 힘차고 씩씩하고 우렁찼던 '라 마르세예즈'는 어찌 된 일인가. 얼마나 환히 웃으시면서 크게 입을 벌리고, 단전(丹田)에서 우러나온 목청으로 부르시던 '프랑스 혁명가(革命歌)'였던가. 지금도 귓전에 뱅뱅 돌고 있는 그 노래.

> "일어나라. 조국의 아이들아. 영광의 날이 왔다. 우리에 대항하여 압제자의 피 묻은 깃발이 일어났다…… 무기를 들라 시민들이여. 대열을 갖춰라."

이가 몇 개 남지 않아서 발음이 새는 것은 문제가 아니었다. 유창한지 아닌지 가늠할 수 없는 불어로 목젖아 떨어져라 허공에 대고 노래를 부르셨다. 고기를 굽고 술잔을 돌리다 흠칫 놀란 일행들이 입을 딱 벌렸다. 제주 서귀포 예래마을의 한 과수원에서였다. 말이 과수원이지, 제법 규모가 있는 감귤 농원이었다. 예래마을이 '외래 자본'에 잠식당하는 걸 막아 낸 제주 사람 '강민철'이 주인장이었다.

서울에서 나고 자라, 갯내 나는 바닷가 마을에 깊은 동경(憧憬)을 갖

26   건달할배 채현국과 친구들

고 있던 나는 운이 좋았는지 제주도 모슬포 여자와 결혼해서, 그 핑계로 제주를 뻔질나게 드나들었다. 일을 핑계로, 때로는 일 없이도, 여럿이도 혼자도 걸핏하면 제주국제공항에 내려 그 바람의 냄새를 맡아보고야 마음이 놓이곤 했었다. 그러던 어느 한 시절에 제주 사람 '강민철'을 만났었다. 한 해에 몇 차례 만나면서 친분을 쌓은 나는 그가 보통 인물이 아님을 알게 되어 내심 존경심을 품게 됐다.

그는 화교(華僑) 자본이 어리숙한 이 나라 국토부 공무원들과 영합해서 다닥다닥 주택개발로 분양이나 해 먹고 빠지자던 예래마을을 난장판에서 구한 인물이었다. '화교 자본'이 애초 약속된 법정 개발(유원지 개발법) 방식을 어기고 난개발을 하자, 토지주로서 이에 제동을 걸어 결국 대법원에서 최종 승소한 집단 민사소송을 주도했었다. 최종 판결이 날 때까지는 말할 것도 없고 판결이 난 뒤 법정부적인 대안을 모색하는 내내 가슴에 피멍이 든 채 묵묵히 고통의 세월을 견뎌낸 이순신 장군 같은 인물이었다. 제주 사람이지만 그는 세계인의 안목과 식견, 배포와 용기를 두루 갖춘 상남자였다.

그런 그가 불과 몇 년 전 채현국 선생과 인연을 맺고, 선생의 제주 생활과 근황을 사진과 대화를 곁들여 SNS에 올리면서 하루하루 감격해 하던 모습은 나에게 아주 감동적이었다. 깜짝 놀란 나는 곧장 전화를 걸어 "아니, 어떻게 채 선생님을 만나게 됐어?" 물으며 한참 수다를 떨었다. '만날 사람은 이렇게도 만나는구나' 싶으면서 소름이 돋았던 기억이 생생하다. 두 인물에 대해 어느 정도 알고 있던 나는 작은 거인, 큰 거인이 우리나라에서 제일 큰 섬에서 다시 만나 어떤 드라마를 연출할 것인가 가슴이 설렐 정도로 하루하루 궁금했다. 그러던 차 벼르고 벼르다 제주를 가게 됐고, 드디어 큰 거인 '강민철'의 농원에서 선생을 뵙게 된 것이다.

"어디서 봤는데…… 아유, 늙으니까 통 기억이 안 나요. 이거 미안해요." 기억이 안 나면 안 나시는 채로 나는 선생의 얼굴을 감격스런 눈으로 마주하고, "강민철은 어떻게 알게 되셨냐"고 되물으며 이냥저냥 둘러댔다. 연배 차이 탓에 인생이 엮이지는 못 했어도, 선생의 일대기를 조금이나마 아는 처지에서 우선 가슴이 뭉클하지 않을 수 없었다. 얕은 인연이나마 주절대고 싶었지만, 대가(大家) 앞에서 허튼 소리를 주절댈 수는 없었다. 한 번을 쳐다보아도 깊은 눈빛인 선생이 잠시 뒤, "아…… 아…… 내 생각났다." 그러셨다. 쑥스럽고 민망해서 고개를 푹 숙였다. 그 마음을 아셨는지 더 묻지 않으시고, "야, 참 반갑네, 반가와. 여기 고기가 익어 가는데 고기나들 먹자고, 한 잔씩들 허고. 나는 이가 영 형편없어서 고기를 잘 못 먹어요. 나 개의치 말고 어서어서 많이 들어요. 그게 내 마음에 흐뭇해요. 어서 들어요." 나는 더 드릴 말씀이 없었다.

그 순간부터 농원에 딸린 일터라서 다소 허섭하고 허름하던 공간이 갑자기 파티장이 되었다. 그 우렁한 목청, 따스한 배려, 말씀 사이에 깊은 울림들이 마법을 부렸는지, 일행들은 아연 활기가 돌고, 술잔도 돌고, 노래도 돌았다. 나는 중뿔나게 시를 한 편 낭독했다. 윤후명 선생의 '사랑의 길'이라는 짧은 시였을 것이다.(윤후명 선생의 소설 「삼국유사 읽는 호텔」에는 북한에서 남한의 문인들을 초청했던 여행에서 채현국 선생과 룸메이트가 되어 잠시 함께 지냈던 일화가 소설적 기법으로 기록되어 있다. 나는 이 사실을 진작 알고 있었다.) 작은 아궁이처럼 생긴 불가에서 시를 낭독하니 제법 기분이 좋았다. 친구 강민철도 흐뭇하게 쳐다보고 있었다. 그의 아리따운 아내가 그를 뒤에서 바라보면 그는 가장 행복한 표정을 짓곤 했었는데, 그날도 딱 그랬다. (채 선생이 돌아가신 뒤 불과 얼마 뒤 평소 앓던 암으로 돌아가신 고인을 추모한다.)

뒤켠에서 흐뭇하게 지켜보시던 선생이 "거 노래도 한 곡 해보지." 하며 부추기셨다. 아마 나는 "목숨 걸고 쌓아올린 사나이의 첫사랑……" 이렇게 시작했을 것이다. 제법 꺾고, 제법 구성지게, 밀고 당기며 맛을 내어 불렀는데, 나는 이 노래만큼은 반주 없이도 잘 불렀다. 일행들이 박수를 쳐주자, 나는 오늘의 이 자리가 아주 오랫동안 뇌리에 박히리라 예감했다. 두어 사람이 더 노래를 불렀던가? 아주 낭만적인 비닐하우스의 '문학의 밤'이 깊어가고 있었다. 선생은 중간중간 추임새 넣듯 이야기를 섞으시며 특유의 웅숭깊은 철학적 알레고리와 깜짝 놀랄 역사적 사실들을 재바른 입담으로 흥미롭게 떠벌여 주셨다. "아, 이 노인네가 주책맞게 젊은 사람들 앞에서 떠벌이는 걸 용서하세요."라는 추임새도 잊지 않으셨다. 아무도 작정하지 않았고, 아무도 미리 준비하지 않았건만, 두 거인의 만남이 지남철 효과를 내서 이래저래 판이 벌어지자 그 겨울밤의 허름한 장소가 그토록 아름다울 수 없을 정도의 '우주적인 공간'으로 빛이 났다. 별이 쏟아질 듯 휘황하던 밤이었다.

그 순간. 갑자기 선생이 노래를 부르셨다. 작은 팔을 흔들면서 고개를, 장닭이 홰 돋우듯 돋우시면서 불렀는데, 처음에는 무슨 노래인가 싶었다. 다들 눈이 휘둥그레졌다. 몇 소절 지나자 비로소 이 노래의 우렁차고 기운찬 가락으로 미루어 '라 마르세예즈'(La Marseillaise)임을 나는 알아차렸다. 전설의 프랑스 혁명가(革命歌), 지금은 프랑스의 국가(國歌)인 그 노래를 원어(原語)로 이토록 힘차게 부를 수 있는 인물은 우리나라에 단 한 사람, 채현국 선생뿐이었다. 프랑스말을 안다고 해서, 또 그 노래를 부를 줄 안다고 해서 다 부를 수 있는 게 아니었다. 설령 부른다 하더라도, 그 노래의 생동하는 기운을 단전(丹田) 밑에서 끌어 올려 자신감 넘치게 부를 수 있는 인물은 선생 말고는 없을 것이었다. 나는 민망함과 쑥스러움을 떨치고 고

마움과 감격의 표정으로 선생을 우러르며 그 노래를 들었다. 일행도 따라 부르고 싶으나 가사도 곡조도 몰라서 어쩔 줄 몰라 입매만 옴씻옴씻하면서 선생의 노래 부르는 얼굴만 뚫어져라 쳐다보고 있었다. 선생은 환하게, 너무 환하게 웃으며 마디마디 기(氣)를 넣어서 부르셨지만, 나는 알 수 없는 한(恨)의 응어리짐 같은 것을 순간순간 느끼며 그 노래를 들었다.

20여 년 제주를 드나들었지만 가장 잊지 못할 제주의 기억은 바로 그날 2월의 겨울, 그 '라 마르세예즈'의 밤이었다.

그런 선생께서 단 몇 달 만에 서거하시다니, 나로서는 믿을 수가 없었다.

아마도 그날 밤 그 '혁명의 노래'가 선생이 이승에서 부른 마지막 노래가 아니었을까 싶고, 선생만큼 그 노래가 어울리는 참다운 혁명가 계보의 인물이 다시 나올까 싶어 아득하고 슬픈 마음이 아직도 가득하다.

채현국 선생의 존댓말

김운성(소녀상 조각가)

늙은이들이 젊은 사람들 앞에서 나이와 고집을 앞세우고 꼬장 부릴 때 채현국 선생은 존대말로 젊은이들을 한순간에 사로잡았다.

태극기 들고 눈 희번덕거리며 민주진영 젊은이들 만나면 지팡이부터 올리는 철없는 늙은이들과는 사뭇 달랐다.

작지만 깡과 정의로 단련된 다부짐은 항상 환한 미소로 다가왔다.

선생님과는 주로 음주를 하는 자리가 많았는데 과거 학창시절 덩치 큰 깡패들 꼼짝 못하게 하셨던 무용담도 재미있었지만 주로 오늘을 살아가는 자세에 대한 이야기가 항상 묻어 나왔다.

그 분은 이미 세상의 스승이셨다.

채현국 선생님께서 우리 조각가 부부에게 이야기했던 세 가지가 있었는데 하나는 채현국 선생님 아버님(존함을 모릅니다) 흉상을 제작하려는 말씀을 하셨다. 사진을 준비해서 준다고 하셨는데 결국 성사되지 못했다.

두 번째는 평화의소녀상을 부산항 부둣가에 세워야겠다고 하셨었는데, 그 장소가 여인들 끌고 가는 마지막 장소라고 하셨는데 이도 실행되지 못하고 말았다.

마지막으로는 양산에 있는 본인 학교에도 평화의소녀상을 세워서 아

31

이들에게 다시는 이런 아픔이 없게 하라는 교육적 목적을 가지셨었는데 이 또한 아쉽게 이루어지지 못했다.

우리 부부가 만날 때 가끔 어린 딸도 함께 만난 적이 있었는데, 딸을 보자마자 채현국 할배가 산타할배가 되어 주머니에 손부터 넣고 돈을 빼서 딸 손에 지폐를 쥐여주시곤 했다. 아마 채현국 할배는 주는 행복을 마음껏 누리신 분이 아닌가 싶다. 탄광 처분을 할 때 재산을 똑같이 분배해 나눠 주신 일화는 백미 중의 백미가 아닌가 한다.

아마 우리와는 나이 차이가 현격히 있었지만 성심껏 이야기해주신 내용도 그런 나눔이 아니었나 생각된다.

한 번은 공간과 시간에 대해 필요성에 대해 이야기를 나누고 있었는데 채현국 선생님께서 시간과 공간은 하나라 나눌 수가 없는 거라 말씀하셨다. 이게 무슨 말씀이신가 곰곰이 생각해보니 채 선생님은 우주 탄생 이론인 빅뱅을 말씀하시고 있었던 것을 알게 되었다. 그제서야 아! 이 분 전공이 철학이었지 했던 적이 있다.

원고 청탁으로 채현국 선생님을 다시 한 번 돌아보는 계기가 되어 고맙다.

그리고 채현국 선생님이 말씀하셨던 아버님 흉상과 평화의소녀상 계획은 아쉽게 되었지만 채현국 선생님 초상 조각이라도 제작하여 선생님을 기억하는 분들에게 보여드려야겠다는 생각이 문득 들었다.

풍운아 채현국

김주완(전 경남도민일보 이사, 편집국장)

"주완이 혀~엥!"

가끔 채현국 선생은 이렇게 나를 불렀다. 무려 28년이나 어린 나에게 '형'이라니….

선생은 나이 어린 사람이라고 하대하지 않았다. 그건 일본 사람들 습관이라는 것이다.

"퇴계는 스물여섯 살 어린 기대승이랑 논쟁을 벌이면서도 반말 안 했어요. 형제끼리도 아우한테 '~허게'를 쓰지, '얘, 쟤…' 하면서 반말은 쓰지 않았지요."

그래서 나에게도 늘 높임말을 썼다. 선생은 또한 "인류 나이로 치면 젊은이 나이가 노인보다 많다"고도 했다. 처음 만나 인터뷰할 땐 나를 '선생님'이라 칭했다. 그러다 친해지니 '형'이라고까지 불렀던 것이다. 인류 나이로는 내가 선생보다 형이었던 것이다.

이렇듯 선생은 늘 기존관념과 상식을 뛰어넘었다. 이런 선생의 육성을 기록으로 남겨두고 싶었다. 그래서 나온 책이 『풍운아 채현국』이었다. 이 책을 위한 인터뷰에 앞서 선생은 절대 자신을 '훌륭하다든지 근사하다든지 하는 식으로 쓰지 말 것'을 조건으로 내걸었다. 만일 그런 식으로 자

2014년 『풍운아 채현국』 출간에 앞서 양산 개운중학교에서 김주완 기자와 인터뷰 중인 채현국 선생

2015년 1월 『풍운아 채현국』 출간 후 경남 진주에서 열린 북콘서트에서 이임호, 여태전 선생과 함께

신을 미화하거나 하면 '불 싸지르라'며 화를 낼 것이라 경고했다. 그래서
책은 선생의 육성 그대로, 내가 찾은 자료 그대로, 사람들이 그를 언급한
말 그대로 건조하게 풀어썼다.

책이 나온 후 출판사에는 전국에서 각종 단체의 강연 요청이 쏟아졌
다. 선생의 삶을 다큐멘터리로 만들겠다는 방송사도 있었다. 선생은 웬만
한 강연 요청에는 다 응하면서도, 방송 출연은 매체를 가렸다. 'SBS 스페
셜'이라는 다큐 프로그램과 'OBS 명불허전'이라는 대담 프로그램 작가와
연결시켜 드린 적이 있는데, 둘 다 출연을 거절하셨다. 며칠 뒤 거절 이유
를 물었다.

"광고 장사가 언론인 체하고 돈 벌어들이는데 (내가) 이용당하거나 동
원될 일은 없다고 했어요." OBS 출연을 거절한 데 대해선 이렇게 덧붙였

다. "유인촌이란 친구, 배우 할 땐 괜찮다 싶더니 장관 할 때 보니까 영 아니더군. 난 그런 친구 싫어. 그래서 싫다고 했어요." 알고 보니 '명불허전'의 진행자가 유인촌이었다. 선생은 매체의 성격과 프로그램 진행자까지 꼼꼼히 따져보신 것이다.

그런 분이 얼마 후 '뉴스타파 목격자들 – 건달할배 채현국'이라는 다큐에 출연했다. 거긴 왜 응했을까? "기자들이 튕겨져 나온 곳인 줄 알아요." 해직기자들이 만든 대안언론이어서 그랬다는 것이다. 그렇게 뉴스타파의 다큐는 선생에 대한 소중한 영상기록으로 남았다. 이를 보면 내가 몸담고 있던 경남도민일보나 그보다 앞서 한겨레 인터뷰에 응했던 것도 두 매체가 '시민주주 신문'이기 때문이 아니었을까 싶다.

한 가지 마음에 걸리는 건 그 많은 강연에 응하느라 무리하다 보니 병환이 더 빨리 진행된 건 아닐까 하는 점이다. 웬만한 강연엔 함께 가보려 했지만 젊은 나도 도저히 소화하지 못할 정도로 일정이 많았다. 강연 때마다 뒤풀이가 있었고 술이 돌았으며 선생은 이를 마다하지 않았다.

선생은 음식을 잘 씹지 못하셨다. 서른다섯에 당뇨가 오면서 이가 다 빠졌다고 했다. 그러나 선생은 임플란트는커녕 틀니도 하지 않았다. 그래서 물었다. 왜 인공치아를 해넣지 않으셨냐고.

"그만 처먹으라고 이 빠진 건데 그걸 또 해넣을 겁니까? 그렇지 않아요? 당뇨라는 게 많이 먹어서 나는 병인데…. 이를 안 해넣었기 때문에 적게 먹어서 내가 이렇게까지 살아 있는 겁니다. 이를 해넣었으면 훨씬 빨리 죽었습니다. 아무래도 잇몸으로 먹으니까 불편할 거 아닙니까. 그래도 이렇게 배 나오고 했는데. 허허허."

선생에게 죽음이란 무엇일까에 대해서도 물어본 적이 있다.

"죽음이 불안과 공포라는데, 사는 것 자체가 불안과 공포 아니요? 죽

2016년 6월 경남도민일보 출판국을 방문한 채현국 선생

음이란 열심히 살아온 사람에게 쉰다는 것이죠. 하긴 게으르게 산 사람도
좀 쉬어야지. 순환, 뭐 그런 게 아니라도 죽어야 새로운 게 나오는 법이니
까. 나이 많은 사람에겐 빨리 못 갈까 봐 걱정이죠."
　　이 책 원고 중 복기대 교수가 쓴 글에 선생의 서울대병원 탈출 비화가
나온다. 읽으면 빙그레 웃음이 나온다. 마치 활극을 보는 듯하다. 마지막
까지도 선생은 천상 '풍운아'였다.

　　나도 치아 상태가 좋지 않다. 여기저기 아픈 곳도 생긴다. 하지만 비
관하거나 무서워하지 않는다. 죽음에 이르기까지 그 어떤 상황에도 의연
하고 당당했으며, 쾌활하고 천진했던 채현국 선생을 알게 된 덕이다.

채현국 선생님께

김철환(대덕잡구 대표)

안녕하세요? 김철환입니다.

아침 출근길에 '별이 바람에 스치운다'라는 서시의 일부가 떠올랐습니다. 요 며칠 선생님이 계셨으면 나누고 싶었던 생각이 있던 차에, 갑자기 광래 형이 전화를 하셔서 "김형 책에 한 줄 써줘요?"라길래 무슨 말을 적어야 하는가를 고민하다가 오늘은 뭐라도 적어야겠다는 생각에 컴퓨터를 켰어요.

선생님은 이곳의 생활을 잘 잊고 지내시는지요? 거기서도 휘이휘이 바람소리를 내며 다니고 계시는지요? 자리를 잡고 와병하시기 몇 해 전, 제주에서 밤늦도록 이야기를 하며 지내던 시간이었지요. 그때 옛 단어의 뜻에 대해서 말씀하시다가, 하늘, 솔, 북 이게 모두 하늘에 대한 사람들의 생각이었다고 하시면서, 소나무를 사랑하던 조선 사람들. 국가는 어떻게 만들어졌을까? 중국 고대의 주은 시대 이야기며, 말을 시작하면 끝없이 의미의 사다리를 타시던 선생님 이야기에 제가 "아하! 그렇군요."라며 맞장구를 치면, 더 신나하시면서 또 다른 이야기 보따리를 풀어놓으셨지요.

문득 바람에 스치운 별의 의미를 선생님은 이렇게 해석하지 않을까? 하는 생각머리를 잡게 되었습니다. 선생님식으로 해석하기에는 바람과 별은 아마도 어원이 같을 거예요. 별이 사람들의 바램이 응축된 이상향이라면, 바람은 그곳에 이르는 방법일 것이고, 그런 연유로 두 단어는 비슷한 어원을 지니고 있을 것이라고 우기실(?) 겁니다. 그런데 왜 바람이었을까? 여기서 삶의 고단함을 떠올렸고, 이런 삶을 털어내는 방법은 바람처럼 사는 일이라고 생각했지요.

늘 제게 주문하시던 "인생 너무 길어! 따분하단다. 그래서 신나게 살 방법을 찾아야만 한다!"라고 설파하시던 생전의 모습에서 답을 얻었습니다. '신난다'는 말은 '신이 내린다'의 자동사라고 하셨던 거예요. 신이 내려서 신나게 제정신이 아닌 것처럼 살아라. 신은 내려와 사람을 신나게 하고, 사람이 신에게 이르는 길은 하늘로 향하는 여정이고, 이 길은 바람처럼 가벼워야 갈 수 있고, 육신의 무게를 가지고는 갈 수 없는 길이었던 것이지요. 하늘의 의미를 지녔던 '솟'이라는 단어를 연결하면, 솟구치는 바람으로 가는 곳, 지상의 고단한 인연과 짐을 벗어서 훨훨 날아가는 곳 그리고 세상을 보는 다른 시각과 시간이 존재하고 있는 곳이 하늘이지요. 가끔 그곳이 너무 궁금하여 충동하는 사람들이 있고, 한편 기다려지는 곳이기도 합니다. 짧은 생각을 정리하는 것만으로도, 무심결에 쓰던 말들이 서로 연결되어 있는 의미망이 생겨나는군요.

선생님처럼 생각하는 것은 거의 불가능하겠지만, 잠시 이런 생각으로도 향기가 납니다. 묵향 같기도 하고, 술 익는 마을의 향기 같기도 하고, 한 분이 한 마을처럼 제게 와 주셨던 시간 동안 참 행복했어요. 처음 양산에 있는 학교를 찾아가던 날, 역까지 친히 마중 나오셔서 반가워하시던 모습, 뵙고 일주일 후에 다시 대전으로 오셔서 "또 봐야 기억할 것 같아"라며 식사하시던 모습. 여러 모습을 기억한다는 것은 나름 깊은 시간의 주름이 남아있기 때문이겠지요. 그 주름들이 오래도록 기억에 남겠어요. 선생님과의 추억이 장기기억으로 넘어가서 꺼내보는 것 밖에는 안 되겠지만, 제가 다시 강의를 하게 되면, 그때는 늘 제 곁에 계신 것처럼 실시간으로 함께 해주시길 바래봅니다.

어제는 스승의 날이라고, 붉은 카네이션 한 다발을 받았습니다. 어찌 보내드려야 할지 모르는, 그래서 더 안타까운 제자인 저는 그냥 마음속으로 수없이 드립니다. 붉은 카네이션 꽃밭을 바람에 실어서 그곳에 보냅니다. 선생님이 계신 별에 오늘밤 바람이 스치우면, 제 맘이라 생각해주세요. 그곳에서도 바람처럼 신나시길!!

43년 늦었던 만남, 너무 빨리 끝나다

하제 김태동(金泰東, 전 청와대 경제수석)

2014년 1월초 한겨레신문 토요판을 보다가 이진순 님의 '열림'(열린 사람들과의 어울림) 글을 보고 벌떡 일어났다. 두 쪽에 걸쳐 채현국 이사장님과의 대담을 실은 글이었다. 문득 43년 지난 1971년 봄이 떠 올랐다. 어느 벗을 통해 소개받아 흥국탄광에 가서 일한 3주간이다. 완행열차를 타고 강원도 도계역에 도착하여, 물어물어 회사 사무실에 찾아가, 노무과에 이력서를 제출하고 다음날부터 일하였다. 갱에는 못 들어가고, 석탄을 화물차에 싣는 일, 잡석을 인공 비탈 아래로 떨어뜨리는 일 등을 하였다. 월급날도 되지 않았는데, 사무실로 누군가 불러 월급을 주면서, 내일부터는 나오지 말라고 하였다. 그래 탄가루투성이인 작업복 한 벌을 보따리에 넣은 채, 서울로 돌아왔다.

"아, 그때 탄광의 경영자가 '채현국' 선생님이셨구나!" 성함조차 처음 알게 되었지만, 어떻게든 찾아뵙고 싶었다. 연락처를 어렵사리 구하여, 전화를 드렸다. 양산으로 찾아뵙겠다고 하니, 서울에 자주 간다시면서 인사동 어느 찻집에서 보자고 하셨다. 6월 어느 날 약속 장소에 나갔다. 채 선생님의 고등학교 동기이신 여상빈 님도 같이 뵈었다. 길게 이야기를 나눌 시간은 없었다. 옛 서대문형무소 내에서 선생님의 강연이 예정되어 있었기 때문이다. 형무소에까지 모두 가서 선생님 말씀을 들었다.

아, 서대문형무소는 어떤 곳인가? 바로 1971년에 나는 서대문형무소를 바로 코앞에 내려다보는 안산중턱에 세워진 시영아파트 5층에 살고 있었다. 선친이 서울 생활 16년 만에 처음으로 장만하신 집이었다. 방 두 칸에 뒷간(화장실은 왜말이어서 선생님이 싫어하셨음)도 없는 7평짜리 아파트였다. 부모님과 5형제, 일곱 가족이 살았다. 계단을 뛰어 내려가 판자로 지은 공동뒷간을 이용하여야 했다. 날림아파트에서 동쪽 창으로 내려다보면 형무소 전경이 다 보였다. 감방 안은 안 보이지만, 수인들이 밖에 나와 운동하는 것은 보였다. 동네 이름은 무악재 밑이라 하여 현저동(峴底洞). 40여 년 전에 뵈었어야 할 채 선생님을 처음 뵙는 날, 마침 그 선생님이 강연하시는 장소가 형무소 안이라니! 지난 43년이 주마등처럼 머릿속으로 지나갔다. 그동안 인생의 '쓴맛'도 많이 보았고, '단맛'도 많이 보았다. '단맛'은 나를 게으르게 하였다. '쓴맛'은 나에게 지금도 힘의 샘물이다. 선생님 말씀 그대로이다.

강연 뒤에 선생님은 주최 측과 약속이 잡혀 있어 헤어졌다. 그러나 빨리 또 뵙고 싶었다. 그해 8월 어느 날, 양산의 효암학원으로 선생님을 찾아뵙기로 하였다. 가끔 만나던 정운현 님에게 이야기하였더니 본인도 꼭 뵙고 싶다 하여, 여상빈 선생님과 함께 셋이 일산에서 출발하였다. 내가 운전대를 잡았다. 정운현 님이 제안하여 양양 오색천을 들러 하루 자고, 다음날 동해안을 따라 남쪽으로 향하여 늦저녁에 효암고등학교에 도착하였다. 반갑게 맞아주시고, 숙직실을 내주셨다. 다음 날 아침, 학교를 일일이 소개해 주시고, 유명한 '쓴맛이 사는 맛'이라는 바위 글도 보여주셨다. 선생님의 학교 내 사무실, 노무현 대통령이 후보 시절 방문하여 강연하였다는 교실, 도서실 등을 사랑을 담아 안내해 주셨다. 목소리도 쩌렁쩌렁하시고, 걸음도 우리보다 빠르시고, 매우 건강해 보이셨다. 소년 시절 연탄배달을 많이 하셔서 걸음이 빠르시단다.

선생님은 아주 바쁘셨다. 오후에 서울 약속이 있으시단다. 그리하여 정운현 님은 선생님을 모시고 기차로 서울에 가고, 나는 여상빈 선생님과 함께 진도 팽목항을 들러 서해안을 따라 서울로 돌아왔다. 3박 4일 동안 차 안에서, 캠핑하면서, 채 선생님의 고등학교 시절 말씀을 많이 해주셨다. 가난하게 살았으나, 꿋꿋하게 학창시절을 보냈던 여러 에피소드였다. 정운현 님은 그때 채 선생님과의 기차 안 대화를 시작으로 부지런히 배우고 글을 써서, 반년쯤 지난 2015년 초에 『쓴맛이 사는 맛-시대의 어른 채현국, 삶이 깊어지는 이야기』 제목으로 책을 출판하였다. 기쁘고 고마워서 출판을 기념하는 작은 모임을 갖자고 제안하였다. 인사동에 있는 음식점 '천강에 비친 달'에서 선생님 내외분을 모시고 즐거운 시간을 가졌다. 사모님을 처음 뵈었다.

그 뒤에는 채 선생님을 여러 번 뵐 수 있었다. 인사동 남서쪽 끄트머리에 개점한 '문화공간 온' 협동조합의 설립에도 소중한 도움을 주셨고, '온'에 자주 오셔서 격려해 주셨다. 찻집 '귀천'에서도 뵙고, 음식점 '낭만'에서도 뵈었다. 선생님 강연도 몇 번 더 들었다. 서울대병원과 녹색병원에 입원하셨을 때에 문병하고 아현동 댁에도 두어 번 찾아뵈었다. 코로나19 핑계로 몇 달 못 뵌 채, 선생님과 영영 이별하게 되었다. 죄스러울 뿐이다. 알량한 경제학 지식을 가졌다고 까불지 말고, 바다처럼 낮은 자세로 열린 마음으로 살라고 저세상에서 지켜보실 것이다. 43년 늦게 뵈었고, 7년 동안 가르침을 받았지만, 너무 빨리 끝났다. 선생님 너른 품의 한 모퉁이라도 지켜가는 삶을 다짐한다.

* 뱀발: 하제는 '내일'의 원래 우리말입니다.

그때 지리산 종주 이야기

남난희(산악인)

이 찻집 저 식당 그 술집을 돌며 세상 이야기를 듣고 배우던 시절이었다.

산밖에 몰랐던 내게는 새로운 세상이라 할 만했다.

그러던 어느 날인가 주변에서 지리산 종주산행을 하자는 이야기가 나왔다.

얘기인즉 남난희가 있을 때 지리산 종주산행을 하지 못하면 어쩌면 영원히 갈 수 없을 것이라는 것이었다.

어쩌면 맞는 말일지도 모르겠다.

나는 인사동을 드나드는 사람들 중 유일한 산악인이었기 때문이다.

그것도 아주 잘 나가는 산악인이었다.

처음 한 어른으로부터 그 말을 들었을 때는 어처구니가 없었다.

잘은 몰라도 지리산 종주를 할 정도의 어른이 없어 보였던 것이 사실이니까.

하지만 항상 여러 전문가들이 모여 있는 곳이기도 하고 또 항상 뭔가를 받기만 하는 입장이다 보니 나도 뭔가 할 것이 있구나 싶어 다행이기도 했다.

그래서 꾸려진 지리산 등반대는 60대에서 20대까지 다양한 연령대와 각 분야의 전문가들이 모였다.

채현국 선생님 내외분과 박이엽 선생님 내외분 그리고 지금은 잊어버린 60대 선생님 한 분과 김오일 선생님, 수희재 장보살 언니와 이해림 그리고 막내인 티롤의 영미.

지리산을 종주 산행을 하려면 최소한 2박 3일은 해야 하는데 나 혼자 모든 것을 감당하기에는 인원이 너무 많고 무엇보다 산에서는 모두 완전 생초보들뿐이었다.

그래서 나의 산 후배인 유학재를 꼬여서 합류를 시키는 데 성공했다.

그래도 2박 3일간 먹어야 할 식량이 많아서 걱정이 많았는데 수희재에서 가만히 우리의 산행 계획을 듣고 있던 공 대위(공윤희)가 함께 가고 싶어 하는 눈치를 보이기에 혹시 짐꾼으로 소용될까 싶어서 합류를 시켰다.

그러니까 우리의 지리산 종주팀은 산이라고는 거의 가 본 적이 없는 선생님들과 역시 산이라고는 가 본 적이 거의 없는 여성 다수와 전혀 실력을 알 수 없는 군인 한 명, 그리고 리더 격으로 전문 산악인이라고 하는 학재와 나.

팀원이 대부분 초보자인데다가 단일 산으로는 가장 코스가 긴 지리산으로 가기에는 인원이 너무 많았지만 계획은 진행되었고 그리고 출발했다.

선생님들은 하루 먼저 구례로 가시고 젊은 우리는 모여서 짐을 분배하는데 짐꾼으로 지목된 공 대위는 뒤늦게 나타났는데, 그 모양과 그 짐을 보니 헛웃음이 나올 수밖에 없었다.

우리는 짐을 꾸리며 그가 현역 군인이고 또 유일한 젊은 남성이라는 것 때문에 그 중에 무게가 많이 나가는 깡통 식품을 그에게 주려고 남겨두었는데, 뒤늦게 도착한 그의 배낭은 이미 넘쳐서 배낭 밖에 랜턴과 침낭 등이 대롱대롱 매달려 있었다.

우리는 서로 눈치를 주고받으며 웃음을 참지 못했지만 차 시간이 임박해서 서둘러 출발을 해야 했고 차 안에서 학재가 그의 배낭을 해체해서 다시 꾸려 주었고 남겨진 깡통도 어찌저찌해서 모두 배낭에 들어가게 되었다.

그렇게 웃지 못할 오합지졸 등반대는 지리산을 들어섰다. 산행이 많이 기억나지는 않지만 처음부터 만만하지가 않았다. 왜 아니겠는가? 산 좀 한다는 사람들도 지리산 종주는 쉽게 나서지 못하는 실정인데 나는 무슨 배짱으로 일을 꾸렸을까?

후회가 막급이지만 우리 일행은 헉헉!! 아이고!! 하며 산길을 걷고는 있었다. 처음에는 기세도 당당했던 목소리는 점점 줄어들고 시간이 지날수록 선생님들 배낭에 있던 간식이, 여벌옷이 나와 학재 배낭으로 옮겨졌다. 물은 수시로 마셔야 했기에 그것만을 챙기라고 하는 수밖에 없었다.

나는 때로는 자상한 전문가로 힘겨워하는 선생님들을 다독였고 때로는 엄격한 대장이 되어 길을 재촉했다. 선생님들의 엄살(?)이 심할수록 사모님들은 입을 닫으셨고 전혀 힘들다는 내색조차도 없었다.

그렇게 연화천 산장에 도착했는데 계획에도 없는데 채현국 선생님께서 이곳에서 하루를 접자는 것이다.

나는 아무리 머리를 굴려도 답이 나오지 않았다. 왜냐하면 우리의 식량은 2박 3일에 꼭 맞게 가져왔는데 하루가 늘어나면 종주를 다 할 수 없다는 결론이 나오기 때문에 어쩔 수가 없었다. 매정하게 출발을 명령(?)할 수밖에 없었다.

그날 하루는 어쩌면 선생님들께는 생애에 가장 긴 날이자 가장 힘든

날이 아니었는지 모르겠다.

정말 지리산은 말 그대로 지루하다. 가도가도 끝이 없다. 아직 길은 한참 남았는데 해는 지고 있었다.

지금 생각해보니 과연 잘한 일인 지는 모르겠으나 그 당시 판단으로 세석산장에 너무 늦게 도착하면 모두 너무 시장할 것 같아서 학재와 내가 먼저 가서 밥을 하면 선생님들이 도착하자마자 식사를 할 수 있을 것 같아서 그렇게 하기로 하고 비로소 내 속도로 맘껏 뛰다 싶게 걸어 세석산장에 도착해서 침상 잡아놓고 물 길어서 찌개와 밥을 지어놓고 기다려도 당연히 아무도 오지 못했고 날은 어두워지기 시작했다.

그리고는 걱정 때문에 안절부절하다가 능선으로 마중을 나갔다. 그 먼 길을 그래도 비교적 잘들 오시고 계셨고, 그 와중에 물이 떨어졌는지 내가 신호를 보내자 곧바로 물, 물 하는 채현국 선생님의 답변이 돌아왔다.

아! 곧 오시겠구나. 안도하며 어두운 산길을 되짚어가며 그 순간 얼마나 후회를 했는지. 어쩌자고 일을 이렇게 만들어서 여기까지 왔을까?

능선 어디쯤에서 만난 그들의 몰골은 말이 아니었지만 건네준 물을 마시고는 다시 기력을 회복하는 것 같았다. 하지만 박이엽 선생님이 보이지 않았다. 너무 힘들어서 뒤처진 모양이었다. 한참을 되짚어가니 선생님이 보였는데 더는 걸으실 수 없어 보일 정도로 지쳤다. 그 모습이 안쓰러워 도저히 볼 수가 없었다. 망설이다가 등을 내밀었다. 한사코 거절하셨지만 결국은 내 등에 업히셨고 하지만 나는 열 발자국을 옮길 수가 없었다. 산에서 사람을 업고 걷는다는 것이 그렇게 힘들 줄은 미처 몰랐다. 나보다 더 송구해하시는 선생님을 부축해서 겨우 산장에 도착해서 늦은 저녁을 먹고 고단한 몸을 누일 수가 있었다.

다음날 또한 갈 길이 만만하지가 않아서 아침 일찍 서둘러 길을 떠났고 우리 일행은 천신만고 끝에 지리산을 종주할 수 있었다. 어쩌다 산에서 마주치는 사람들은 우리 일행을 무슨 관계인지 궁금해하고는 했다. 어떤 사람은 시부모 친정 부모 이웃 어른 형제자매 다 모시고 일생의 지리산 종주 산행을 왔냐고 묻기도 했다.

생각해보니 내가 참 부족했다 싶다. 조금 여유를 가지고 조금 짐을 더 많이 지더라도 하루를 더 잡아서 좀 더 여유 있게 선생님들께는 일생의 한 번뿐인 지리산과의 만남을 주선했으면 얼마나 좋았을까 싶다.

이제 선생님들은 가셨고 아쉬움만 남는 것이다. 그럴지라도 살아생전에 지리산 종주를 하실 수 있게 한 것에 다행이라는 생각이다.

산타와 늙은 청년 채현국

박상희(조각가)

산타 할아버지는 인사동에도 있었다. 어린아이들에게 선물 건네며 칭찬과 격려까지 해주는 그런 영원한 산타가 서양에만 있는 것이 아니라 인사동, 우리 곁에도 있었다.

너무 가까이 있었기에 우리가 몰라봤던 것일까? 썰매 타는 산타는 크리스마스 이브에만 오지만 우리의 산타는 인사동 어디나, 언제든지 당신이 오고 싶으면 온다.

채현국은 한때 우리나라 개인 사업소득세 납부 2위일 정도로 큰 부를 이루었으나 자신의 정치적, 개인적인 신념에 따라 사업을 정리한 돈을 모든 직원들에게 관례보다 3배 많은 퇴직금 형식으로 주었다고 한다. 자신의 재산은 자기 것이 아니라 사회를 통해 받은 것이라며 원래 있던 곳, 당신의 직원들에게 '돌려줬다'라고 하면서.

또 민주화 운동을 했던 인사들을 숨겨주고 경제적 도움을 주거나, 가난한 화가들에게 아무 조건 없이 작업실을 마련해 주고 유학 자금을 대주기도 하였다.

사실 선생은 평소 산타 할아버지 같다는 표현을 싫어하셨지만 무엇보다 선생의 동글동글한 얼굴과 광대뼈, 복코에 늘 웃는 모습이 하얀 수염만 달면 영락없는 산타할아버지 얼굴이다.

조각가 박상희 씨가 강화도 건평나루에 제작 설치한 천상병 동상과 시비

　격의 없는 술자리에서 선생을 볼 때마다 느끼는 것은 언제나 또랑또랑한 음성과 유쾌하고 유머 있는 말솜씨에 꼰대스러움이 전혀 없이 좌중을 집중시키는 능력이었다. 더구나 그의 자유로운 정신과 현실을 보는 시선은 어떤 젊은이보다도 젊었다.

　우리의 익숙했던 생각을 역설적으로 바꿔 다른 가치로 세상을 보게 한다. 부드러움 속에 날카로운 지성으로 정의에 반하는 것을 질타하기도 한다. 자신이 노인이면서도 오히려 "노인을 믿지 말라."라고까지 한다.

　낡음과 세월을 많이 머금은 것은 다르다.

　재물에 욕심 없고 맑은 심성(心性)으로 '살아있는 천상병'이라는 말까지 듣던 채현국.

　나이가 들어서도 권위적이며 대접받는 것을 싫어하며 저항하기보다 체제에 순응하여 세상을 보는 낡은 눈을 가장 조심하라 일갈한다.

　사실 생물학적으로 나이가 든다는 것은 어쩔 수 없으나 늙은 만큼 세상을 보는 사고는 더 지혜로워져야 한다. 그러나 오히려 나이 들수록 의문

을 갖기보다 자신만이 옳다는 독선과 경직된 사고로 퇴화되는 것을 경계
해야 한다는 늙은 청년 채현국은 "세상엔 하나의 정답은 없고 여러 해답
이 있다."라고 한다. 이 말은 '예술엔 정답이 없다.' 즉, 예술이란 있으되 보
이지 않는 것, 느끼나 들리지 않는 것을 다양하고 무수한 형식으로 질문하
고 보이게 하고 들리게 하는 것과 같은 이치다. 그래서 그를 실천하는 철
학자, 인생의 예술가라고도 할 수 있지 않을까?

우리는 누구나 늙는다. 늙으면서도 젊은 감성과 유연한 사고를 간직
한다는 것은 어려운 일이다.

2021년 4월 2일 푸르던 날, 한국의 산타, 채현국이 떠난 지 벌써 일
년이 넘었다.

미래에 늙을 젊은이들에게 "정답만을 좇지 말고 틀려도 좋으니 자신
만의 해법을 찾아 불가능한 것에도 도전할 용기를 갖고 늘 질문하고 성찰
하라."라는 선물을 남기고.

건달 할배와 호빵

달묵 박영현 (시인, 도예가)

내가 채현국 선생님을 처음 뵙게 된 건 1980년대 후반 황명걸 선생님과 같이한 인사동 어느 술자리였으며, 그 후 길에서 마주치면 특유의 호탕한 웃음과 빠른 말솜씨로 반갑게 맞이해 주시곤 하셨다.

고향 삼천포에는 어머니와 할머니 두 분이 계셨는데 기침이 심해 감기인 줄 알고 찾은 병원에서 폐암 진찰 소견을 받은 어머니로 충격에 빠진 8남매 자식들 중 장남인 나는 연중 명절 때만 찾던 고향을 한 달에 몇 번을 오르내리는 생활을 하게 되었다. 그렇게 생활의 무게 중심이 고향 쪽으로 기울어지게 되던 1994년 늦은 봄쯤인가.

선생님과 구중관 소설가 그리고 당시 경제신문사에 다니던 구중관 선생님의 조카 내외가 우리집을 왔었는데, 지금 기억으로 그날 밤을 채 선생님의 장벽 없는 지식, 그리고 빠르고 막힘없는 말솜씨로 좌중을 집중도 높게 이끌고 계시다가 뜬금없이 "자네 고향에 도자기 하는 데 없는가?" 하고 물어보는 게 아닌가!

내가 자란 고향 삼천포는 인구 삼만도 안 되어 시가 된 작은 임해도시로 시내에서 2킬로미터 떨어진 내가 태어난 동네에는 전기는 물론 아직도 수돗물이 나오지 않는(지금은 간이 상수도) 그야말로 수도꼭지 빠는 시내와

소설가 구중관 선생과 채현국 선생

다르게 자외선에 무방비로 노출된 촌놈의 풋대가 한눈에 나타나서 중학
교에 진학을 하면 시내 놈들에게 받는 촌놈이라는 괄시에 주눅 들어 눈깔
을 제대로 제자리에 놓지도 못하고 견디는 시간들이라 공부는 머릿속에
서 자동 가출을 하고 그나마 주먹이 빨라 상대 코피를 잘 터트리든지 아니
면 무대뽀 독기로 막 나가든지 해야 그나마 견딜 수 있어 그놈의 자존심이
뭔지 매일 방과 후 교실 뒤 음침한 골목에서 코피 먼저 터트리기 싸움의
예약이 밀리던 나날들이었다.

그때 어린 마음에 내 고향의 이미지는 척박하고 억센 곳, 구두닦이들
이 무서워서 모처럼 아버지 따라온 5일장 나들이가 지극히도 불안해서 짜
장면의 환상적인 맛도 오랫동안 음미하지 못했던, 그래서 혼자서 중얼거
렸다. 언젠가는 이곳 내 고향의 긍정적인 선배가 되겠노라고.

지금 생각하니 참으로 맹랑한 생각이었으며 그런 선배가 되지도 못해 지금 많이 부끄럽다.

채 선생님의 그 질문에 번개처럼 스치는 텔레비전의 한 장면이 있었다.
언젠가 명절 때 집에 와서 며칠 있으면서 본 TV에서 삼천포 와룡골에서 도자기를 만드는 도공의 일상을 방영하는 걸 보면서 '오! 우리 고향에도 저런 분이 있다니!' 하는 충격이 내 머리 깊이 각인되어 있었던 터였다.

다음날 고향 계간지 〈마루문학〉 회장께 도자기 하는 곳을 수소문하여 와룡골 그곳을 찾았는데 산그늘에 묻힌 작은 오두막 한켠에 장작 가마가 보였고 안주인만이 우리를 맞이했다. 아저씨는 산에 갔다는데 그를 우리는 두 시간 넘게 기다렸던 거 같다.

막상 대면한 그 도공은 족보를 따지니 나의 한 해 선배였다. 나이는 4년 연배인데도 한 해 선배일 수 있었던 건 생활 척박한 당시 촌놈들에게 별스럽게 놀라운 일도 아니었다. 이렇게 내가 팔자에도 없는 도공이 된 동기부여를 엄밀히 따지자면 채 선생님의 뜬금없는 질문에서 비롯되었다고 할 수 있겠다.

당시 나는 좋은 시를 쓰기 위한 방황이나 몸부림에 엉겨 붙는 외로움은 표현조차 숨 가쁠 지경이었으니 소탈하고 순박하며 사람내음 물씬했던 그 도자기 선배 집을 주막 강아지 적쇠 물어나르듯 드나들기 시작했고 자연스럽게 도자기 제작과정에 시다바리(?)가 되었으니 꼬박밀기부터 불목하니 또 마지막 다듬기 손질을 잘한다고 '시야기 박'이라 별명을 얻으면서 도공 수업을 밟고 있었다.

당시 채 선생님 사모님은 경상대학교 교수로 계셨고 선생님은 양산에 있는 효암학원 이사장으로 계셨기에 자연 진주에 자주 오셨고, 그래서 삼천포 오시는 일이 흔했으며 우리 집에서 격의 없이 주무시고 가시는 게 잦으셨다. 그런 분위기로 황명걸 선생님, 민영 선생님, 박이엽 선생님, 김동수 선생님, 이계익 전 장관님, 그리고 〈마루문학〉 초청으로 신경림 선생님도 다녀갔었으며 그 길 트임의 시작은 황명걸 선생님과 민영 선생님이셨다.

양산과 삼천포가 그렇게 먼 거리가 아니었기에 그 학교 선생님들과도 오셨고 주말이면 남해나 진주 거창 등 근처에 뿌리내리고 사는 많은 분들을 찾아다 다니며 그분들을 인정하고 격려하며 다독거리는 데 열중하기도 하셨다.

굳이 정확하게 정리하지 않으셨지만 상식이 법 위에서 막힘없이 흐르는 세상이기를 원하셨으며, 민족의 슬픈 역사를 직시하여 남과 북, 민초들의 보다 나은 삶을 위해 언행일치를 보이는 삶을 구가하시는 분들, 변함없이 정의롭고 확신에 찬 신조로 성실하게 살아가는 사람들에게 농담 삼아 유명해지지 말라는 말씀도 자주하셨다.

남의 불행을 헤집거나 봉합해주면서 밥벌이하는 거보다 풀 한 포기라도 정성으로 키워서 남을 이롭게 하는 밥벌이가 사람을 넉넉하게 한다는 말씀은 유명한 어록 중에 하나이리라.

선생님은 오실 적마다 손에 뭔가를 넣고 호두 두 알 비비듯이 꼼지락거리셨는데 대개 작은 차돌이나 오석이었으며, 색깔도 다양한 돌들이 많았는데 가실 적에는 잊고 그냥 가셨는지 일부러 두고 가셨는지 알 수 없지만, 집에 몇 개가 지금도 있다.

어느 날은 사모님과 함께 오시면서 세필용 작은 벼루와 불두(佛頭)를 가지고 오셔서 사모님께 "영현이 주고 가자" 하시면서 주셨는데 벼루와 불두가 우리나라에서 제작된 건 아니라는 걸 무지한 내 눈으로도 알 수 있었다. 서재 난간에 올려두고 몇 년이 지났을까 누워서 물끄러미 쳐다보다가 문득 저 부처님의 복장을 도자기로 만들어 드려야 되겠다는 생각을 했고 나름 의미부여를 해서 속이 비고 전신에 구멍 숭숭 뚫린 입상(立像)을 백자로 구워 불두를 올려 서재 아래를 굽어보시게 한 지도 십여 년이 넘었었는데, 이번 선생님의 영면 소식을 듣고 부처님을 나름 단으로 모시고 촛불 켜고 향 사르며 헌다(獻茶)하며 선생님의 명복을 빌고 또 빌었다.

주지하시는 대로 선생님께서는 장소 시간 불문하고 만나면 변함없이 반가워하시는 활기찬 목소리와 미소로 바쁘시면 즉시, 그렇지 않으면 헤어질 적에 손에 용돈을 쥐여주셨는데 그 액수는 그때마다 달랐다.

살째기 손에 쥐여주시곤 돌아서 가시는 모습이 지금도 눈에 선하다.

인사동에서 전시회를 두 번 했는데 그때마다 기뻐하시며 전시 내내 매일 오시다시피 하셔서 용돈 쥐여주실 때보다 한층 더 힘과 용기를 쥐여주셨고 기를 살려주시기도 했다.

그리고 어느 해인지는 기억나지 않지만 길거리에 호빵을 데워 파는 용기가 거리로 나오기 시작한 시월 하순쯤이었을까. 바바리코트를 입으시고 진주 사모님께 가는 도중에 들렀다며 오셨기에 내 차로 삼천포 해안도로를 드라이브하고 와룡산 도자기 사부 집에 녹차를 마시면서 담소하시다가 날이 어두워지기 시작하면서 그곳을 나와 내 차로 진주에 모셔드리겠다는 걸 극구 사양하시면서 삼천포 시외버스터미널에 내리셔서 코트 안주머니에서 돈 한 움큼을 꺼내서 내 손에 쥐여주시는데 나는 놀라 뿌리치며 사양을 하니 완곡하게 맡아 가지고 있어라면서 사내가 돈 몇십만 원 맡아 놓을 배짱도 없느냐 호통을 치신다.

그러시곤 매점에 가시더니 호빵 두 개를 사서 들고 버스 맨 앞좌석에 앉으시는데 옆 창문으로 보니 모자밖에 보이지 않아 버스 정면으로 가서 손을 흔들며 인사를 올렸는데 선생님께서는 허겁지겁 호빵 드시기 바쁘다.

응당 점심식사 하신 줄 알고 챙기지 못하고 녹차로 물고문만 해드린 거 같아 미안했지만, 선생님 생각만 나면 버스 입구 맨 앞좌석에 앉아 호빵 드시던 모습이 색 바래지 않는 정물화로 걸린다. 유명해지는 걸 경계하시던 선생님께서 바쁘다는 말씀을 하시던 때가 엊그제 같은데.

다시 한 번 선생님 명복을 빈다.

현국이 생각

백낙청(문학평론가, 〈창작과 비평〉 명예편집인)

내가 채현국을 처음 만난 것은 대구 피난시절이었다. 1·4후퇴 때 중학교들 대다수가 임시수도 부산으로 옮겨갔고 학생 수가 많은 대구에는 1952년 9월에 서울 피난 대구연합중학교가 설립되었다. 여기에 서울의 각기 다른 학교 소속의 학생들이 모여서 공부했는데 거기서 학교도 다르고 학년도 다른 현국이와 만나 사귀게 되었다. 현국이는 나보다 나이가 많지만 학년은 하나 아래였는데, 초등학교 시절의 죽마고우 김상기(金相基)가 원래 나와 동기이다가 사고를 당해 1년 묵는 바람에 현국이와 같은 학년이었고(소속 학교 우리 셋이 다 달랐다) 어느새 나와 현국이도 너나들이하는 사이가 되었다.

말년에 현국이는 그 시절 자기가 굶기를 밥 먹듯이 하다가 하루는 쓰러졌는데 내가 그를 업고 집으로 데려가서 밥을 먹여준 일이 있다고 회고했다. 그런데 나는 그런 기억이 도무지 없다. 그가 학교에서 쓰러진 일이 있기는 있는데 여러모로 그를 보살펴준 분은 당시 2학년 국어 담당교사이던 시인 김소영(金昭影) 선생님이었던 걸로 안다. 수십 년 사귀는 동안 도무지 그런 이야기가 없던 현국이가 뒤늦게 내가 자기를 업고 갔다는 말을 한 것은 기억의 장난이라 생각되지만 나에 대한 현국이의 마음이 세월이 흐르면서 더 따뜻해진 걸 거라고 나는 고맙게 여기고 있다.

사실 연합중학 시절의 우리가 자별한 사이는 아니었던 것 같다. 나는 아버지를 잃고 피난을 왔지만 대구의 외가 덕에 현국이와 같은 고생을 모르고 지낸 데다, 이미 인생의 온갖 쓴 맛을 보았고 방외인의 기질이 농후하던 현국이의 눈에 나는 순진한 범생이로 비쳤지 싶다. 또 나는 3학년이라 김소영 선생의 수업을 들으며 함께 감동하는 경험도 없었다.

　　현국이와 한결 가까워진 것은 내가 미국에서 돌아온 1960년 이후다. 채현국과 김상기는 서울대 문리대 철학과를 다니고 있었고 같은 과의 이종구, 한남철(본명은 한남규) 그리고 한해 선배인 영문과 중퇴생 임재경이 자주 어울리는 사이였는데 나도 경기고 동문들보다 그들과 가깝게 지내게 되었다. 모두가 하나같이 개성이 강하고 만나면 즐거운 친구들이었지만 그중에서도 현국이는 특이했다. 그의 실제 나이가 우리 중에서 제일 많다는 건 훗날에야 알려진 사실이지만 나이를 떠나서도 그는 우리 중 누구도 겪지 않은 기구한 삶을 살았을 뿐 아니라 부친의 사업을 도우면서 지식인들이 모르는 현실을 일상적으로 경험하고 있었다. 그러면서도 지적인 토론에서 누구에게도 밀리지 않는 날카로움이 빛났고 촌철살인의 독설은 타의 추종을 불허했다.

　　계간 『창작과비평』의 창간도 이 친구들과의 협력 속에 이루어졌다. 김상기, 이종구, 한남철은 거의 빈털터리들이라 주로 '재능기부'를 했고 임재경과 채현국 그리고 내가 창간호와 후속 두어 호의 제작비를 추렴했는데, 오래 가면서 결국 내가 여기저기서 돈을 끌어대는 역할을 할 수밖에 없었다. 그럴 때 '끌어대기'의 일차 대상은 현국이였다. 그러나 창비를 하는 동안 더 큰 규모의 도움을 준 것은 내가 미국에 다시 갔다 돌아온 뒤의 박윤배였고, 한동안 누구한테도 안 밝힌 사실이지만 박윤배의 알선으로 그와 경기고 동기(실은 나와도 입학동기였으나 둘이 함께 무단가출을 했다가 한해 끓어서 졸업 기수로는 후배가 된) 김우중이었다. 창비와 관련된 채현국과 박윤배의 이야기는 다른 회고담을 통해 한 적도 있으므로(『백낙청 회화록』 제3권의 백낙청·고은명 인터뷰 등) 여기서는 줄인다.

현국이가 그냥 입이 걸은 괴짜가 아니라 후대의 사표가 될 만한 뛰어난 인물임이 널리 알려진 것은 2014년 1월 〈한겨레〉 토요판의 '이진순의 열림'을 통해서였다. 주변의 몇몇 사람들만 알던 그의 행적과 어록을 이진순 교수(현 와글 이사장)가 용케도 알아내어 소개했는데, 작년 4월에 채현국이 작고했을 때 〈한겨레〉가 다시 실은 그 기사("노인들이 저 모양이라는 걸 잘 봐두어라," 2021. 4. 2. 인터넷판 게시)는 지금 읽어도 감동적이다. 현국이는 일약 유명인사가 되었고 여기저기서 말씀 듣기를 청하는 일도 잦아졌다. 나는 그가 뒤늦게 세상의 인정을 받게 된 것이 누구 못지않게 기뻤다. 그 자신 한결 부드럽고 넉넉한 사람이 된 느낌이었고 그 많은 강연청탁에 때로는 건강상의 무리를 감내하며 기꺼이 응하곤 했다. 하지만 채현국의 진가는 그런 신상의 변화에도 불구하고 본래의 올곧은 정신과 거침없는 바른 말 하기가 여전했다는 점에서 찾아볼 수 있었다.

그가 하는 말에 내가 전부 동의한 것은 아니다. 그는 '확실하게 아는 것도 고정관념이다'라는 명언을 남겼지만 내가 볼 때 완전히 확실치 않은 것을 단정적으로 말하는 경우도 없지 않았다. 그래도 그의 단정적 발언들이 통쾌할 적이 더 많았으므로 나는 굳이 이견을 내고 다투려 하지 않았다.

자연히 그에 대한 신화 비슷한 것도 형성되었다. 신화 만들기는 일종의 대중적 본능이라 끝까지 그걸 이겨내려 해봤자 승산이 없게 마련이다. 나라고 그에 대한 기억이 다 정확하거나 온전한 것도 아니잖는가. 다만 누군가 채현국과 박윤배의(윤배가 1988년에 일찍 세상을 뜨기까지 긴밀하게 얽혔던) 삶을 동시에 서술한다면 우리 시대의 어느 한 대목이 한결 충실하게 드러나지 않을까 싶다. 채현국이 타계한 직후 염무웅 교수가 『창작과비평』 2021년 여름호에 기고한 산문 「자유인 채현국 선생을 기억하며」가 두 사람이 동시에 등장하는 드문 예인데 글의 성격상 단편적인 언급에 그쳤다.

하지만 그의 1주기가 다가오는 지금, 멋지게 살고 간 다정한 벗 생각이 앞선다. 나와의 우정이 끝까지 지속된 것은 단지 어릴 적 친구라거나 커서도 서로 도움을 주고받는 관계여서만은 아니었다. 나로서는 그가 나하고 성격과 생활방식이 무척 다르면서도 서로 뜻이 통하는 바 있었고, 비록 경로가 달랐지만 내 나름의 공부를 통해 나도 현국이가 보여주던 방외인의 후각 같은 것을 얼마간 공유하게 되었기 때문이 아닌가 한다. 이렇게 말하면 현국이가 못 누린 온갖 스펙을 갖추고도 모자라 이제 그런 '자뻑'의 극치를 보여주느냐고 힐난할 분도 있을 것이다. 그럴 때 현국이가 있어서, '아니다 낙청이 말이 일리가 있다'고 말해줄 수 없는 것이 못내 아쉽고 그가 새삼 그리워진다.

마달거사 채현국

복기대(인하대 교수)

벌써 작년이다. 당시 개인적인 일로 주 후반부는 홍성에서 지내고 있었는데 4월 어느 날 인사동 지킴이 광래 형으로부터 전화가 왔다. 채 선생님이 위독하시다는 소식이었다. 곧 올라가 봬야겠다는 생각을 하고 있는데 하루인가 지나서 집사람으로부터 전화가 왔다. TV에 채현국 선생님이 돌아가셨다는 소식이 나왔다는 것이다. 생각해 보니 신문이나 TV를 보지 않고 산 지 어언 10여 년이다. 아마도 광래 형의 전화 연락 후 얼마 되지 않아 떠나신 것 같고, 몇 시간 후 방송에 나온 모양이다. 연락을 받았다고 하여 금방 움직일 수도 없어 이틀인가 지나 장례식장으로 찾아뵈었다. 참 허무하고 섭섭했다. 문상을 하고 집에 돌아오는 길에 채 선생님과의 시간을 돌아보니 30여 년의 짧지 않은 인연이었다. 그 인연이 많은 영향을 주었는데 그 중에 하나가 버릴 것은 얼른 버리고 살자는 지혜였다.

나와 채현국 선생님과의 인연은 좀 남다르다. 이 글을 읽으시는 분 중에 혹시 아는 분도 계시겠지만, 그 인연은 나의 고등학교 은사이신 김소영 선생님(본명 김면식)과의 관계에서부터 시작한다. 김소영 선생님은 함경도가 고향인데, 집이 잘 살았던 덕에 어려서 일본 유학을 갔고, 대학 2학년 때 해방이 되면서 귀국을 하셨다. 귀국 후 단국대학에서 학과 과정을 마칠 무렵, 있어서는 안 될 6.25가 터진다. 남으로 남으로 피난을 가는 길에 피난 학교 국어 선생을 하게 되었는데 그때 채현국 선생님을 가르치게 되었다고 하신다. 김소영 선생님은 그 특유의 성격과 시절에 맞추지 않던 여러 가지 생각들로 살아가는 데 많은 어려움을 겪으셨는데 그럴 적마다 당시 잘 나가던(?) 채현국 선생님이 챙기셨다. 김소영 선생님은 제자인 채현국 선생님을 버팀목으로 생각하고 사신 부분도 있다. 그러던 분이 여차저차 해서 홍성 땅에까지 오셨고, 홍주고등학교에서 나를 가르치신 것이다.(김소영 선생님의 가르침으로 나도 많이 이상해진 것은 사실이다.) 80년대 초 서울의 대학에 진학하면서 김소영 선생님께서 채현국 선생님을 소개해주신 것이 채 선생님과의 인연의 시작이고 나는 채 선생님으로부터 많은 영향을 받게 되었다. 그때 나눈 많은 얘기와 많은 가르침 중에 몇 가지 일화를, 선생님을 생각하며 적어 보려 한다.

채 선생님의 어릴 적 별명은 마달이다. 집안 형편이 하도 어려워 소학교 다닐 때 마대자루를 뜯어 만든 바지를 매일 입고 다녔는데 고등학교 다닐 때도 입고 다녔다고 한다. 그래서 별명이 마달이가 되었단다. 소학교 때 자란 키가 더 이상 자라지 않아 바지를 바꿔 입을 기회가 없어서 대학 때까지도 계속 입었다고 한다. 모두 어렵게 살던 시절 무슨 생각을 했는지, 더 어려운 친구들을 돌보느라 여기저기서 구걸 아닌 구걸을 해 친구들 밥을 먹이고, 친구들과 헤어지고 나면 본인은 술을 거르고 남은 술찌검이를 많이 먹었단다. 그 술찌검이도 술기가 남아 있는지라 본의 아니게 술이 취하곤 했고, 여길 가서 자나 저길 가서 자나 매한가지니 학교 아무 데나 들어가서 자는데 그렇게 추웠단다. 날이 새면 가장 따뜻한 곳이 학교 정문 근처 화단이었는데 이곳에 웅크리고 한잠을 자고 나면 추위가 풀렸다고 한다. 그런데 모습이 하도 남루하니 수위도 학생인 줄 모르고 얻어먹는 사람인 줄 알고 깨우지 않았을 정도였다고 한다. 그러던 어느 날 말끔하게 차려 입은 잘 생긴 청년이 와서 손을 내밀어 악수를 청하더란다. 그래서 게슴츠레한 눈으로 손을 잡았는데, 그 청년이 자기는 법과대학에 다니는 이수성이라고 소개를 하더란다. 그 인연으로 이수성 전 총리와 평생 친구가 되었다고 한다. 내가 "이수성 총리가 왜 그렇게 정중하게 인사를 했대요?" 하고 물었더니 채 선생님이 대답하기를, "어떤 놈이 소문을 냈는지 모르겠는데 내가 대통령이 될 사람이라고 소문이 나서 나한테 와서 손을 잡았대" 하면서 깔깔 웃은 적이 있다. 인연이라는 게 묘해서 채 선생님의 부인인 윤 교수님도 서울대에 같이 다닌 분이다. 그런데 남루한 모습으로 교문 옆에서 자는 채 선생님을 한 번도 본 적이 없다는 것이다. 참 희한한 인연이다.

채 선생님이 평생 기억하는 친구가 몇 분 있다. 박윤배, 천상병, 이선휘, 박이엽, 김재익, 이종찬, 김우중, 서입규 등등이다. 이 중에 가장 아파하는 친구가 김재익과 박윤배였다. 기분이 울적한 날에 김재익과 박윤배 얘기를 종종 하셨는데, 가끔 콧등이 붉어지면서 말씀을 하시곤 했다.

친구 김재익은 전두환 대통령 시절 청와대에서 근무하다 대통령의 버마 방문에 동행했던 친구이다. 김재익씨가 대통령과 함께 버마에 갈 때 그렇게 가기 싫어했다고 한다. 출발 전날인지 아니면 며칠 전인지 김재익씨 집에 가서 많은 얘기를 나눴는데, 가기 싫다고 하면서 버마에 다녀오면 빨리 청와대에서 나와야겠다고 했다고 한다. 그날 비가 억수같이 쏟아졌는데 김재익씨가 우산을 받쳐 들고나와 차 타는 데까지 바래다주었는데, 김재익씨 키가 커서 둘의 우산 높이를 맞출 수가 없었다고 한다. 김재익씨에게 맞추면 채 선생님이 비에 다 젖고, 거꾸로 하자니 김재익씨가 비를 다 맞아야 했는데 본인이 비를 다 맞아가면서 채 선생님을 바래다주었다고 한다. 그런데 그 밤 왜 그런지 자꾸 손을 잡고 '잘 갔다 온나! 잘 갔다 온나'를 몇 번씩 하면서 헤어지고 집에 돌아와서도 마음이 누그러지지 않아 밤을 지샜는데 며칠 후 아웅산 테러라는 비보를 전해 들었다고 한다. 그 소식에 하늘이 무너진다는 말이 무엇인지 알게 되었다고 했다. 그 착하디 착한 재익이가 왜 젊은 나이에 떠났는지 모르겠다는 말을 자주 하셨고 그런 원인인지 몰라도 전두환 대통령을 아주 싫어했다.

박윤배라고 하면 알만한 사람들은 다 아는 분이다. 경기고등학교 재학 중 피난 학교에서 만난 인연으로 그분이 1987년도에 돌아가실 때까지 가장 가깝게 지내던 분 중 한 분이었다. 박윤배 선생의 미담은 참으로 많은데, 그중 어려운 사람들에게 집을 사주거나 혹은 민주화 투쟁으로 고생한 사람들을 많이 도와준 분으로 많이 알려져 있다. 어찌 보면 민주화 유공자의 1등 공신은 박윤배 선생으로 봐야 한다. 박윤배 선생의 변치 않은 굳은 심지, 그리고 의협심은 가히 존경할 만하다 하겠다.

채현국 선생님은 자신이 늘 자랑스러워하는 서울대 철학과를 졸업하고 KBS 1기 PD로 취직을 하여 방송계로 진출하였다. 그러던 중 아버지가 하시던 탄광사업이 어려워지자 KBS를 그만두고 아버지 사업을 물려받았다(일설에는 박정희 대통령이 독재를 미화하는 방송을 만들라 하여 그것을 거부하고 KBS를 나왔다고 하는데 내가 아는 바로는 전혀 그렇지 않다). 당시는 60년대의 에너지정책 변화로 탄광사업이 큰돈을 벌 수 있었다. 그런데 그렇게 번 돈으로 사업가답지 않은 일을 하기 시작하는데 바로 세상에 돈을 쓰는 일이었다. 이른바 민주화 투사들을 후원한 것이다. 그러나 사장이 직접 돈을 가지고 다닐 수는 없다. 왜냐하면 그러다가 정부의 조사에 걸리면 사업 망하는 것은 일도 아니기에 누군가 그 일을 해줄 사람이 있어야 했다. 그이가 바로 박윤배였다. 심지도 굳고, 발도 넓고, 의기도 있었던 박윤배와 일을 같이 한 것이다. 밖으로 돌아다니며 이런저런 얘기를 들으면 박윤배 선생에게 부탁을 하여 다시 확인을 하고, 마음이 정해지면 박윤배 선생에게 돈을 한 뭉치 주어 그 일을 해결하도록 하였다는 것이다. 이런 호의(?)를 입은 대표적인 사람 중에 한 분이 김지하 선생님이다. 그렇게 둘이 보이지 않는 일들을 많이 하였는데, 이런 선행에 훗날 이종찬 선생이나 김우중 회장도 찬조 출연을 많이 한 것으로 안다. 박윤배 선생이 1987년인지 세상을 떠나고 나서 채현국 선생님도 세상과 점점 멀어졌다고 한다. 한 5년 전 일인데, 채 선생님으로부터 박윤배 선생에 관한 얘기를 많이 듣고 이종찬 선생님도 박윤배 선생 얘기를 종종 하셔서, 기록으로 남겨둘 필요가 있다는 생각이 들었다. 박윤배를 정점으로 하는 채현국, 이종찬, 김우중 등등이 60년대 후반부터 80년대까지 민주화를 위해 노력한 것들을 기록해 보기로 한 것이다. 일의 주선은 내가 하고 채록과 기록은 다른 전문기자가 하는 것으로 했는데 그 기자가 차일피일 미루는 중에 아무것도 남기지 못하고 한분 두분 떠나시고 있다. 참으로 아쉽다. 덧붙이자면 우리나라 민주화 운동에 큰 역할을 한 사람들이 많지만 이종찬, 김우중은 빼놓을 수 없는 공로자라는 말씀을 가끔 하셨다.

하나 덧붙여 꼭 밝히고 싶은 것은 '귀천'이라는 찻집에 관한 것이다. 귀천은 인사동 작은 골목 안에 있었는데 참 좁았다. 테이블이 네 개인지 세 개인지 기억도 가물가물하다. 그 찻집은 천상병 선생의 부인인 목 여사님이 연 찻집인데, 그 인연은 이러하다. 채 선생님이 어느 날 목 여사님의 오빠인 목 기자(이름은 잊어버렸다)와 같이 이미 반신불수가 된 분을 찾아갔는데, 그 모습을 본 목 여사님이 바로 그 자리에서 천상병 선생을 보살피기 시작하였다는 것이다. 그 모습을 본 채 선생님이 그 생활을 도와줄 방법을 찾은 것이 바로 그 찻집이다. 찻집이 될 곳이 아닌 곳에 찻집을 열게 하고는 자신의 엄청난 인맥을 동원하고 "탁월한 가르침을 받고자 하는 사람은 귀천으로 오라" 하여 좁은 공간을 북적북적하게 만들어 놓은 것이다. 당시 이 동네에 발을 들인 사람들은 오전에는 '귀천', 점심에는 '누님 칼국수', 그리고 '수희재', 다시 '귀천'으로 돌고돌아 이 집들의 매상은 톡톡히 올렸다(필자도 이 코스에 상당한 기부 아닌 기부를 했음을 밝혀둔다).

채 선생님은 나에게 참 엄격했고 많은 얘기를 해주고, 많은 것을 가르쳐 주었다. 가장 중요한 가르침은 '세상을 혼자 다 가질 수 없다'는 것이다. 부자가 할 수 있는 일, 학자가 할 수 있는 일, 쓰레기를 치우는 사람이 할 수 있는 일, 세상에는 많은 충차가 있는 것 같지만 충차가 없다는 것을 가르쳐 주셨다. 한 사람이라도 그 역할에서 빠지면 세상은 무너진다는 것이다. 그러니 세상은 모두 각자의 역할을 해야 하고, 그 역할을 차별하면 안 된다는 것이다. 나에게 자주 타일렀다. 그래서인지 어느 날인가 정릉 집에 오라 해서 갔는데, 집터는 넓었는데, 집안 살림은 참 단촐했다. 채 선생님의 과거를 돌아볼 때 멋진 그림 한 점, 청자 한 점이라도 있을 법한데 전혀 그런 것이 없었다. 그러면서 나에게 줄 게 있다고 하면서 태평양에서 채취했다는 산호인지 뭔지를 하나 주셨다. 누가 귀하게 선물을 한 모양인데 그걸 나에게 주신 것이다. "왜 나를 주느냐"고 물어보았다. 대답이 "부자가 돈만 가지면 되지 골동품도 갖다 놓고, 명화도 갖다 놓으면 세상이 평등하지 않아. 배가 고프고 돈이 필요하면 부자한테 찾아가면 되고, 좋은 그림을 보고 싶으면 화가한테 가야 하고, 배우고 싶으면 학자한테 가야지, 돈 좀 있다고 왜 한곳에 모아서 다른 사람들에게 아쉬움을 줘!"였다. 그 멀리 정릉까지 오라 한 이유를 알았다(말도 그렇고 행동도 그렇기는 한데, 서울사

대부고와 서울대 철학과를 나온 것에 대해서는 늘 어깨에 힘이 들어가 있었다). 이런 식으로 나를 많이 가르쳐 주셨다. 이런 가르침을 받고 집에 돌아오는 길은 늘 마음이 무겁고 나를 돌아보게 하였다.

언젠가 전화를 하셔서 이사장으로 있는 양산의 효암고등학교 체육관이 준공되었는데 거기서 졸업식도 하고 하니 겸사겸사 한번 오라고 하셨다. 빈손으로 가기도 그렇고 해서 한국화 한 점을 들고 가서 졸업식에 참석했는데, 눈에 띄는 것이 학교 이사장의 자리가 첫째 줄이 아닌 세 번째 줄이었다. 첫째 줄은 3학년 담임선생님 자리이고, 두 번째 줄은 교장 선생님을 비롯한 학교 선생들, 세 번째 줄에 이사장이 앉아 있었다. 이유인즉, 학교는 학생들과 선생님들이 주인공이고, 이사장은 이들을 뒷받침하는 역할이기 때문이라는 것이었다.

이런저런 얘기를 다 하자면 너무 길어질 것 같으니 줄여보자.

십여 년 전 일이다. 단국대학에 근무하고 있을 때인데, 한번 보자고 연락을 주셨다. 뭔 일인가 싶어서 늘 하던 식으로 약간의 현금을 준비하여 약속 장소로 나갔다. 그날 따라 다른 사람은 없고, 혼자 나오셨다. 무슨 일인가? 궁금하던 차에 한 가지 중대한 제안을 하셨는데, 노무현이 곧 대통령선거에 나갈 것 같으니 가서 노무현을 도와줄 수 있겠느냐는 말씀을 하셨다. 정치에 관심이 멀어진 지도 오래고 해서, 별생각이 없다는 식으로 말씀을 드렸더니, 다음에 하는 말씀이 당장 직장을 그만두면 여러 가지로 어려울 테니 단국대학을 그만두면 자기 학교에 서무과장으로 채용을 할 테니 걱정하지 말라는 중요한 제안을 하셨다. 생각해 보겠노라고 말씀을 드리고 나서 다른 장소로 이동하여 께름칙한 저녁 식사를 하고 돌아왔다. 그 뒤로 몇 번 말씀하셨는데, 내가 정중히 거절하고 그 뒤로 근 1년 가까이 서먹서먹하게 지냈다. 나중에 이 자식은 정말 멍청하거나 아니면 겁이 많은 놈으로 판단을 하고 다시 옛날로 돌아왔다.

그 뒤 10여 년이 흐른 어느 날, 채 선생님 답지 않게 곧 세상을 떠날 사람 같은 목소리로 전화를 하셨는데, 꼭 할 얘기가 있으니 서울대병원 몇 호로 오라는 것이었다. 서울대병원으로 가봤더니 온몸이 퉁퉁 부은 모습으로 나를 맞으셨다. 눈도 못 뜨는 상황으로까지 방치한 부산대병원을 꼼꼼히 씹으시고, 이어 서울대병원이 우수한 병원이라는, 서울대 출신다운 말씀을 하셨다. 그러려니 하고 전반부 얘기를 듣고, 그 다음 얘기가 기다려졌다. 두 번째 나온 얘기는 생략을 하고, 세 번째 얘기를 하고자 한다. 갑자기 청와대나 어디에 가서 일을 해보지 않겠냐는 것이었다. 갑자기 하시는 말씀이라 어안이 벙벙하여 듣고 생각해 보겠노라고 하고 두어 시간 있다가 병원에서 나왔다. 나오는데 뒤에 대고 "요즘도 종찬이랑 연락해?" "예" 하고 대답을 했더니 "병원에 들어오니 종찬이가 보고 싶어" 하고 말씀을 하셨다. 나는 이튿날 이종찬 선생님 댁에 찾아가 채 선생님 얘기를 했다. 그 소식을 들더니 "현국이 얘가 말이야? 얘가 말이야?" 하면서 말끝을 못 이으면서 눈시울이 붉어지셨다. 피난 학교 때부터 친구이니 오죽했으랴. 그 뒤로 한 1주일 뒤에 다시 전화가 와서 병원엘 갔더니 생각을 해봤느냐고 재차 물으신다. 무슨 얘기인가 기억을 살려 보니 지난번 하신 제안을 어떻게 했느냐 하는 것이었다. 가만히 있었더니 그럼 내가 누구한테 전화를 할 테니 준비를 하라고 하셨다. 내가 손사래를 치면서 집사람과 상의를 하지 않았다고 하면서 곧 연락을 드리겠노라 하고 집으로 돌아왔다. 며칠 후 비가 억수같이 오는 날 밤 현금 100만 원을 찾아 갖고 가서 사정얘기를 하고 그런 어려운 자리에 갈 그릇도 못 되고, 늦잠도 많고, 늘 음탕한 생각을 갖고 살아서 안 된다고 거절을 했다. 그리고 준비해간 돈을 병원비에 보태쓰라고 드렸다. 돈을 손에 쥐고 하시는 말씀이 "남들은 자리에 보내 달라고 돈을 주는데, 너는 돈을 주면서 그런 자리를 거절하는 것을 보니 늘 이상한 놈이 맞기는 맞다" 하면서 "너 집에 가서 상의 안 했지? 내가 너를 그렇게 추천하는 것은, 너는 이리 봐도 저리 봐도 모자라기는 해. 그런데 너는 남의 돈을 안 쳐다보고, 네 할 일만 하는 사람이라 추천을 하는 거다. 그러니 언제든지 마음 변하면 얘기를 하라"고 하셨다.

여기서 하나를 이어가 보자. 서울대병원에 입원을 하게 된 이유는 그다지 중요하지 않으니 생략하고. 병원에 입원한 내내 서울대 의료진들과 다툼이 있었다. 요지는 내가 응급실로 들어왔는데, 응급실 담당 교수가 없어서 자기가 큰일을 당할 뻔했다는 것이다. 이 주장을 아주 논리적으로, 항의를 하면서 설명했다. 이 채 선생님이란 분의 말빨은 내가 볼 때는 당대 최고의 말빨이다. 백구라, 유구라, 김구라, 방구라 해도 채구라 당하기 쉽지 않다. 내가 볼 때 채구라는 논리를 갖고 어퍼컷과 스트레이트를 치고, 안되면 뚝배기도 들었다 놨다 하는 단연 돋보이는 구라다. 나는 채 선생님이 의료진과 이런 다툼을 벌이는 이유를 조금은 짐작하고 있다. 그러던 차에 내가 세종대왕의 어진이 그려진 만 원짜리 100장을 드렸으니 그 돈을 받자마자 그 큰 머리가 휙휙 돌아 굵은 비가 짙게 내리는 밤에 서울대병원에서 탈출을 하신 거다. 이날 저녁 상황을 들어보면 광래 형에게 전화를 걸어 추종자격인 누구, 누구를 병원으로 오라 하여 모이게 하고는 갑자기 돈을 25만 원씩 주시더란다. 3명에게 75만 원, 그리고 "나도 25만 원 갖고" 하시면서 일사불란하게 지휘하여 짐을 싸고 옷을 갈아입고 병원에서 탈출하여 집으로 돌아가신 것이다. 광래 형의 진술에 의하면 가방에 이불보퉁이, 옷보퉁이를 하나씩 걸어 메고 간호사들의 따가운 눈총을 받아

서울대학교 병원 입원 당시 문병 온 이들과 함께 ⓒ조문호

가며 간호실 앞을 지나, "비는 억수같이 내리는데 이 무슨 난리인가?" 하면서 택시를 잡아타고 마포 집으로 갔다는 것이다. 그러면서 하는 말이 "4명이 25만 원씩을 나눈 것을 보면 누군가가 100만 원을 주고 간 것인데 어느 놈이 돈을 드려서 그 밤에 고생을 시켰는지" 하면서 돈 드린 사람에게 가벼운 욕을 했다. "광래형 내가 드렸어요." 그 모습이 눈에 선하다. 그리고 이틀인가 있다가 응급실에도 교수급 의료진을 배치한다는 서울대병원의 발표가 있었다. 이에 저래 얼마 후 통화를 했는지 만났는지, "서울대에서 응급실 진료도 교수들이 직접 하기로 했다"고 얘기를 하니 갑자기 "그래 그것 봐라 또 하나를 했다"면서 승리감에 극도로 흥분했다. 그리고는 본인이 병원비도 안 내고 그 밤에 나온 정당함을 당당하게 연설하셨다. 참고로 그 병원비는 그 이튿날 둘째 아드님이 가서 몽땅 다 냈다는 것은

저승에 계시더라도 알고 계셔야 합니다.

　채현국 선생님은 살아서는 좋은 친구이자 스승이셨다. 언제부터인가 채 선생님을 만날 때면 늘 주머니에 현금 10만 원을 준비해서 다녔다. 밥 값이야 카드로 계산을 한다지만 갈 차비와 용돈은 카드로 못 드리니 말이다. 내가 가끔 드리는 작은 금액은 그 분이 밝은 세상을 만들기 위해 여기 저기 쓰신 돈에 비하면 새발의 피다. 더 드릴 걸 하는 아쉬움도 남는다. 이제 아쉬워하는 이들보다 한걸음 먼저 떠나셨다. 그분과 30여 년의 세월은 "복 형 오랜만이야! 별고 없지? 세상은 말이야 쓴맛이 사는 맛이야! 그래!" 하시면서 나를 일으켜 세워주시던 모습을 기억하고 살 뿐이다. 참 아쉽다.

'한국의 큰 건달' 채현국 선생

서승 (우석대학교 동아시아연구소 소장)

내가 채현국 선생을 알게 된 것은 임재경 선생님을 통해서였다. 한겨레신문 부사장을 지내고 우리나라의 큰 언론인이신 임재경 선생님과 채현국 선생님은 서울대 문리대 시절부터의 선후배였는데, 임 선생의 따님하고 채 선생님 아들은 우연치 않게 유학 중에 파리에서 연애결혼했다니까 끈질긴 인연으로 사돈이 되었다. 그래서 몸체와 그림자처럼 둘이서 붙어다녔으며, 내가 기획한 동아시아 평화기행에서 오키나와나 타이완에도 같이 가곤 했다.

채현국 선생님은 사업으로 번 돈을 진보운동이나 교육사업에 쾌척하는 호방한 분으로 잘 알려져 있으며, 칠팔 년 전에 채 선생님이 녹색병원에 입원하셨다는 소식을 듣고, 병문안 간 일이 있었는데, 뭐가 마땅치 않아서 육두문자를 써대며 그 작은 몸체로 병원이 떠나갈 듯 찌렁찌렁 호통치시니 깜짝 놀랐다. 평소에 호기심 많은 눈을 굴리며 세상사에 관심을 가지시는 호호야(好好爺)로만 보았는데, 눈을 불량스럽게 부라리고 노기충천 호령하시니 마치 건달 같았다. 하기야, 해방과 전쟁을 겪고, 모진 반공독재에 거역하고 그 거친 시대를 안하무인으로 살아오셨으니, 그 정도 깡다구와 오기가 없었더라면 구실을 제대로 해내지 못했으리라. 그러나 안타깝게도 선생님은 얼마 전에 고인이 되셨다. 생전에 선생님께서는 계명

구도(鷄鳴狗盜)도 다 끌어안는 넓은 품으로 나도 안아주시고 예뻐해 주셨는데, 내가 일본 리츠메이칸(立命館)대학에서 왔기 때문이라 짐작된다.

채 선생님은 해방 직후 중고등학교를 다니셨는데 그때 담임선생님이 김소영 시인이다. 김 시인은 함경도 이원의 지주의 아들로 일제 말기에 리츠메이칸 문과를 다녔다고 한다. 내가 1969년경에 김 시인을 알게 된 것은 김상현 의원이 하던 '재외동포연구소' 사람을 통해서였다. 김 시인은 도렴동의 '재외동포연구소'와 엎드리면 코 닿는 내수동에 '상록서점'이라고 하는 서너 평밖에 안되는 조그만 책방의 주인이었다. 거기에는 아직 동국대 학생이었던 조정래 작가가 까만 쓰메에리를 입고 가끔 나타나고, 몇몇 문인들과 고담을 나누었던 곳이기도 했다. 김 시인은 키도 훤칠하고, 머리 한가운데 가르마를 낸 시인 풍의 검은 장발에, 대추 모양의 붉은 낯 가운데 코가 우뚝 날이 선 미장부였으며, 술을 한잔하면 숫처녀처럼 수줍게 얼굴을 붉히곤 했다. 어느날 책방에 나타난 나를 책방 끝에 마련된 한 평도 안되는 온돌에 불러 "술 한 잔 하시게"라고, 막걸리 한 잔과 애지중지 조그만 병에 들어있는 오징어젓갈을 내놓으면서 "후미코(文子)가 만든거야" 하면서 내게 권했다. 허여멀건 오징어젓은 그리 맛이 있어 보이지는 않았으나, 학창시절을 보낸 일본의 진미의 추억을 못내 지우지 못한 미식가인 김 시인은 둥근 쇠테 안경 너머 서툰 우리말로 더듬더듬 말하는 조그마한 몸집의 전형적인 일본 여자, 후미코 여사에게 젓갈에 대하여 한바탕 설을 풀기 시작했다. 그런데 채 선생님의 말에 의하면 김소영 시인은 세상살이에 정말로 어둡고, 아무것도 할 줄 모르는 숙맥이어서, 학생들이 선생님을 밀고 당겨서 숙사도 마련하고 살림도 마련해 드릴 정도였다고 한다. 하지만 시인의 작품은 그렇지 않았다. 나는 아직도 당시 진보적 민족지 『청맥』에 권두 연재된 김 시인의 '조국'이라는 장편 서사시를 띄엄띄엄 기억한다. 동학농민운동을 시작으로 개항기, 일제 침략과 한국 강점, 군국주의와 황민화정책, 해방과 분단까지, 항일투쟁의 도도한 분류(奔流)를 서사시로 풀었으니, 내게는 재일동포 시인의 '화승총의 노래'와 매우 흡사한 색조와 메시지로 다가왔다. 그리고 후문에는 시골 부잣집 도련님인 김 시인도 그 작품으로 말미암아 수사기관에 끌려가서 고초를 겪었다고 한다. 세상 살아가는 데 주변이 없는 김 시인을 아기를 포대기에 싸서 어르듯이 보살폈던 채 선생님의 심사는 이 세상을 궁심(窮心) 어린 눈으로 바라보는 의협심이 아니었을까 한다.

채 선생님이 아시는 수많은 의협, 호협 중에서 내가 제주로 간다니까 "제주에는 장경식이라는 '큰 건달'이 있다"고 만나보라시는 것이었다. 건달이 큰 건달을 만나 보라니….

건달(乾達)은 불교의 건달바(乾闥婆)에서 유래된 말로, 하는 일 없이 빌빌거리며 노는 한량보다 못한 난봉꾼, 불량배를 뜻한다. 그러나 불교에서의 건달바는 천수관음의 식솔인 이십팔부중(二十八部衆)의 한 분으로 제석천(帝釋天)의 부하이며, 향을 먹고 끼니를 때우고 하늘을 날아다니는 악사로, 노래의 신 긴나라(緊那羅)와 한 쌍을 이룬다고 한다. 원래 바라문교의 신이었으나, 불교에서는 '술의 신'이 되었다. 하늘나라의 술은 사람들을 치유하는 소중한 약이다. 그래서 건달바는 낙신(藥神)이고, 갓 태어난 어린아이를 지켜주는 신이기도 하다.

물론 장 선생은 세속에서 말하는 건달은 아니지만, 불가에서 말하는 건달바를 방불케 한다. 장 선생도 술과 미식과 사람을 좋아하고 세상을 즐기는 쾌락주의자처럼 생각되는데, 채 선생님이 의미심장하게 '큰 건달'이라 하신 까닭은 무엇인가?

장 선생은 팔도강산을 누비고 다니는 민주·통일 인사 같은 협객과 도망자들을 대범하게 품고, 술과 성찬으로 향응하며 경우에 따라 큰 후원자가 되기도 한다. 그러면서 세속의 이재에도 밝아 보이고 각처에 한 밑천씩 묻어두고 있다.

내가 장 선생을 만난 곳은 신제주의 '여자만'이었는데, 거기서 단골손님이 잡아 온 훌륭한 삼치를 회 떠서 맛있게 먹었다. 장 선생은 내가 일찍이 별로 만나보지 못한 유형의 인물이라서 지금도 제대로 그를 아느냐 하면 자신이 없다. 나도 나름 식도락을 자처하지만, 장 선생은 제주 방방곡곡을 샅샅이 쑤시고 다니며, 저렴하고 맛나는 집을 찾아내는 데에 취미와 재주가 있었다. 제주에는 장 선생이 데려다주어서 나의 혀끝과 뇌수에 박힌 맛집들은 많지만, 사라봉 가까운 큰 길가에 있는 '각재기 집'은 잊을 수가 없다. 볼품이 없는 작은 집이지만 새벽부터 부지런히 가야만 자리를 잡을 수 있다. 각재기는 표준말로 전갱이, 일본말로는 '아지'라고 불리는 대중적 물고기다. 나는 1964년, 한국에 처음 와서 아직 우리말을 제대로 알아듣지 못했을 때 시장을 둘러보고 '아지'라는 소리를 듣고 일어를 그대로 쓰는 것을 알게 되었지만 국으로 먹은 것은 제주에 와서 처음이었다. 등푸른생선은 보통 국으로 먹지 않고 싱싱한 것은 회를 치지만, 대부분은 자반으로 구워 먹는데, 일본에서는 전갱이를 배를 열고 소금 간하고 꾸들꾸들 말린 '아지 히라키'가 아주 대중적이다. 그런데 제주의 각재기국은 그날 아침에 잡은 싱싱한 각재기를 뚝배기에 끓여, 부글부글 끓는 뚝배기가 오면 얼갈이 배추 잎, 깻잎, 풋고추, 다진 마늘, 산초 등을 넣고 먹는다. 끓는 뚝배기에서 모락모락 올라오는 김은 생선과 싱그러운 온갖 양념의 향기를 뿜어낸다. '아지'가 이렇게 역동적인 맛을 낼 줄은 몰랐다. 참으로 팔딱 팔딱 요동치는 생명의 맛을 농축한, 미각과 후각을 후벼 파는 칼칼한 제주의 맛이었다.

장 선생이 유명인을 좋아하고 자기가 하는 '유목민' 같은 모임에 후광을 얻으려고 채 선생님이나 나와 같은 사람들에게 이야기하게 한 것을 부정적으로만 보지는 않는다. 장 선생은 서울에 살면서 우연히 제주로 놀러 왔다가 마음에 들어 눌러앉게 된, 말하자면 '육지 것'이다. 세상이 발전하고 제주가 국가의 틀 속에 더욱더 뚜렷이 통합되면 제주의 고립성이나 폐쇄성은 차차 사라지겠지만, 내 경험으로는 제주의 배타성은 상상을 뛰어넘는 것이다. 거기서 진보적인 지적 모임을 만들어 제주 사회 전체에 영향을 끼치더라도 영원한 '유목민'으로 유랑할 수밖에 없을 것이다.

장 선생은 뛰어난 현실감각으로 굳건한 생활 터전을 닦으면서 우리 사회의 큰 꿈을 이루는 인물이고자 한 것 같았다. 그런데, 운동권 주류도 아니고, 본인이 확실한 전문분야를 가지고 있는 것도 아니었기에 언제나 뭐에 끼인 보리쌀처럼 어정쩡한 감이 있었다. 그런데 이 세상은 뚜렷한 자기의 입장과 전문성을 가진 사람들만으로 돌아가지는 않는다. 앞서가는 사람은 현실적이며 이해타산에 밝고, 때로 부르주아적인 면을 답답하게 생각하고, 매도하기도 하지만, 뒤에 따르는 대중들이 없다면 현실 세계는 달라질 수가 없다. 제주의 '큰 건달'은 역사의 큰 과제를 현실에 맞게 번안하고 먹고, 마시고, 노는 사람들의 가슴을 고동치게 하고 숨결을 불어넣는 구실을 했다. 큰 정치를 꿈꾸었지만, 낭만주의자 장 선생의 심성은 지극히 소박하고 자상한 데도 있었다. 어린아이들, 가난한 자들에 대한 여린 마음이나, 지극히 현세주의적인 그가 천주교의 영적 깊이로 끌려들어 간 것도 신앙자와의 갈등의 결과가 아니었던가 한다. 나는 박애주의나 자선주의는 사회의 근본적인 모순을 묻지 않는 위선자라고 생각한다. 불의에서 눈을 돌리고 책임을 불문에 부치고, 현실의 고통을 표면적으로 누그러뜨리고 그 고통을 지속시키는 구실을 한다는 의미에서 동조할 수가 없으며, 때로는 거부감이나 경멸감마저 솟아오른다. 그런데 장 선생의 대안학교인 볍씨학교에 대한 관심과 그 아이들에게 보내는 지극한 눈길은 평소의 빈틈 없는 약삭빠른 근대적 합리주의자의 모습과 거리가 멀고 그윽한 낭만주의가 배어있으며, 아예 학교 근처에 집을 옮기려고까지 한 것은 그의 '순정'이라고 해야 한다. 여러 가지 시행착오와 사고의 동요를 겪으면서도 장 선생은 심각하게 자기의 욕구를 억압하지 않았고, 하고 싶은 일을 하면서, 자신의 삶을 스스로 선택하고 살아왔다.

이렇듯이 우리 사회의 큰 건달 채현국 선생님은 우리나라 곳곳에 건달을 심어 놨겠는데, 그게 언제 꽃으로 피어나겠노?

채현국 선생 추억

신경림(시인)

내가 채 선생을 처음 만난 것은, 또렷한 기억은 아니지만 창비에 「농무(農舞)」를 발표하고 서울 생활을 시작한 70년대 초쯤이 아니었나 생각된다.

무교동에 사무실이 있던 채 선생과 출판사가 가까이 있었기 때문에 자주 볼 수 있었고, 못 받은 원고료에다 덤으로 술과 저녁을 자주 내는 채 선생님 덕분에 문인들이 사랑방처럼 홍국탄광 사무실에 드나들던 시절이다.

이후에는 한동네 정릉에 같이 살아서 가끔 심심찮게 얼굴을 보고 지냈다. 그런데 채 선생은 만날 때마다 얼만가 용돈을 주기도 했고, 특히 문인단체, 작가회의, 민예총 대표 맡았을 때는 수시로 술값이 아쉬울 때가 많았는데, 그때마다 회식비 등을 지원해 줘서 대단히 고맙게 생각할 때가 많았다. 아마도 가난한 시인이 단체를 이끌어가는 게 안쓰러운 배려심에서였을 것으로 생각된다.

80년대 중반 인사동 '귀천' 까페가 생기고 나서는 민병산 선생, 황명걸, 임재경, 방영웅 등의 절친한 문인들의 회동이 잦아서 더 자주 채 선생을 볼 수 있었을 것이다.

여러 문인의 후원자로 즐겁게 살던 호방한 성격의 채 선생이 지난해 세상을 떠났다. 마침 병원에서 치료 중이어서 가 보지는 못했지만 작별인사는 몇 년 전 청수장의 냉면집에서 소주 한 잔을 나누면서 미리 해두었으

신경림 시인과 채현국 선생 ⓒ조문호

므로 새삼 작별인사를 차릴 건 없을 듯하다.

　　문학 예술가 동네에 채 선생 같은 따듯하고 배려심 있는 후원자가 가신 것에 대해서 많은 아쉬움과 더불어 명복을 빈다.

* 이 글은 신경림 시인이 2022년 3월에 구술해 주신 것을 노광래가 받아 옮겼습니다.

자유인 채현국 선생을 기억하며

염무웅(문학평론가, 국립한국문학관 관장)

지난해 4월 2일 오후 채현국(蔡鉉國, 1935~2021) 선생의 작고 소식이 전해지자 가슴에서 덜컥하는 소리가 났다. 채 선생이 그동안 여러 해째 병원을 들락거렸고 최근엔 자못 위중하다는 것을 알았음에도 내게는 마치 있을 수 없는 일이 일어난 것 같은 충격이 온 것이다. 2017년 9월 초 녹색병원에 문병 갔을 때만 해도 채 선생은 병상에서조차 문병 간 사람들 입을 열 틈을 주지 않을 만큼 활기가 넘치고 이야기에 거침이 없었다. 늘 그렇게 잔칫집 같은 떠들썩함으로 가까이 계시리라 믿어왔기에 그의 죽음은 온 세상이 적막에 드는 듯한 허전함으로 다가왔다.

내가 어렴풋이나마 처음 채 선생에 관한 소문을 들은 것은 1960년 봄 대학에 입학하고 얼마 되지 않았을 때였다. 당시만 해도 전쟁의 흔적이 많이 남아 있었고 다들 가난했다. 제대로 학비 내면서 '밥 먹고' 다니는 대학생은 많지 않았고 나 같은 지방 출신들은 형편이 더 어려웠다. 그러니 '빡빡 깎은 머리에 찢어진 바지를 걸친 노숙자 차림으로' 교문 앞 다리에 서서 파격의 담론을 설하는 기이한 철학도 소문에는 관심을 가질 여유가 없었다.

그런데 학교 안에서 전설처럼 흘려들었던 소문의 당사자를 오래지 않아 학교 바깥에서 만나게 되었다. 대학을 졸업하고 신구문화사란 출판

사에 편집사원으로 근무하던 1965년경이었다. 그 무렵 신구문화사에는
시인 신동문(辛東門) 선생이 편집고문으로 계셨다. 신 선생은 나름 유명한
시인이었지만, 곁에서 지켜보니 딱한 처지의 동료들 뒷배 노릇을 하는 비
주류 문단의 중심이었다. 그는 문학 전문 출판사의 편집자로서 김수영(金
洙暎), 민병산(閔丙山), 구자운(具滋雲), 천상병(千祥炳) 같은 직장 없는 문
필가들에게 원고 일거리를 제공하기도 하고, 월간『세대』의 자문역을 맡
아 이병주(李炳注) 같은 대형 소설가를 발굴하고 최인훈(崔仁勳) 같은 유
망한 작가에게 장편 연재의 기회를 주선하기도 했다. 그런 까닭으로 그의
주위에는 언제나 사람이 많았다.

　내가 채현국 선생을 알게 된 것도 신동문 주변에서였다. 비슷한 경위
로 백낙청(白樂晴) 교수와도 인사를 나누었을 것이다. 서로 친구 사이인
채현국·백낙청 두 분은 그들의 또다른 친구인 한남철(韓南哲) 선생을 통
해 신동문과 그밖의 문인들을 알게 됐으리라 짐작한다. 한남철은 1959년
『사상계』로 등단하여 그곳 기자로 일하고 있었으므로 문단에 발이 넓었
고, 따라서 새 잡지의 창간을 준비하던 백 선생에게는 그런 한 선생의 도
움이 요긴했을 것이다. 한 선생은 1968년인가에 새로 창간된『월간중앙』
으로 직장을 옮기면서도 창비에 자주 들르고, 창비 출신 문인들에게 자
주 지면 제공의 호의를 베풀었다. 아무튼 1966년 1월 15일 발간된『창작
과비평』창간호의 안표지가 신구문화사의 책 광고인 걸 보면 어떤 경위로
이 광고가 실리게 되었는지 짐작이 간다.

　돌아보면『창작과비평』의 창간은 단지 문예지 하나 새로 만들자는
의도만의 산물은 아니었다. 가령 통권 10호(1968년 여름호)에 백 선생이 쓴
편집후기「『창작과비평』2년반」을 창간 55년을 넘긴 통권 192호의 시점
에서 읽어보면 당연히 엄청난 격세지감이 들지만, 그러나 세월을 관통하

여 여전히 공감되는 측면도 느껴진다. 척박한 풍토에서 뜻있는 잡지가 '2년 반이나' 버텨낸 것을 스스로 대견해 하는 광경은 미소를 자아내지만, "뜻있는 이를 불러모으고 새로운 재능을 찾음으로써 견딜 수 있을 것이라던 애초의 기대와 소망이 어느 정도는 이루어졌다는 의미에서, 우리는 일단 성공을 자축(自祝)할 수 있을 듯하다"는 발언에 내재된 다짐은 오늘날 더 강조될 필요가 있을지 모른다. 어쨌든 여기서 말하는 '기대와 소망'의 바탕에는 잡지 사업의 중심인 백낙청 선생뿐만 아니라 새로운 잡지의 창간에 공감하고 뜻을 함께했던 채현국·임재경(任在慶)·김상기(金相基)·이종구(李鍾求)·한남철 등 동지들의 염원도 깔려 있었다고 믿어지는 것이다.

물론 채 선생 자신은 언제나 멀리서 성원하는 역할에 머물러 있었다. 당시로서는 부친 채기엽(蔡基葉) 선생이 벌여놓은 사업에 전념하는 것이 그의 본업이기도 했다. 그러고 보니 1967년 늦여름 부친 회갑연에 초대받아 가서 집안과 마당을 가득 채운 흥겨운 잔치판을 보았던 일이 떠오른다. 그때 기념품으로 받았던 재떨이는 지금도 우리 집 어딘가에 남아 있는데, 2009년 가을 나의 둘째 녀석 혼사를 앞두고 채 선생이 축의금 전한다고 일부러 산본까지 오셨기에 재떨이 얘기를 꺼냈더니 무척 반가워하며 자신에게는 그 재떨이가 남아 있지 않다고 했다.

나는 채 선생 부친을 회갑 때 딱 한 번 뵈었을 뿐이므로 도무지 기억이 없다. 그런데 이상한 것은 그 후 흥국탄광 서울사무소를 여러 번 찾아갔어도 사장인 채기엽 선생이 자리에 있는 것을 한 번도 본 적이 없다는 점이었다. 채 선생이 작고한 뒤에 읽은 『풍운아 채현국』(김주완 기록, 피플파워 2015)과 『쓴맛이 사는 맛』(정운현 기록, 비아북 2015)을 통해 그밖의 다른 사실들과 함께 의문이 풀렸다. 부친은 천부적인 사업가였지만 한 군데 정착할 줄 모르는 영원한 자유인이었다. "내 생애에서 아버지는 기댈 수 있는 언덕이기보다 오히려 짐 같은 존재였다"는 채 선생의 언급은 자신의 일생에 관해 많은 것을 설명한다고 할 것이다. 요컨대 부친은 사업이건 뭐건 저지르기만 하고 수습은 주로 아들에게 맡긴 채 자유롭게 살았다. 그가 서너 살 때 이미 아버지는 중국으로 떠났고, 그런 탓에 어머니는 삯바느질로 어렵게 살림을 꾸려야 했다. 일제 말기 한창 힘들 때엔 사흘을 내리 굶고 쓰러진 적도 있었다고 한다. 어머니는 생모가 아니었지만 자신이 낳은 큰아들과 함께 생모 못지않은 사랑으로 키웠다.

해방 후 귀국한 부친은 고향인 대구에서 사업을 시작하려다가 여덟 살 위인 채현국의 이복형이 좌익 쪽에 가까워지자 솔가하여 서울로 옮긴다. 전쟁 동안에는 한동안 다시 대구에서 지냈고, 그런 연고로 전시 연합중학을 다니면서 백낙청을 비롯한 여러 친구들을 사귀었다. 환도 이후 대학 4학년이던 이복형이 휴전조약 당일 "이제는 영구 분단이다"는 말을 남기고 갑자기 자살을 했는데, 이 돌연한 사건으로 "집안은 풍비박산이 났다"고 그는 회고한다. 채 선생이 눈을 둥그렇게 뜨고 형의 자살 사건에 대해 말하는 것을 나도 여러 차례 들었다. 이 충격으로 부친은 연탄공장을 버려둔 채 집을 떠나 강원도 탄광지대로 갔다. 흥국탄광은 이런 경위로 태어난 것이었다.

내가 채현국 선생과 본격적으로 가까워진 것은 1969년 백낙청 교수가 박사학위 논문을 마무리하기 위해 미국으로 떠난 뒤였다. 지금 문득 떠오르는 장면은 신구문화사의 이종익(李鍾翊) 사장, 신동문 선생과 백낙청 선생, 그리고 나 넷이 장충동의 어느 양식집에서 점심을 먹으며 백 선생

안 계신 동안 신구에서 창비를 맡아 책임지기로 이종익 사장이 약속하던 일이다. 그런데 창비 발행으로 생기는 손실이 너무 컸기 때문인지, 신구는 잡지의 제작만 책임지고 원고료에 대해서는 입을 다물었다. 당시에 나는 1967년 말 신구문화사를 사직하고 대학 조교와 시간강사 노릇으로 밥을 벌면서 창비 편집을 맡고 있었는데, 원고료가 나오지 않으니 차츰 필자들한테 시달리게 되고 원고를 청탁할 면목도 없어졌다. 할 수 없이 종로1가 흥국탄광 서울사무소로 채현국 선생을 찾아갔다.

퇴근 무렵 그의 사무실로 찾아가면 친구들이 삼삼오오 모여들었다. 조선일보의 임재경과 이종구, 동아일보의 이계익(李啓謚) 등 기자 친구들이 주로 왔고 가끔은 소설가 이호철(李浩哲)과 시인 황명걸(黃明杰)도 어울렸으며 흥국탄광 도계 현장소장 박윤배(朴潤倍)와 노무과장 이선휘(李璇輝)도 나타났다. 물론 내가 채 선생의 사무실을 찾아가는 목적은 언론계 선배들의 종횡무진 담론을 경청하자는 것이 아니라 창비의 어려운 형편을 하소연하고 원고료 후원을 받아내는 것이었다. 그런데 요즘 내가 새삼 확인한 사실은 채 선생의 창비 후원에는 그럴 만한 까닭도 있다는 것이었다. 대학 졸업 후 취직했던 방송국을 3개월 만에 때려치우고 그가 찾아간 곳은 부친이 운영하고 있던 강원도 삼척의 흥국탄광이었다. 하지만 회사는 부도 직전의 상황이어서 채 선생은 백방으로 돈을 구하러 다녀야 했는데, 이때 그의 사업을 살린 것은 백낙청 선생의 모친이라고 했다. 당시 모친은 백병원 수납을 맡고 있었기 때문에 어음을 현금화하여 부도를 막아주셨다는 것이다. 모친 입장에서 채현국은 아들의 친구일 뿐 아니라 같은 대구 사람이라는 지역감정도 작용했을지 모른다. 후일 채 선생은 창비 운영이 어려울 때 자금을 보탠 것은 "모친이 베푼 은혜를 갚은" 것이었다고 회고한 바 있다.

지금 생각하면 그때 내가 채 선생한테 받은 후원금과 필자들에게 지급한 원고료 액수를 또박또박 적어놓지 않은 것이 후회가 된다. 요즘 돈으로 환산하면 몇천만 원이 될지 모르는데, 돈의 액수도 액수지만 그보다 나름의 역사적 기록이 될 터였다. (하지만 때로는 그런 기록이 유죄의 증거로 악용되던 시대도 있었음을 감안할 필요가 있다.) 물론 채 선생의 후원에도 불구하고 늘 원고료가 모자라, 아마 떼먹고 지나간 경우도 적지 않았을 것이다. 그 때문에 더러 곤욕을 치르기도 했고, 특히 어느 선배 소설가한테 받은 모욕은 잊히지 않는다. 그때 원고료를 못 받고도 눈감아주신 필자들께는 늦었지만 감사의 큰절을 올린다.

　그 무렵, 그러니까 1971년 늦봄 나는 수유리 산비탈에 15평짜리 조그만 주택을 사서 집주인이 되었다. 손바닥만한 좁은 마루지만 거기 앉아 눈을 들면 봄에는 진달래가 보였고 겨울에는 눈 오는 경치가 황홀감을 연출했다. 생애 처음으로 내 이름의 문패가 달린 집에 살고 있다는 행복감에 젖어 있던 어느 일요일 늦은 오후, 한남철 선생이 앞서고 채현국·박윤배 두 분이 뒤따라 예고 없이 우리 집을 찾았다. 북한산 등산을 하고 내려오는 길이었다. 박윤배 소장은 작고한 지 오래되어 이제 기억하는 사람이 많지 않지만, 백낙청·김우중(金宇中, 전 대우그룹 회장)·이종찬(李鍾贊, 전 국정원장) 등 유명인들과 비슷한 때 고등학교를 다닌 분으로, 청소년 시절부터 알아주는 협객이었다고 한다. 하지만 내가 만났을 무렵의 박 소장은 단지 강한 주먹의 소유자가 아니라 맑스의 『자본론』을 읽고 체득한 행동적 지식인이었다. 그는 1965년경부터 흥국탄광의 현장소장으로 내려가 있으면서 가족이 있는 서울로도 자주 왔다.

　소주 두어 병과 약소하게 안주가 놓인 소반을 갖다 놓고 네 사람이 둘

러앉자 방은 그득해졌다. 그런데 분위기가 예사롭지 않았다. 평소 채 선생
은 말이 속사포처럼 빨라서 다른 사람이 끼어들 틈을 찾기 어려웠다. 그
런데 그 날은 홍국탄광의 경영방침과 노사문제에 관한 박윤배 소장의 거
센 공세에 밀려 채 선생은 벌 받는 학생처럼 고개를 숙인 채 입을 열지 못
하고 있었다. 나로서는 평생 잊지 못할 장면이다. 돌이켜 생각해보면 당
시 삼척지역 홍국탄광은 단순한 탄광이 아니었다. 박정희 정권의 유신체
제에 반대해서 민주화운동을 하다가 피신하는 활동가들을 숨겨주는 것은
차라리 소극적인 역할이고, 여기서 한 걸음 더 나아가 정치투사의 교육을
위한 민주주의의 후방기지를 꿈꾼 것은 아닐까 막연하게 짐작한다. 그런
데 이 대담한 일을 기획하고 주도한 사람이 다름 아닌 박윤배 소장이라고
나는 알고 있다. 처음 고백이지만, 그 무렵 갓 결혼한 소설가 황석영이 중
편 「객지」의 발표로 성가를 높인 다음 어느 자리에선가 노동현장으로 들
어가겠다는 생각을 표한 적이 있었다. 그 소리를 들은 박 소장은 한동안
나를 통해 황석영 부인에게 생활비를 전한 적도 있다. 그 무렵 황석영은
우리 집에서 멀지 않은 4·19묘역 근처에 세 들어 살았다. 아마 채현국 선
생은 이 일련의 사실들을 대강 짐작하면서도 모르는 체 묵인하는 선에서
넘어갔을 것이다. 그것만 해도 사업가로서는 힘든 선택이었다. 그러나 결
국 1973년 홍국탄광은 자진해서 문을 닫았다. 그때 퇴직금으로 열 달 치
봉급을 광부들에게 나누어주었다는 얘기를 들은 적이 있다.

　　백 선생이 귀국하자 나로서는 채 선생을 만날 일이 대폭 줄어들었다.
창비가 신구문화사에서 떨어져 나와 독립하고 나도 덕성여대에 전임으
로 취직을 한 것이 일차적인 이유였지만, 창비의 재정적 책임을 백 선생이
전담하게 된 것도 채 선생 찾아갈 이유를 줄였다. 하지만 시국은 점점 어
려워지고 있었다. 박 정권은 유신 선포에 이어 긴급조치를 발령했고 민주

진영의 저항도 점점 거세어갔다. 이런 와중에 백 선생이 대학에서 파면된 데 이어 나도 대학에서 해직되었다. 창비라는 최소의 근거지를 더 단단하게 지키지 않으면 안 되는 상황이 된 것이었다. 그 무렵 채현국 선생은 친구들과 종로1가에 흥국통상이라는 업체를 차렸다고 하나, 나는 자세한 내막을 알지 못한다. 1979년에는 그 흥국통상도 접고, 채 선생은 1980년대부터 개운중학교(1968년 인수)와 효암고등학교(1974년 개교)의 운영에만 힘을 쏟았다. 하지만 이때부터 그는 자택이 있는 서울과 학교가 있는 경남 양산을 오르내리며 풍류객처럼 사는 것 같았다. 1990년대부터는 노는 곳도 서울의 인사동 쪽이 중심이 되고 어울리는 사람들도 민병산 선생이 돌아가신 뒤 신경림(申庚林)을 비롯한 문화예술계 인사들이 많았다. 내가 영남대에 재직하는 동안에는 가끔 대구에도 내려와 때로는 여럿이, 때로는 단둘이 만났다. 한 번은 수성못 쪽으로 걷다가 어딘가를 가리키며 생모가 살았던 곳이라 했고, 또 한 번은 동화사와 파계사가 갈라지는 지점에 이르러 "이 근처에서 내가 태어났다지……"라고도 했다. 어느 땐가는 소설가 방영웅(方榮雄)과 구중관(具仲琯)을 대동하고 영남대에 와서 박현수(朴賢洙)·정지창(鄭址昶)·김종철(金鍾哲) 등 후배 교수들과 어울려 잔디밭 위에서 막걸리 파티를 벌이기도 했다.

돌이켜보니 채현국 선생은 사람을 좋아하고 사람에 대한 호기심으로 가득찬 분이었다. 그는 색다르다 싶은 분의 소문을 들으면 기를 쓰고 찾아가 격의 없이 사귀었다. 사귀다 나이, 신분, 재산, 학벌, 남녀 따위를 가리지 않고 사람됨의 근본을 향해 곧장 다가갔다. 놀라운 것은 인간의 됨됨이에 대한 채 선생의 비상한 간파능력이었다. 그는 어떤 사람과 인사를 나누고 몇 마디 주고받으면 벌써 전광석화처럼 그의 사람됨을 꿰뚫어 보는 것 같았다. 그는 사회적 명성이나 지위, 외형적 차림새 같은 것에 절대로 넘어가지 않았다. 약삭빠른 사람과 말재주가 번지레한 사람, 위선적이거나 출세 지향적인 사람을 그는 잡아먹을 듯이 미워했다. 이름만 대면 알 만한 유명한 문인과 교수들이 채 선생의 통렬한 입담 앞에 가차 없이 무너지는 것을 나는 여러 차례 목격했다. 반면에 서투르고 무던하고 좀 모자란 듯한 사람에 대해서는 이상할 정도로 애정을 베풀고 정성을 다해서 보살폈다. 친구이자 사돈인 임재경 선생을 통해 일찍이 리영희(李泳禧) 선생을 소개받아 친해지고 좋아했는데, 까닭인즉 리 선생이 똑똑하고 훌륭해서가 아니라 "순박하고 정이 많아서"라고 했다. 그런데 내가 오래 살펴본 바로는 채 선생 자신은 결코 단순하고 순박한 분이 아니었다. 어쩌면 그는 자신의 인생을 둘러싼 복잡함과 자기의 사유 안에서 들끓는 번다함에 대해 필생의 투쟁을 벌였을지 모른다. 오히려 그렇기 때문에 그는 민병산·권정생(權正生) 같은 소박하고 순수한 분들의 삶을 찬양하고 그런 사람들이 고르게 잘 사는 세상의 도래를 더욱 절실하게 소망했을 것이다.

알다시피 채현국 선생은 2014년 정초 한겨레 인터뷰(이진순 「"노인들이 저 모양이란 걸 잘 봐두어라"」, 2014.1.4.)를 계기로 갑자기 전국적인 유명인사로 떠올랐다. 건강에 문제가 많았음에도 그는 쏟아져 들어오는 강연 요청을 마다하지 않았다. 팔순을 넘긴 노인의 것이라고는 믿어지지 않는 거침없는 언변과 거기 담긴 전복적인 사고에 사람들은 환호했다. 그를 좋아하고 그와 인연을 맺어온 문화예술인들이 이색적인 전시회를 연 것도 그런 분위기의 결과였다. 원로화가인 이우환(李禹煥)과 방혜자(方惠子)를 비롯해 신학철(申鶴澈), 배수봉(裵水鳳), 박재동(朴在東), 전각예술가 정병례(鄭昺例), 도예가 김용문(金容文), 조각가 박상희(朴相嬉) 등의 출품으로 2017년 11월 15일부터 일주일간 인사동의 한 화랑에서 '쓴맛이 사는 맛

그림전: 건달 할배 채현국과 함께하는 예술가들'이라는 이름의 전시회가 열린 것이었다. 지금 이 글도 그때 만들어진 팸플릿에 기고했던 것을 보완한 것이다. 팸플릿의 글 마지막 단락을 여기 그대로 옮겨, 드문 기인(奇人)이자 광기의 철인(哲人)이고 쉴 줄 모르는 학인(學人)이자 통 큰 대인(大人)이었던 채현국 선생의 별세를 삼가 애도한다.

"글과 그림과 춤과 노래에 대해서도 채현국은 어쩌면 세상의 통념과는 다른 자기만의 기준을 가지고 있을지 모른다. 그것이 어떤 것인지 나는 들어본 적이 없다. 어쩌면 채 선생 자신도 '내게는 그런 거 없어!'라고 할 것 같다. 어떻든 그의 기준이 기득권 체제의 내부에서 통용되는 전문가들 위주의 고답적 기준이 아닐 거란 점만은 분명하다. 사람이 고루 평등하고 즐겁게 살아가는 데 도움이 되는 모든 예술형식들이 각자의 특성과 지향을 지닌 채 모여들어 용광로 같은 대동(大同)을 이룬 세상… 아마 이런 게 그의 꿈일 것이다. 촛불 1주년을 기념하듯 열리는 이 특별한 전시가 채현국의 그런 꿈의 일단을 세상에 알리는 기회가 되기 바란다."

*『창작과비평』(2021년 여름호)에 실렸던 글을 필자와 출판사의 허락을 받아 재수록함

6.25동란이 맺어준 나의 영원한 벗 채현국

이기흥(전 서울예술대학 재단 이사장)

1950년 6.25동란으로 인해 수많은 사람들은 헤어짐의 아픔과 슬픔을 겪었지만, 내가 벗 채현국을 만나게 된 것은 바로 그 6.25동란이 계기가 되었다.

중학교 입학식(경기중학교)을 한 지 1개월도 되지 않았을 때, 우리는 전쟁을 겪으며 북한 공산군 치하에서 힘든 생활을 해야만 했다. 그해 겨울 또다시 북한군과 중공군의 서울 침공을 피해(1950년 12월) 우리 가족 모두는 고향을 떠나야만 했고 아무런 연고도 없는 경상북도 대구시에 정착해서 고난의 피란 생활을 하게 되었다. 중학생 된 지 반 년도 되지 않은 시기에 타향에서 피란 생활을 하게 되었는데, 다행히도 정부에서 피란민들을 위해 남녀 학교 학생 650여 명으로(남학생 370여 명, 여학생 270여 명) 서울피란 대구연합중학교를 개교하여 그 어려운 피란 생활 중에도 공부를 이어 나갈 수 있게 해 주었다.

나는 그곳에서 채현국(사대부중 1년생)을 처음 만났다. 그때 그를 만난 인연으로 벗 채현국이 타계한 2021년 4월까지도 자주 왕래를 해 왔었고 오늘날 '이 시대의 어른'으로 칭송받는 채현국은 아직도 나에게는 서울피란 대구연합중학교 때의 범상치 않은 특별한 학생으로 가슴에 남아있다.

대구 피란 시절 벗 채현국과 있었던 에피소드 하나를 소개하며 그 시절 채현국이 어떤 친구였는지를 말하고자 한다.

전란 중 피란 생활은 너나 할 것 없이 어려웠지만, 우리 몇몇 친구(채현국-사대부중, 김상기-경동중, 최남진-휘문중, 서림규-경기중)들은 학교 공부가 끝나면 대구 시내 중심가에 있는 책방 거리의 맘에 드는 서점에 들어가 책가방을 방석 삼아 깔고 앉아 공짜로 보고 싶은 책을 골라 읽는 재미로 피란 생활을 견디어 갔다. 그런데 어느 날 갑자기 서점의 점원이 우리가 책을 훔쳐갔다고 의심하며 각자의 책가방을 검사하려고 하는 일이 있었다.

모두가 억울하기도 하고 무섭기도 해서 다들 주눅 들어 있기만 했는데, 그때 채현국이 특유의 경상도 억양으로 "야 이 작자야! 우리가 피란 와서 살림이 어려워 책을 사서 볼 수가 없어 여기 와서 독서를 하고 가는데 격려는 못할망정 뭐 책 도둑으로 의심을 해! 이 멍청한 놈아. 야 '삐삐' 가자."

나는 어려서부터 몸이 약해 항상 주변 친구들로부터 '삐삐'라는 별명으로 호칭되어 왔으며 벗 채현국은 타계하기 얼마 전까지도 내가 서울대병원으로 문병을 갔을 때에도 "'삐삐' 왔구나" 하며 나를 반겼었다.

그때 나는 오척단구의 작은 몸집에서 어떻게 저런 목청과 용기 있는 모습이 나올 수 있었는지 놀라면서도 경탄했었고, 90이 다된 지금도 그때의 중학생 채현국을 자주 떠올린다. 벗 채현국. 그는 대학 입학(서울대 문리대 철학과) 후에도 철학도다운 깊이가 있으면서도 자유분방한 행동과 언변을 보여주었고, 이후 어른이 된 채현국은 나에게 찰리 채플린과 같은 해학과 철학에 홍명희의 소설 임꺽정에 나오는 양산박 두목의 의협심을 갖고 사는 이 시대에 정말 만나보기 힘든 지적 풍운아로 내 머릿속에 그리고 가슴속에 자리매김하게 되었다.

그는 대학 졸업 후 부친(고 채기엽 선생: 이병주의 소설 「관부연락선」에도 언급되었던 거부인 동시에 항일 애국지사이며 흥국탄광 설립자임) 덕분에 돈부자 놀이도 해 보고 시간부자 놀이도 마음껏 해본 자유인, 의협인, 철학인으로 요즘 시대에 참으로 보기 드문 풍운아로서 인생 후반을 지냈다.

내가 그를 '시간부자' 놀이도 해본 풍운아로 칭하는 이유는, 인간은 누구나 태어날 때부터 하루 24시간이라는 귀한 선물을 매일매일 차별 없이 받지만 대부분의 사람들은 하루하루 생계를 이어가기 위해 그중 많은 시간을 하고 싶지 않은 일을 하는 데 써야만 한다. 하지만 채현국은 한동안 흥국탄광 경영자로서 일했을 때를 빼고는 시간에 쪼들림이 없이 자기 하고 싶은 일을 해가며 살아왔을 뿐만 아니라 다른 친구들이 생계를 위해 시간 가난에 쪼들리고 있을 때 그는 흥국탄광 경영을 친구 박윤배(경기 중학교생, 대구 피란중학에서 만난 절친)에게 맡겨 놓고 이 친구, 저 친구 찾아다니며 정신적 멘토 역할도 마다하지 않았던 진정한 '벗'이었고, 부자였고 자유인이었다. 채현국이 한창 부자놀이 할 때(1965~1980년대) 우리 사회는 정치 사회적으로 참으로 암울한 시대였다. 이 암울한 사회를 바로 잡아보고자 용기 있게 나섰던 언론, 문화계의 인사들을 소리 없이 뒤에서 후원했고 또 투쟁을 하다 고초를 겪어 살림이 어려운 몇몇 분에게는 살 터전을 마련해 주었으며 부조리한 사회를 통탄하는 술자리 비용도 언제나 흔쾌히 부담해 주어가며 이 시대의 어른 노릇을 소리 없이 해 왔던 정말 멋진 풍운아였다. 채현국은 피란 대구연합중학교 때 국어 선생님이었던 시인 김소영 선생님의 어려운 형편을 알고는 끝까지 힘이 닿는 대로 뒤를 도와 드렸고 1994년 6월 28일엔 선생님의 시집 출판기념회를 한국일보 13층 송현클럽에서 열어드리기까지 했다.(당시 초청인으로는 김상기, 백낙청, 서립규, 유경환, 이계익, 이금홍, 이기홍, 전수정, 정상학, 채현국)

1993년 서립규 우림콘크리트공업 회장의 자택에서 왼쪽부터 임재경, 박이엽, 채현국, 김상기, 박승준, 서립규

채현국은 언제나 전면에 나서지 않으면서 주위의 도움이 필요한 사람에게 다가가 도움의 손을 펼쳤던 괴짜 의인이었다.

'쓴맛이 사는 맛'이라고 명언을 남긴 벗 채현국이 쓴맛을 놓은 지 벌써 365일이 되어 간다.

언제나 자유로웠던 그의 인생처럼, 그는 하늘에서도 여전히 자유롭게 살고 있을 거라 믿는다.

나는 오랜 사회생활을 하며 여러 직함으로 불려 왔었고 그 중에는 많은 사람들이 부러워하는 직함도 있었지만, 그럼에도 그 어떤 호칭보다 나는 삐삐로 불릴 때가 행복했다. 삐삐라고 불러주는 친구가 좋았고, 그렇게 불릴 수 있는 내가 좋았다. 언젠가 내가 벗 채현국을 다시 만났을 때, 그 친구가 변함없이 장난스런 표정으로 나를 다시 불러줄 거라고 믿는다.

채현국 선생의 파리 시절과 헌시(獻詩) 두 편

이만주(시인, 춤비평가)

I. 파리의 하늘 아래서

파리의 하늘 아래 / 노래가 날아가네요

파리의 하늘 아래 / 연인들이 거니네요

그들 위해 만든 멜로디인 양 / 행복해 하네요

베르시 다리 아래 / 한 명의 철학자가 앉아 있네요

Sous le ciel de Paris / S'envole une chanson

Sous le ciel de Paris / Marchent des amoureux

Leur bonheur se construit / Sur un air fait pour eux

Sous le pont de Bercy / Un philosophe assis

위는 '줄리앙 뒤비비에' 감독이 만든 1951년, 프랑스 영화 『파리의 하늘 아래』의 주제가로 에디트 피아프와 줄리에트 그레코가 노래해, 70년 세월 이 지난 지금도 프랑스 국민가요처럼 불려지는 샹송 가사의 일부분이다.

채현국 선생은 대학에서 철학을 전공하셨고 지식과 지혜에 있어 무 불통지로, 세속과 유리된 강단철학자가 아닌 진정한 '삶의 철학자'셨다. 그런 까닭에 위 가사 속의 '베르시(Bercy) 다리 아래 철학자'는 파리 체류

시절의 선생을 연상시키며 마치 그를 상징하는 것 같다.

"당신이 운 좋게도 젊음의 한때를 파리에서 보냈다면, 나머지 생애에 어디를 가든, 파리의 기억과 함께 머물 것이다. 왜냐하면 파리는 움직이는 향연이니까." 1950년, 어니스트 헤밍웨이가 그의 친구에게 써 보낸 말이다.

채 선생은 아마도 60을 넘긴 춘추에 파리를 방문하셨다. 하지만 그 역시 "파리는 놀라운 아름다움이야" 하면서 파리의 생활을 만끽하셨다. 파리의 인상은 사람에 따라 다르겠으나, 식자들 중에 파리의 아름다움과 미학, 사랑과 자유 지상주의(至上主義)에 반하지 않을 사람이 누가 있겠는가?

선생은 교수셨던 부인이 1년간 안식년으로 파리에 가 계실 때, 함께 가서 1년을 머무르셨다. 나는 무슨 일인가로 유럽에 갔다가 귀국하던 길에 파리에서 선생이 거주하시던 집에 열흘 내지 보름을 머물렀다.

그와 나는 세느 강변을 거닐었다. 그러다 다리를 쉬고 싶을 때면 카페에 들어가 생맥주를 마셨다. 언젠가 오래 전에 파리의 어떤 매체가 시민들에게 "만일 내일 지구의 종말이 온다면 당신은 파리를 어떻게 걷고 생을 끝낼 것인가"를 물어본 적이 있다. 그때 가장 많이 답했던 코스를 지금은 기억할 수 없으나, 그만큼 파리는 걷기 좋은 도시라는 얘기이기도 하다. 선생과 나는 어찌 보면 목적지 없이, 할 일 없이 함께 파리를 산책했던 것이다. 불어로 표현하자면 함께 랑도네(randonnée) 또는 프롬나드(promenade)를 했다고 할까? 파리의 수많은 석조 건축물들과 정경들이 끝없이 사연을 들려주며 말을 잇고 있으니 산책하는 동안 선생은 별로 말씀을 하지 않으셨다. 그에게도 나에게도 편하고 즐거웠던 시간이었다.

나는 이미 30대 초반에 파리에서 7~8개월 머문 경험이 있기에 '생제르맹데프레'의 한 와인 카페가 생각났다. 기억을 더듬어 그 카페를 찾아냈고 선생을 모시고 그곳을 방문했다. 생제르맹데프레는 서울로 치면 인사동 같은 곳이다. 작고 허름한 그 와인 카페에는 보헤미안 스타일의 사람들이나 퇴역한 '프랑스 외인부대' 출신들이 주로 드나들었다. 무엇보다 좋았던 것은 와인 한 잔에 2천 원 정도여서, 파리에서 술값이 가장 싼 편이었다. 그러기에 여러 잔 마셔도 별 부담이 없었다. 한 번 그곳에 들르신 이후, 선생은 그 카페를 좋아해 단골이 되셨다. 내가 파리에 체류하는 동안, 저녁이면 매일 드나들다시피 했고 선생은 그곳에서 흥이 나면 샹송을 부르셨다. 그러면 사람들은 그의 불어 발음과 가창 능력에 놀라곤 했다. 선생은 내가 귀국한 다음에도 계속 드나드셨던 모양이다. 나중에 한국에서 만나 뵈니 "내가 그곳에서 프랑스 아트 사커(Art Soccer)의 주인공 '지단'의 삼촌을 만나 술을 얻어먹었어"라고 말씀하셨다.

이제 먼 과거가 되어버려 사실은 필자가 파리의 선생 집에 얼마를 머물렀는지, 열흘인지, 보름인지 정확히 기억나지 않는다. 많은 것이 뇌리에서 사라져버렸다. 하지만 몇 가지 지워지지 않은 기억이 남아 있다.

파리 집에서 식사할 때 이런 말씀을 하셨다 "한국 사람에겐 김치보다도 된장이 더 불가분이야. 김치 안 먹고는 살아도 된장 안 먹고는 못 살아." 그러고 보니, 파리 집에 된장이 있었다. 그래서 함께 된장에다 밥을 비벼 먹은 후, 파리 산책을 나서곤 했던 일이 생각난다.

한 번은 파리에 오래 거주하고 있는 지인을 만나기로 되어 있었다. 저녁 때, 선생과 나는 생미셸의 어떤 레스토랑에서 그 지인을 만나 식사를 했다. 그때 나는 당연히 파리에 오래 거주한 그 지인이 저녁값을 내는 것으로 생각했다. 그런데 지인이 화장실에 간 사이, 선생은 나에게 슬며시 돈을 쥐여주셨다. 그래서 나는 그 돈으로 계산을 치렀다. 저녁을 끝내고 나와 나중에 "아까 그 돈은 왜 주신 겁니까?" 하고 여쭈니 "아니, 이만주가 파리 와서 얻어먹고 갔다는 소문을 낼 필요가 뭐 있어. 파리까지 와서 저녁을 사고 가더라는 얘기가 돌아야지." 나는 그 자상한 마음씨에 선생을 다시 생각했다.

파리에서 귀국하기 전날, 여자 옷가게를 가겠다고 했더니 왜 그러냐고 물으셨다. "여인에게 선물할 옷을 사려고 합니다" 말하니 크게 기뻐하시며 "아 이제 정말 여자가 생겼나 보네. 그럼! 살면서 여자에게 선물 사는 그런 경험도 해봐야 하는 거지" 하신다. 그때 그 훈훈하게 건네던 말씨가 지금도 귓가에 남아 있다.

그리고 떠나기 이틀 전에는 중급 정도의 호텔을 잡아주셨다. 그것은 개인적인 시간과 공간을 갖다가 귀국하라는 선생의 배려였다.

선생은 여행을 좋아하셔서 국내여행, 해외여행 할 것 없이 기회만 닿으면 여행을 다니셨다. 그러면서 한때 여행가며 여행작가였던 나를 늘 격려해 주셨다. 내가 미국 시카고에 갈 때는 일부러 지인을 소개해 주셔 그곳 지인의 집에 가서 머문 적도 있다. 국내여행을 같이 다니기도 했는데 일일이 기억할 수가 없다. 그를 따라 경상도 어느 암자에서인가에 가서 선화(禪畵)를 그리는 '수안 스님'을 만난 적도 있다.

한 번은 선생이 경비를 부담하셔 선생네 부부와 그가 이사장으로 있던 효암학원 재단 소속의 중학교 교장과 부산에서 배를 타고 대마도 여행을 같이 다녀온 적이 있다. 대마도에 도착해 현지 초등학교 교장의 융숭한 대접을 받았다. 그 교장의 반쯤 지붕이 있는 자가용 배를 타고 바다를 쾌속으로 달리며 선유하던 일과 이즈하라 골목 술집들을 함께 돌아다니던 일이 뇌리를 스쳐 지나간다.

II. '인사동의 산타클로스'에서 한국의 '국민할배'로

선생 나이 50대, 내 나이 30대에 그를 만나, 거의 35년 세월, 그와 시간을 함께했다. 한동안, 안 만날 때, 못 만날 때도 있었으나 어떤 때는 매일같이 만났다. 그러면 자랑할 일은 못 되지만 점심을 사주시고 저녁 때는 다시 저녁과 술을 사주셨다. 남들은 믿을 수 없는 일이겠지만 가끔은 용돈도 주셨다.

나중에 선생의 추종자들이 많아진 다음에는 조금 소원해졌지만 선생은 이상하리만치 필자를 챙기셨다. 말년에 선생의 인기가 치솟았을 때 사람들은 그를 '국민할배'라고 불렀지만 그러나 본인은 자신을 '건달할배'라고 부르기를 좋아하셨다. 남들에게 나를 소개하실 때면 "이 사람도 나처럼 순건달이야" 하시곤 했다. 뭔가 건달 기질이 서로 통했는가 보다. 필자가 글을 본격적으로 써 발표하는 것이 인생의 후반이고, 젊었을 때는 국내와 세계를 방랑하며 돌아다녔으니 나에게 건달이라는 표현도 맞는 것 같다.

선생을 만나 처음 놀랐던 것은, 한창때는—나중에도 그런 편이셨지만—점심이나 저녁을 먹으면 일행이 다섯이든 열이든 서른 명이든 모조리 혼자서 값을 치르셨다. 1차 끝나고 2차를 가도 여전히 마찬가지로 돈을 내셨다. 그리고는 슬그머니 필자와 빠져나와 3차를 커피나 생맥주 한 잔 정도로 끝내신 후, 남은 돈을 털어 주고 가실 때도 꽤 있었다.

용돈 주시던 일로는 이런 에피소드도 있다. 타계하시기 수 년 전, 편찮으셔 입원하고 계실 때였다. 어느 날 문병을 갔더니 여행 간다는 말을 하지도 않았는데 병상에서 100만 원을 건네주셨다. 그 돈으로 물가가 상대적으로 저렴한 카자흐스탄에서 풍요롭게 여행할 수 있었다. 선생은 그때 이제 마지막으로 용돈을 주는 것이라고 예감하셨던 모양이다.

한 번은 내가 운전을 하며 경상도 산천경개를 함께 여행한 적이 있다.

여행이 끝난 후, 선생은 "과속해도 안전하게 운전하네" 하시더니 그 중형 중고차를 나에게 가지라고 하셨다. 그러나 그때 나 자신 차를 가질 형편이 못 되어 사양했지만 받은 거나 마찬가지였다.

세상에는 산타클로스와 관련하여 세 부류의 사람이 있다고 한다. '산타클로스가 없다고 생각하는 사람', '있다고 생각하는 사람', 마지막은 '자기가 산타클로스라고 생각하는 사람'. 선생은 세상에 산타클로스가 있다고 믿는 사람이었고, 또한 자기 자신을 산타클로스라고 생각했는지까지는 모르겠으나 긴 세월 산타클로스의 선행을 행한 이였다.

돌이켜보면 나는 선생에게 많은 빚을 진 셈이다. 이제 그에게 갚을 수는 없는 노릇이니 대신, 형편이 닿는 대로 주위의 사람들에게 나누고 베풀며 산타클로스 흉내를 내보려 한다.

선생은 86세에 돌아가셨다. 80세 무렵인 2014년, 한겨레신문에 전면통으로 인터뷰 기사가 나간 후, 선생 관련 몇 권의 저서가 출간되더니 생(生)의 상종가를 치시면서 세인들 간에 인기 최고의 스타가 되셨다. 강연이란 것을 거의 안 하시던 분이 인기 강사가 되어 전국으로 초청강연을 다니셨다. 몇 번 따라 다녀 보았다. 놀라웠다. 얼마나 인기가 좋으셨던지 강연이 끝나면 추종자와 팬들에 둘러싸여 나 같은 사람은 가까이 접근하기도 힘들었다. 인생 말년에 '시대의 어른', '국민할배'가 되신 것이다.

선생은 박람강기의 지식을 갖고 계셨다. 늘 한문 전적을 보셨고 영어를 유창하게 하시는 편이었다. 샹송을 부르실 때면 발음이 근사했다. 불어도 잘하시는 것 같았다. 실제로 파리에 있을 때 필자한테 이런 말씀을 하셨다. "내 처자는 그렇게 불어 원서를 읽으면서도 파리에 와 보니 말은 한 마디도 못 해. 근데 나는 이렇게 말을 꽤 하잖아."

'카추샤' 같은 러시아 노래도 잘 부르셨다. 샹송, 러시아 노래뿐만 아니라 '번지 없는 주막' 같은 국내 가요도 잘 부르셨는데 씩씩하게 노래를 부르실 때는 기가 넘치셨다.

"아마 나처럼 키 작은 사람도 드물 걸. 그래도 내가 작아 보이지 않는 것은 균형 있는 체격을 갖고 있기 때문이야." 50~60대 때는 나름대로 개성 있는 옷차림에 멋진 모자를 쓰고 다니셨다. 당시, 겨울 복장을 얼핏 보면 러시아 볼셰비키 풍 같기도 했고 달리 보면 '러시아혁명' 후 파리로 망명 나온 귀족 같은 느낌을 주었다. 한 번은 갑자기 까만 턱시도를 깔끔하게 입고 나타나셔서 깜짝 놀랐다. 그런데 사실은 멋을 내시기보다는 일부러 비싼 턱시도를 맞추어 이웃에 사는 신사복 재봉사를 도와주고 싶으셨던 거다.

내 추측으론 강연 끝나고 강사료를 받으면 한 번도 챙기신 적이 없으실 터. 그 돈으로 강연에 참석했던 사람들과 저녁과 술을 드셨을 것이다. 그만큼 인간적인 멋이 있으셨고 통이 크셔 배울 점이 많았다. 아무나 '국민할배'가 되는 게 아니다.

선생의 호가 불이(不二)다. 두 가지로 해석될 수 있겠다. '불이'는 본래 불교 용어인데 "안과 겉은 둘이 아니다." "본(本)과 말(末)은 같은 것이다." 즉 일원론적인 해석이다. 한편으론 세상에 둘이 존재할 수 없는 오직 한 분이시라는 뜻도 된다. 정말 그에게 합당한 호라는 생각이 든다.

III. 불이(不二) 선생을 위한 헌시 두 편

늘 활기가 넘치셨기에 선생이 작년에 그리 갑자기 타계하시리라고는 생각지 못했다. 정말 뜻밖이었다. 훨씬 더 오래 사실 줄 알았다.

선생께서는 돌아가시기 얼마 전까지 당신을 충실히 따르던 세 명의 시봉자가 있었다. 한 명은 '효암학원 재단' 산하의 개운중학교 전 교장이었던 사람인데 수년 전 갑자기 이승을 달리했다. 또 한 명은 선생이 제주도

2019년 6월 채현국 선생 효암학원 이취임식장에서

에 가시면 선생을 극진히 모시던 사람인데 작년 초 급서했다. 마지막 한 사람은 서울의 모 고등학교 교사로 근래, 선생을 따르게 된 이래, 선생이 전국으로 강연을 다니시면 수행하던 이였다. 그런데 그 역시도 작년에 유명을 달리했다. 놀라운 사실은 셋 다 60대라는 점이다. 도저히 요즘 세상에 이승을 버릴 나이가 아닌데 모두 선생을 앞서 가버린 것이다. 스무여 살이나 아래인 세 사람이 모두 가는 것을 보고서 선생은 몹시 상심하셨던 것 같다.

　모처럼 채현국 선생에 대한 글을 써 달라는 청탁을 받고 보니, 기왕에 써놨던 두 편의 시가 생각난다. 2017년 '인사동 건달할배 서화 소장전'을 맞아 나는 그를 기리는 한시(漢詩)를 쓴 적이 있다. 그 한시는 소장전을 앞두고 그에 맞춰 썼었기에 이번에 길었던 것을 조금 줄이고 고쳤다.

다시 작년 49재 무렵, 부산에 있는 '민족미학연구소'의 채희완 대표가 추모시를 부탁해서 이번에는 한글시를 썼다. 그 둘이 선생에 대한 필자의 흠모의 정을 담고 있기에 여기에 옮긴다.

不二先生 頌 / 불이 선생 송

人外人在海東國 / 별난 분이 해동국에 계시니

先生雅號是不二 / 선생의 아호가 불이라

嫌惡僞善破權威 / 위선을 싫어하셔 권위라면 격파했고

直觀卓越言言喝 / 직관력이 탁월하셔 모든 말이 '할'이었네

平生救援弱小人 / 평생 약자들을 도우셨고

莫追求官爵名譽 / 벼슬과 명예를 추구치 않으시니

眞實如伯叔七賢 / 진실로 백이숙제, 죽림칠현이라

善于理解甲骨文 / 갑골문 이해에 뛰어나셨고

工于通曉古韓語 / 옛 한국어를 달관하고 계심이

高踏學者不匹敵 / 고답한 학자들이 감히 필적 못했네

五尺短軀江河心 / 오척단구이시나 하해 같이 넓은 마음에

承蒙恩澤世人多 / 은택 입은 세상 사람 많았네

人人崇敬兼欽慕 / 모든 이들이 존경하고 흠모하니

世間不二唯一人 / 세상에 둘 아닌 오직 한 분이시라

祝願年靑又年靑 / 바라건대 늘 젊어지시고

南山壽上東海福 / 남산의 장수와 동해의 복록을 누리시기를

丁酉(2017) 晚秋

불이(不二) 채현국 선생

올해, 마지막으로 '불이 선생'이 가셨다
'인사동 시대'는,
사람들 주장이 다르지만
천상병 시인의 부인 목순옥 여사가
1985년, 작은 찻집 '귀천'을
인사동에 열면서부터다

'인사동 시대'엔 네 분의 선생이 계셨다

본래의 천진난만한 때문인지
전기고문으로 정신이 좀 상해서이신지
천상병은 부인의 찻집에 줄기장창 앉아 계셨고

그 무렵 찻집 '귀천'에
세 분이 나타나셨다
바둑 평자이면서 서울의 디오게네스였던 민병산
명번역가이고 방송작가였던 박이엽
천상천하유아독존인 불이 채현국

이때부터 '은성주점'의 '명동시대'
잠시 이어진 '한국기원'의 '관철동 시대'가 끝나고
'인사동 시대'가 개막된 것이다

그 네 분 주위로 몰려들던
당시의 예술 게릴라들과 건달들
그 모든 이에게 저녁과 술을 사는 사람은 불이 선생이셨다

신비로울 정도로
어디서 돈을 구해오시는지
대부분의 자리
인원이 다섯이든, 열이든, 서른 명이든
불이 선생이 모두 감당을 하셨다
그리곤 남는 돈은 만 원씩, 5만 원씩
참석자들에게 몽땅 나눠주셨다
그리곤 다시 택시값을 빌리시기도 했다

네 분 선생의 지혜와 지식으로
인사동엔 반목과 갈등이 없었고
특히나 불이 선생의 연출로
모두가 행복했던 시절이었다

그러던 것이
1988년, 민병산이 가시고
1993년, 천상병이 가시고
2002년, 박이엽이 가시자
불이는 외톨이가 되었고
인사동은 빛을 잃기 시작했다

언젠가 불이 선생 부인이
1년간 교수 안식년을 프랑스 파리에서 보내자
'생제르맹데프레'에 서울의 '인사동 시대'가 잠시
접목되는 것 같았다

'프랑스 외인부대'의 퇴역 노병들이 드나들던
생제르맹데프레의 와인 목로주점에서
불이는 유창한 영어와 본토 불어 발음 샹송으로
노병들을 휘어잡았다.
그는 그렇게 늘 야인의 삶을 즐겼다
그는 그 자신을 지칭할 때 표현했듯, 늘 건달이었다

건달은 권위를 싫어했다
누구든 권위가 되면 싫어하고 까부수려 했다
보통은 약자에게 강하고 강자에게 약하지만
늘 강자에게 도전하는 편이었다.

그에 대해서는 과장도 심하고
사실이 아닌 것이 사실이 되어버리더니
부풀려졌고
신화가 형성되었다
신화는 또 신화를 확대 재생산했다

그러다 보니 초인 아닌 그에게

사람들은 요구했고, 기대를 너무 했다
그런 상황이 그를 힘들게 했다

구태여 그의 신화를 까부수기가 싫다
하지만 거짓으로 미화되는 것은 싫다

사람들은 그를 우러르기만 하는데
그도 모순의 인간이었고
인간이기에 단점도 있었다
어처구니 없는 면도 있었다
하지만 과장하고 미화하지 않더라도
그는 매력적이었다

호기심을, 여행을, 인생을
즐겼다
사람을 좋아했다
사람을 섬겼다
사람에게 따뜻할 때는 한없이 따뜻했다

"쓴맛이 사는 맛"
"모든 예술은 남들이 봐 줄 때 비로소 완성된다"
명석한 그는 쏟아놓느니 경구였고
우리말 근원과 생성 분석에 특출났다

그로 말미암아 사람들은 즐거웠다
그는 기록적으로 작은 키였음에도
작다는 느낌이 전혀 들지 않았다
아니, 거인처럼 보였다

하늘을 향해 오른팔을 내지르는 그의 힘찬 바디랭귀지
너무나도 씩씩했다

영혼의 집인 얼굴
얼굴의 풍경인 표정
감정을 방사하는 문화적 기호인 표정
철인(哲人) 같았던 그의 어떤 표정은
너무나도 좋았다

그가 떠나고 나니
인사동이 허전하다
서울의 한구석이 빈 것 같다.
아니 세상의 한구석이 빈 것 같다

그런 사람이 이 세상에 둘 아니고
한 명쯤은 있어야 하는 건데.

못 생겨서 다행이었다

이용학(전 효암고 교장)

채현국 선생님.

약주 좋아하시고(특히 고량주는 참 좋아하셨다), 이야기하기는 더 좋아하시고, 무엇보다 사람을 참 좋아하셨던 어른. 성별도, 나이도, 정치적 성향도, 하고 지내는 일도, 모조리 무시하고 누구 하고나 잘 어울리셨다. 그러다 보니 왁자한 술자리 꽤 잦으셨다.

뉴스를 전혀 접하지 않으시는데도, 남들과 얘기 나누는 걸 보면, 사안들의 문제점과 핵심을 두루 꿰고 계셔서 놀란다. '도사에게는 자연스럽게 그냥 눈에 보이는 건가?' 부러운 생각 들 때 많았다.

술을 많이 드시진 못했지만, 몇 순배 돌고 나서 흥이 오르면 자청해서 노래도 잘 부르셨는데, '문패도 번지수도 없는 주막에 궂은 비……' 약간 허스키한 목소리로 흘러간 옛 노래부터 시작하여, 우리 가곡으로, 그러다 신나면 샹송 한 곡까지. 이어서 '볼가 볼가 야스나야 볼가 볼가……'의 러시아 노래를 목청껏 부르시면 끝났다.

가끔 생각이 다른 분들과 목청 높여 논쟁을 하시기도 했지만, 특유의 '킬킬' 웃음과 "자, 이 술 한잔 받으소"로 마무리하셨다.

드물게 엄하게 꾸짖을 때도 있었다. 어쩌다 옆에서 보기에 좀 지나치게 나무라신다 싶을 때 있어, "몇 마디만 하시면 될 것 같은데, 왜 그리 크

2015년 김용근 민족교육상 시상식장에서 정해숙 전 전교조 위원장과 채현국 선생, 그리고 이용학 교장

게 나무라십니까?" 하고 조용히 말씀드리면, 되레 큰 목소리로 "키 크고 잘 생긴 놈들 보면 그냥 한 대 꽉 쥐어박고 싶은 생각이 들 때 있어. 크크크" 그러시면서 "나 아직 주먹이 엄청 빨라. 이봐" 하시면서 원투 스트레이트 던지는 폼을 잡으신다. 과연 주먹 나오는 속도가 꽤 빠르긴 하다.

평소에 '많이 가진 자들'(지식이든 돈이든 외모든)의 유세와 그렇지 못한 사람들의 상대적인 박탈감을 자주 얘기하셨는데, 그런 맥락에서의 짓궂은 장난으로 여겼다. 혼났던 사람조차 '키크고 잘 생긴 것'을 인정받고는 다 같이 유쾌하게 웃었다.

이어진 말씀이 뜻밖이다. "그런데 이용학이한테는 그런 생각이 한 번도 안 들어. 나도 참 이상해" 하시며 웃으신다. "아이고, 천만다행입니다.

이쁘게 봐주셔서 고맙습니다."

가만, 내 키가 177센티니 우리 나이 또래 중에서는 꽤 큰 편이고, 선생님의 대학 후배이니 가방끈도 긴 편인데… 어째서 나는 봐주셨지? 그러다 무릎을 쳤다. 아하! 못 생겨서 혼나지 않았구나! 못 생겨서! '못난 것도 힘이 된다'는 이상석 선생님의 책 제목이 생각나는 순간이었다.

못 난 탓으로 비교적 선생님 가까이에서 많은 가르침 들었는데, 제대로 따라 하지 못하고 있는 것이 늘 송구할 따름이다. 정말 못난 인간인가 보다. 나는.

채현국을 생각한다

이종찬(전 국정원장)

채현국이 우리 곁을 떠난 지 벌써 1년이 됐군. 나와 현국이는 한 번도 직함으로 부른 일이 없다. 그냥 현국이고 때로는 그의 별명 마달이로 통했다. 오늘도 마찬가지다.

　내가 현국을 만난 것이 1951년 전쟁통에 대구 피난지에서다. 나는 경상도 사투리가 낯설지만 그는 사투리도 능하고 서울 표준말도 잘해서 도대체 그의 정체가 무엇인지 몰랐다. 그런데 그는 우리를 앞서갔다. 내가 교과서에서 루소를 처음 이름으로 들었고 외웠을 때, 그는 이미 장 자크 루소를 꿰뚫었고 민약론(民約論)을 나에게 가르쳤다. 약간 질투심이 나서

　"야 언제 그런 책을 다 읽었냐?"

　"약전거리 책방에 가봐. 책은 얼마든지 있어."

　다음날 실제로 가봤다. 지금 기억으로 문고판 소책자로 있었다. 도저히 읽을 자신이 없어서 첫 장만 열어보고 그냥 두고 나왔다.

　현국이는 항상 꾀죄죄한 낡은 교복 윗도리, 아마 그의 형이 물려준 것일 게다. 맨발의 낡은 운동화, 무소유를 생활로 하는 철학자다웠다. 그의 앞에서 역사나 철학 이야기를 잘못 꺼냈다가는 긴 시간 청산유수 달변으로 풀어나가는 그의 강의를 들어야 했다. 이게 그가 지장으로 있는 대구판 마달이 그룹의 실체였다.

우리는 대구에서 연극을 같이 했다. 김송(金松, 1909~1988) 작 「피난학교」라는 연극이었다. 그는 문제 학생으로 등장하여 단연 인기를 끌었다. 대구말 서울말을 번갈아 구사하면서 관중을 웃겼다. 원래 연극은 코메디 풍자극에서 시작되었는가? 그의 능숙한 연기와 대사는 지금도 회고하면 전쟁 속에 피어나는 꽃송이를 보는 것처럼 능란하고 애절했다.

이렇게 우리의 우정은 시작되어 평생을 이어졌다. 내가 군에 있을 때나, 기피의 대상인 남산정보기관에 있을 때나 그는 한결같은 독설가로 나를 책망하고 격려하였고, 내가 정계에 입문하여 여의도에서 활동할 때에도 그는 골목 정치, 대로(大路) 정치를 마음대로 구사하면서 나의 책사역 또는 고문역을 담당하였다. 그가 해설하는 정치구도는 특이했고, 그가 지향하는 목표는 언제나 정의의 편이었다. 엉뚱한 이야기로 장내를 혼란스럽게 했지만 파장(罷場)이 되면 그의 말이 옳았음을 알게 되었다.

그가 말년에 되어서야 우리 사회에서는 숨겨진 그의 가치를 알게 되었고 그는 겨우 우리 사회의 사표로서 유명해지기 시작했다. 어쩐지 우리 사회는 언제나 숨은 보물을 찾지 못하는 인색함이 있는가 보다. 하지만 우리의 피난 친구들의 모임, 마달이 그룹에서는 일제히 유명해진 현국이를 놀렸다. "와! 일약 함석헌 선생 수준으로 비약하였다"고…… 킬킬거렸다. 아무리 유명한 영웅호걸도 집에서 장화 닦아준 사환 소년의 눈에는 우습게 보이듯이 현국이는 나라의 스승급에 올랐지만 우리는 여전히 그를 짓궂은 옛날 친구 '현국'에서 벗어나지 못했다.

이제 현국이 같은 괴물 친구마저 내 주변에서 떠나가다니 믿어지지 않는다. 나는 그가 영원히 살아서 나를 만나면 언제나 싸우고, 욕하고, 낄낄거리고 헤어지면 또 찾고 싶었던 그런 우정이 계속될 걸로 믿었다. 그런데 현국이가 간지 어느덧 1년이 되었다고? 아냐 양산에서 또 전화가 올 거야.

"종찬이냐? 너 요새 무얼 하냐 밥도 안 사고⋯ 내가 요새 몸이 좀 아프긴 하다."

"임마. 엄살 떨지 마. 내일 당장 올라와. 몇이서 저녁이나 하자구."

이런 전화를 할 친구가 없다니 세상은 얼마나 허전하고 삭막한가. 이제 나도 갈 때가 되었구나⋯⋯.

스승의 은혜

임락경(목사)

1. 스승의 은혜는 하늘 같아서 우러러볼수록 높아만 지네
참되거라 바르거라 가르쳐 주신 스승은 마음의 어버이시다
아아 고마워라 스승의 사랑 아아 보답하리 스승의 은혜

2. 태산같이 무거운 스승의 사랑 떠나면은 잊기 쉬운 스승의 은혜
어디 간들 언제인들 잊사오리까 마음을 길러주신 스승의 은혜
아아 고마워라 스승의 사랑 아아 보답하리 스승의 은혜

3. 바다보다 더 깊은 스승의 사랑 갚을 길은 오직 하나 살아 생전에
가르치신 그 교훈 마음에 새겨 나라 위해 겨레 위해 일하오리다
아아 고마워라 스승의 사랑 아아 보답하리 스승의 은혜

(스승의 은혜, 강소천 작)

이름 잘 지어야지. 강소천 선생은 1915년에 태어나서 1963년 48살에 소
천(召天: 개신교에서 하느님께서 불러간다는 뜻으로 죽음을 의미한다)하셨다. 그래
도 염라대왕이 많이 봐주신 것이다.

2019년 임락경 목사의 화천 시골집에 함께 한 채현국 선생과 윤병희 여사

　요즈음 들어 내가 아끼고 존경하는 분들 가운데 여러 분이 가신다. 나와 가까운 효암학원 박종현 전 교장이다. 채현국 할배가 이사장으로 있는 개운중학교 교장이었다. 채현국 할배의 수제자격이었다. 나와 관계는 거의 비서격이었다. 갑자기 나보다 앞섰다기보다는, 채현국 영감님보다 먼저 죽었다. 그 후 이어서 또 똑같은 수제자격인 이희종 선생도 앞서갔다. 박원순 시장, 백기완 선생, 또 일본에 계시면서 화장 재로 귀국하신 정경모 선생, 바로 3월 말에 나를 적극 도와주셨던 권오경 노인께서 97살에 가셨다. 또 우리 마을에 이사와 사는 돌쑥이라는 홍성배도 50대에 먼저 갔다. 이어서 4월 2일 채현국 건달할배가 주무시다가 깨어나지 않는다는 연락이 왔다.

　그 할배는 오래전부터 내가 경상도만 가면은 어느 곳이든 찾아오셨다. 상주 가면 상주로, 부산 가면 부산까지 심지어 남해에 갔었는데, 그곳

인사동 골목에서 고 이희종 선생과 채현국 선생

도 경상도라고 찾아오신다. 처음 만나 첫인사 때부터 태어나신 신분을 밝히시는데 너무나 놀랍고 떳떳하셨다. 서자로 태어나셨으나 형님이 자살하시고, 적자가 아니지만 적자 역할을 하신 것이다. 아버지가 일제 때 중국서 금광을 하셨고, 8·15 이후에 탄광을 하시게 된 것이다. 탄광이란 막장이다. 노동자들이 힘들지만 농업노동자들보다는 건축노동자가 조금 쉽고, 아주 힘든 노동은 배 타는 어부들이다. 옛날에는 양반놈들이 뱃놈들이라고 했었다. 그래도 어부들은 햇빛도 보고 비바람이라도 맞고 지내지만 광부들은 빛도 바람도 비도 맞을 수 없고 공기마저 광물질을 품고 있어 막장이다. 이곳이 도피 생활하는 이들이 숨어 살기 좋은 곳이다. 그때 70년대 민주화운동 하다 수배되면 피하러 들어간 곳이 광산이었다. 우리나라 전 국민이 나무를 연료로 사용하다가 무연탄이 나오면서 고급연료가 되었다.

석탄 산업이 개발되면서 70년대 초에 낸 세금이 전국에서 2위였다. 그때 박정희 대통령이 정치자금을 대주면 세금을 1위로 내도록 기업을 더 도와주겠다는 제언을 해왔다. 그는 그 제안을 거부하셨다. 그 당시에는 정부에서 하는 일에 협조하지 않으면 기업을 유지할 수가 없었다. 얼마 후에 망할 것은 뻔한 일이고, 미리 정리하자고 흥국탄광이란 광업소를 정리하게 된다. 이렇게 말씀하셨다. "그 당시 광업소에 있었던 사람들 똑같이 나누어주었어." 가령 지배인들은 많이 주고 일용근로자는 쬐끔 준 것이 아니고 같이 나누어 주었고, 갈 데 없는 이들은 함께 살도록 공동협업농장을 만들어서 정착하도록 했다는 것이다. 그들을 지난해 만났었다. 나보다 1~3년 더 아래인 나이였다. 채현국 이사장의 호칭이 사장님, 이사장님이 아니고 그냥 형님이라 부른다. 지금은 이상할 것도 없으나 70년대에 형님이라 부를 수 있다는 것은 신분 차별을 일찍이 깨신 분이라는 의미다. 다행히 지난해 우리 집에서 주무시고 아침에 물어보았다. "그때 탄광 정리하시고 재산 나누어 준 사람이 몇 명쯤 되었어요?" "천명에서 몇십 명 빠져 구백 칠~팔십 명 될 거야." 여기까지가 1차 재산분배였다. "내가 한 푼이라도 챙기면 박정희가 놔두지 않아. 회사돈 빼돌렸다고 덮어씌우니까 한 푼도 안 챙기고 다 나누어주었어. 그것도 사무원들 시켜서."

그 할배는 그 정도가 아니었다. 오늘 주머니에 있는 돈 내일까지 가면 안 된다고 밤 9시만 넘으면 주머니 정리하신다. 몇 만 원이 있든 몇 십만 원이 있든 돈을 다 꺼내서 나누어주신다. 10만 원 남았으면 10명에서 1만 원씩 나누어주신다. 9명이면 나는 2만 원 주시고, 2만 원씩 나누어주면 나는 5만 원 주신다. 다른 사람들에 비해서 나는 언제나 배로 주셨다. 그것은 내가 가난하고 비참했기 때문이다. 한 번은 나누어주다가 프랑스에 있는 딸이 주었다는 프랑스 화폐 1000프랑 지폐를 꺼내셨다. 그 당시 우리 돈으로 100만 원 정도 되는 돈이었다. "이 돈은 임 목사 주는데, 다음에 꼭 다른 사람에게 갚아야 돼. 안 갚아도 되고." 이 돈은 받아서 쓸 수가 없었다. 수첩에 가지고 다니다가 유럽에서 유학하는 학생에게 주었다. "너 졸업하고 교수 되면은 꼭 다른 사람에게 같은 방법으로 갚아야 한다"고 전달했다. 그러고 나니 마음이 홀가분하다. 며칠 후 할배 만나서, "저 지난번에 주셨던 돈 같은 방법으로 유학생에게 전달했어요." "내가 그랬던가?…"

양산 개운중학교서 건강교실을 하면은 매 기마다 한시도 빠지지 않고 강의를 들으신다. 말 같지 않은 말을 말씀처럼 듣고 계시니 얼마나 답답하셨을까 하는 생각을 수시로 했다. 나는 국민학교 졸업장이 최고 학력이고, 그 할배는 그 당시 서울대학교 철학과 졸업이셨다. 언젠가는 식사 중이었는데, 갑자기 어느 분께 전화를 하신다. "야, 순재야! 너 임락경 목사님 아느냐?" "잘 모른다." "야 임락경 목사님을 모르고 살면 어떻게 하느냐. 지금 전화 바꾸어줄 테니 통화해라." "여보세요, 이순재입니다." "네. 저는 잘 알고 있습니다. 임락경이에요." "몰라 봬서 죄송합니다. 앞으로는 알아서 종종 알고 지냅시다." "네, 고맙습니다." 이순재 그 분이 서울대 철학과 동기란다.

　몇 년 전 일이다. 병원에 입원하셨다. 문병 오지 않는다고 전화가 연속 온다. 마침 같이 있던 김환기와 함께 갔다. 문병객이 줄을 선다. 대통령이 화환을 보내고, 박원순 시장이 문병을 다녀가고, 병실에서 10분도 이야기할 시간이 없다. "내가 돈 욕심이 없는데, 이제는 비자금을 좀 모아야겠어. 돈 있는 사람들에게 돈을 좀 뺏어야겠어. 그 돈 은행에 두면은 은행 자체만 키워주니 각자 은행을 만들어야겠어. 한 사람에게 100만 원씩 맡겨놓았다가 내가 필요할 때 한 번에 찾아 써야겠어. 100만 원씩 만 명에게 저축해놓으면 100억 가지면 내가 하고 싶은 일을 할 거야." 하고서 함께 간 김환기에게 "내 돈 좀 맡고 있어. 아무 때라도 내가 주라고 하면 30일 안에 주어야 돼!" "저 못 맡아요. 주면 써버리고 금방 못 챙겨드려요." "괜찮아 좀 늦어도 돼. 없으면 안 줘도 돼." "임 목사는 2천만 원을 맡겨야 하는데, 지금 돈이 하나도 없어." "15분만 기다렸다가 가." 어떤 사람에게 전화를 해서 돈을 보내라고 하셨다. 15분 후에 100만 원을 찾아다 주신다. "우선 100만 원만 맡고 있어요. 다음에 2천만 원 채워드릴게." 그리고 일천구백만 원을 안 맡기고 가셨다. 우리 집에 계실 때 할배의 딸과 사위가 왔다. 할배는 사위에게 "야, 돈 좀 맡고 있어. 아무 때라도 주어야 한다."고 하신다. "네." 몇 달 후 딸과 사위가 지리산 실상사에서 하고 있는 건강교실에 참석했다. 할배 사위에게 물었다. "너 그 때 장인이 돈 얼마 맡기시더냐?" "백오십만 원 주시던데요?" "야, 나는 이천만 원 짜리다." "아버님이 가족들에게는 무척 짜게 대하셔요." 병원에 계실 때 아들이 들어온다. "야,

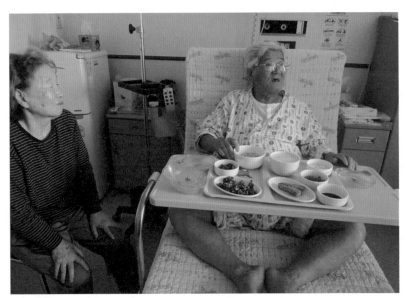

서울대병원 입원 당시 채현국 선생과 부인 윤병희 여사 ⓒ조문호

돈 좀 주고 가라." "진작 말씀하셨으면 오는 길에 은행에서 찾아오지요."
"괜찮다. 너 어머니가 가져오신다." 여유 있는 아들 돈은 찾아다가 어렵게
사는 이들에게 맡기고, 돈 있는 사람은 문병 오는 사람마다 돈을 달라고
하신다. 몇 개월 지난 후 우리 집에서 지금까지 저축해 놓은 돈 찾아서 또
저축하셨느냐고 했더니, "나 내가 도와준 사람들에게는 한 사람도 도와달
라고 안 했어. 혹 모르고 달라고 했을는지는 몰라." 물론 1000명 정도에게
그 당시 집 한 채 값 정도 되는 돈들을 주었으나 다 기억하실 수가 없을 것
이다.

　　병원에 문병 가면은 문병 가는 사람들끼리 서로 만나는 친교의 장이
기도 하다. 식당 겸 술집을 정해놓고 문병 오는 사람들에게 병실이 좁으니

까 식당으로 가라고 한다. 하루종일 문병객들이 몇 시간씩 안 가고 먹고 마시고 하는 술값을 저녁 8시에 돌림의자 타고 내려오셔서 모두 계산하신다. 그리고 그 중에 돈이 많은 사람을 지명해서 "나머지 술값은 네가 내." "네, 걱정 마시고 가셔요." 하고서, 그 사람은 집에 못 가고 아침까지 술대접해야 한다. 문병객들 중에는 서로 아는 사람들이 많지만 처음 만난 사람들도 있다. 술을 먹다 보면 안주를 더 시켜야 되나 술을 더 시켜야 되나 서로 눈치 볼 때 술값 나머지 맡은 사람이 아침까지 부족함 없이 챙겨준다. 또 그 장소에는 박종현, 이희종이 아예 밤새 지키고 있으면서 오는 사람 가는 사람 안내해 주고 처음 만난 사람 인사시키고…, 하루 이틀이 아니다.

인사동에서 전시회를 하게 된다. 그 할배의 작품이 아니고 지인들이 이름 있는 이들의 그림이나 글씨 또 물품을 닥치는 대로 기증받아 전시회를 열었다. 그 작품이나 출품한 전시품을 팔아서 노인네 말년에 좀 쓰시도록 기회를 마련한 것이다. 시작하는 날 밤에 시간 맞춰 참석하려고 계획 없이 갔었다. 기념식 축사는 이부영 전 의원 한 사람이었다. 내가 참석하니 나에게도 축사를 부탁하신다. 먼저 이부영 의원이 축사를 하는데, 웅성웅성 조잘조잘 왁자지껄 축사는 들리지 않는다. 그다음 내 차례다. 이제는 더 시끄럽다. 나는 축사 안 하고 조용하기를 기다린다. 5분, 10분 지나니 더 떠든다. 사회자인 이희종이 "왜 축사 안 하시느냐?"고 한다. "들을 사람들이 들어야 하지. 혼자 정신병자처럼 떠드느냐? 안 하고 그냥 가련다." "조용히 해 주십시오. 지금 축사 시간입니다." 그래도 더 시끄럽다. 갑자기 할배가 큰소리로 "조용히들 해. 뭐 하러 왔어." 그러니 잠잠해진다. "축사하기 전 내가 강원도서 아랫것으로 농사꾼입니다. 내가 축사하는 것 물론 들을 것도 없어 떠드는 것은 이해합니다. 그러나 방금 전 국회의원이셨던 분이 축사하실 때도 떠드는 것을 보니 그것은 여러분들의 잘못입니다. 안

하고 그냥 가고 싶었으나 조용해지니 축사를 시작하렵니다." 그리고 뭐라
고 지껄였다.

전시회 장소는 그림 글씨 전시보다는 뒤풀이 장소다. 인원이 너무 많
아 식당을 두 군데로 나누었다. 제주도에서 온 병원 원장과 같이 앉았다.
"그림 하나 찍어서 사려고 하니 5천만 원이래요. 그래도 사려고 했더니 벌
써 누가 샀대요. 그래서 삼천만 원짜리 하나 샀어요." 하는 정도다. 전시회
는 15일 동안 연속이었다. 저녁마다 회식판이다. 술값은 언제나 영감님이
모자를 돌린다. 그러면 술값은 해결된다. 전시회 끝나고 모아진 돈 영감님
쓰시라고 드렸더니 가난한 문인들 모두 나누어주시고 끝이다. 다시 한 번
더 하자고 그때 출품 못했던 작품들 모아서 두 차례 했으나 모두 문인들
나누어주시고 끝이다.

숲학교의 구상과 계획을 하신다. 지리산 밑에 토지를 구입하셨다. 정
년퇴임한 박종현 전 교장과 김환기와 같이 시작하려고 오래전부터 구상
을 하셨고, 위치와 물자리 보고 진행하려다가 박종현이 먼저 죽었다. 그래
도 몇 년 지났으니 다시 진행하려고 했었다. 이번 1월 27일 안동에 사는
차명숙에게서 전화가 온다. 채현국 할배가 배탈이 오래도록 그치지 않으
신다고. 내가 배탈 멎는 약이 있어 가지고 간다고 시간 약속을 하였다. 할
배 집 앞 찻집에서 뵙게 되었다. 그날은 마나님과 같이 나오셔서 차도 마
시고 웃기도 하시고 점심 대접 잘 받았다. 헤어지기 아쉬워 다시 찻집에
들어가서 나눈 주된 이야기가 지리산 숲학교 이야기였다. 그 땅이 학교재
산으로 돼 있어서 속히 이사회를 열기로 했다. 이사회 결과는 학교서는 학
교숲에 뜻이 없고, 그 땅은 숲학교 운영진을 따로 꾸려 경매로 사야 된다
는 것이 회의 결과다. 그럼 채현국 전 이사장님더러 사 주시라고 해야 된

2017년 12월 유카리화랑에서 왼쪽부터 정해숙, 장사익, 박종현, 이희종, 채현국 선생 ©김수길

다. 물론 이사회 결과는 할배에게 전달했다.

　그 무렵 병원에 입원하셨다. 유행성 독감 때문에 면회를 못하고 지냈다. 4월 1일 퇴원하셨고, 집에 오셔서 4월 2일 주무시다가 너무 오래 주무셔서 들어가 보니 계속 주무시고 안 일어나신다고 한다. 지금도 주무신다. 장례식장에서 그처럼 편히 갈 수 있다면 나도 지금 선택하겠다고 하니 옆에 있는 젊은이들이 딸 결혼식이 있으니 안 된다고 한다. 다시는 돌아오지 못할 이곳, 빨리 잊고 편히 가시도록 보내드려야겠다.

채 선생님

전종덕(저술가, 2022년 『자본론』 번역자)

나자 오스트로바 나 스트레진
나 포스토르 레츄노이 볼니
브플리 마유트 라스피스니예

인사동에서 우리들과 함께 소주 한 잔 드시다가 종종 채 선생님은 일어나서 이렇게 노래를 부르셨다. 예전에 우리가 부르던 '스텐카 라진'이었다. 좌중에 러시아어를 아는 사람이 없으니, 정확한 발음인지 아무도 모르지만, 가락은 익숙했다. 아마도 일제 때 그리고 해방 직후에 이 땅의 지식인들이 부르기 시작하였던 노래였을 것이고 이 때 배우셨으리라.

채 선생님은 서울의 중심지에서 우리나라 현대사를 몸소 열린 눈과 머리로 지켜보셨다. 해방, 6.25, 4.19, 5.16, 유신, 80년, 6.29…. 80년에는 당신이 경영하시던 탄광의 현장인 사북에서 이른바 '사북 사태'를 최고경영자로서 몸으로 맞이하셨다. 특히 선생님은 이런 역사 현장의 주역이었던 거의 모든 인물들과 교류하였다. 친구로서, 선배로서, 후배로서, 때로는 원로로서 교류하셨다. 그래서 해방 후 지금까지 인사동에서 만난 분들의 이야기를 중심으로 선생님의 이야기를 글로 써서 펴내 보고 싶었다. 천지현황의 민병산 선생님 이야기를 포함해서 말이다.

2015년 서울 인사동 낭만에서 열린 팔순 기념잔치에서 러시아 민요 볼가강의 노래를 열창하는 채현국 선생
©조문호

　이런 분들 중 대부분을 우리 같은 후진들에게 남김없이 소개해 주셨다. 군이 규정하자면, 국수주의자들도 있고, 좌파 진보 인물들을 포함하여 그 스펙트럼이 무한하였다. 그렇다고 어느 특정 유파의 사람들을 선호하시는 것은 아니었다. 선생님이 보는 기준은 "○○○ 좋은 사람이야"로 표현하시듯이 어떤 생각을 하든 그가 곧은 사람인가였다. 아무리 명성이 높아도 출세만을 위하여 사람을 만나는 이기적인 인물은 쓰레기 취급하셨다.

　이렇게 사람들을 만나고 지원하면서 살아오신 것이 결코 본인을 내세우기 위한 욕심이나 연줄 관리를 위해서가 아니라 당신이 일찍이 체득하고 자기 학습을 통하여 얻은 철학에 기초한 것으로 이를 실천해 오신 것이다. 당신은 책을 안 읽는다고 하시지만, 이는 그냥 하신 말씀이다. 확실한 철학과 혜안을 가지고 계셨다. 이는 자신이 독서를 통하여 습득하거나 교분을 통하여 얻은 지식을 현실에서 확인하고, 이를 넘어서면서 얻은 혜안이다. 그 번뜩이는 혜안은 매번 나를 놀라게 하였다.

앞에서도 썼지만, 선생님이 괜찮다고 판단한 사람은 민주화 운동가도, 진보주의자도 아니며, 민족주의자도 아니다. 곧은 사람이다. 이렇게 만나는 사람과 당신의 이야기를 섞으면, 무궁무진한 이야기 조합이 된다.

"헝가리의 평원이 마자르 평원인지 알지. 이 사람들은 헝가리라고 불리는 것을 좋아하지 않고, 마자르라 불리기를 좋아하지. 티벳에 마자르라는 지역이 있는지 알아? 이게 말갈에서 온 것이야. 우리 같은 아시아 북방 오랑캐지…. 핀란드 여행 갔다가 장례식 행렬 지나가는데 우리와 똑같이 생긴 사람이 있어서 따라가서, 물어보았지. 자기들 사이에 그런 사람이 가끔 있다는 것이야. 이 사람들도 아시아 북방에서 간 사람들의 후손일 거야." 어느 때는 종족 이동설이랄까? 우리 민족 일부도 묻혀 간 것은 아닐까? 이런 이야기 한도 끝도 없다. 그렇다고 당신이 우리 주변에 흔히 볼 수 있는 국뽕에 취한 국수주의자도 아니다.

"스위스 사람들 말이야. 잘 산다 하지만, 지금도 소 몰고 따뜻할 때 산 위로 올라가 방목하다가 가을 되면 내려와. 예전 방식대로 살고 있어." 인류학으로 넘어간다.

함께 계실 때, 이야기 주제는 시대와 국경을 넘어서 무궁무진하다.

이야기뿐인가. 앞에서 이래저래 만난 분들이 엄청나다 하였는데, 여기서 그치지 않는다. 민병산 선생님 이야기도 그렇지만, 주변 사람들에게 무엇이든지 나누어 주신다. 물론 잘 사는 사람들이야 제외되지만, 선생님은 주변의 당신이 판단하신 곧은 사람들에게 늘 무엇인가를 주셨다. 큰 것이야 우리가 다 알 수 없는 일이고, 알 필요도 없을 것이다. 이런 연장선상에서 나를 비롯한 주변 사람들에게 택시비 하라고 돈을 주시기도 하고, 지나가다 가게에서 산 것이라고 항상 행운이 따른다고 옥을 주시든 아니면, 12간지의 작은 금속 동물상이든 나누어 주시는 것에는 제한이 없었다. 그래서 채 선생님의 상의 주머니는 항상 불룩했다. 항상 주변에 나누어 주실 무언가가 들어 있었던 것이다.

선생님은 헛된 권위를 철저히 부정하신다. 당신이 책을 읽지 않으신다고 하신 말씀도, 책 좀 읽고, 지식 좀 있다고 말도 안 되는 글이나 이야기 내놓는 사람들에게 하시는 말씀이라고 나는 이해하였다. 책을 읽지 않으신다는 채 선생님은 앞에서 이야기했듯이 아는 것이 누구보다도 많았다. 그래서 채 선생님은 어설픈 권위는 철저히 부정하신다. 이런 권위는 물질적이든 세속적이든 이익에 바탕을 두고 있다고 보시는 것이다. 그래서 나는 선생님을 무정부주의자로 본다. 그러면서도 나는 선생님을 낭만주의적 무정부주의자라고 규정한다. 따뜻하면서 실행에 옮기는 무정부주의자다.

실천하는 무정부주의자로 보던 나에게 이런 웃기는 일화가 있다. 십몇 년 전 남대문 방화사건이 났을 때, 언론에서 방화 용의자가, 작은 키에 머리가 하얗게 센 대구 출신의 70대 채 씨라고 보도하였다. 그래서 나는 지금 파리에 거주하는 정모 선배와 저 용의자 채 선생님 아니냐며 진지하게 이야기를 나누었다. 채 선생님이 가끔 "○○○에 불을 확 싸질러 버려야지"라고 말하지 않으셨냐며 둘이 아주 심각하게 이야기했다. 물론 범인이 잡힌 직후 채 선생님을 만났을 때, 이런 이야기를 하면서 웃은 적이 있다.

타계하시기 몇 년 전부터 '인사동 할배'로 젊은 사람들에게 강연하시던 것을 나는 선생님 인생에서는 사족이라 생각한다. 악화되는 당뇨로 소주 한 잔도 다 드시지 못할 정도 건강 상태의 80 노인이 전국을 다니시면서 '내지르고' 젊은 사람들의 뜨거운 환호를 받고 '유튜브'의 인기 인물이 되는 것이 당신의 정신적 엔도르핀을 분출시켰는지는 모르지만 육체의 건강은 급격히 무너뜨리고 있었던 것이다. 틀림없이 그 뒤풀이에는 막걸리가 돌았을 것이고, 이를 사양하지 않으셨을 것이다.

당신이 하시던 강연의 주제를 넘어서 국내는 물론이고 세계가 가히 천하대란의 시대에 들어선 지금 우리에게는 선생님의 예지를 보여주시는 선생님의 '노가리'가 더욱 그립다. 가끔 주시던 택시비도 그립고, 옥돌도 그립다. 때가 되면, 전문가 모셔다가 선생님과 함께 '스텐카 라진'을 원어 발음대로 배워보고 싶었는데, 이제는 불가능하게 되었다. 언제 '확 싸지를' 새로운 낭만적 무정부주의자가 나올까? 나와서 이 땅의 볼가강 위에서 노를 저어줄까?

넘쳐 넘쳐 흘러가는 볼가 강물 위에
잠을 깬 스텐카 라진
그립구나 그리워…

징검다리

정명숙(산악인)

나도 환갑이 넘었다. 인사동에서 선생님들을 처음 만났을 때 그들의 나이가 됐다. 그리고 몇 개 안 남은 나의 기억을 되살려 보는 일을 하고 있다.

지금도 무식하지만 이십대 초반의 나를 돌아보는 일은 매력적이지 않다. 모르는데 아는 것 같고 다 알 수 있다는, 알아야 한다는 무한 착각과 하나가 되어 사는 씩씩한 젊은이였다. 같은 하늘 아래에서 있는 것이 아닌 것이 무엇인지 상상도 못 해 봤다. 해 본 일도 없으면서 뻔히 안다는 아주 방자한 젊은 여자애였다.

그런 이십대 초반에 만났던 선생님들… 무식하고 씩씩한 내 눈에 당시 그 분들은 늘 비슷한 모습으로 서로의 주변을 어슬렁 서로의 안부를 챙기며 지내셨다. 어쩌다 '귀천'에 가면 선생님들 중에 누군가는 계셨던 것 같다. 만난 분들에 대해 기억도 안 될 정도로 많은 어른들을 만났다. 그 분들 곁에 가면 밥도 얻어 먹고 차도 얻어 마시고 글씨도 얻고 술도 마시며 한 번도 본 적 없는 많은 사람들과 인사를 하고 곁에서 놀았다. 가난한 이십대 젊은 애가 어른들 옆에서 뭘 얻어 먹고 있는 것을 상상하니 행복했겠다. 주정뱅이 아버지와 그들의 형제만 보다 전혀 다른 어른들을 만나던 그 시절이 새삼스럽다.

그 분들은 최소 두 명에서 십여 명이 늘 인사동 어딘가에서 서로가 서로를 찾으며 만나고 계셨다. 내가 보기에는 특별한 일도 없는데 늘 서로서로를 찾으시며 국수에 소주를 마시며 웃고 떠드는 저녁을 보냈다. 그 당시는 인사동에 가면 늘 그들 중 누군가를 쉽게 만날 수 있었다.

나의 육십대는 선생님들이 인사동에 모여서 지내시던 때와 참 다르다. 늘 주변에 친구나 후배, 선배가 모여서 국수 한 그릇을 먹으며 북적거리던 그들의 모습을 생각하니 지금의 내 모습은 참 초라하다. 코로나 시대라서 그들처럼 쉽게 만날 수도 없고, 그렇지 않다고 해도 어딘가 어슬렁거려 만날 사람도 없다. 이것은 나의 현실이다.

그때는 몰랐지만 돌아보니 나의 청년 시절은 참 행복했다. 요새 내가 많이 하는 말이다. 그렇게 알아 가면서 스스로 풀어지고 웅크리고 있던 항아리가 깨지는 것 같다.

지독한 가난과 복잡한 부모님들의 삶을 보면서 사는 게 너무 어렵게 보이고 힘들어 일찍이 귀도 마음도 닫고 눈만 뜨고 지내던 시절이었다. 나이가 든 지금도 어떻게 살아야 될지 길이 안 보이는데 이십대는 죽을 것처럼 힘들었다. 그런 나의 청년 시절에 쉼터는 산을 통해 만난 공동체와 인사동에서 만난 어른들이었구나.

난희 언니를 따라 인사동 귀천으로 쭈뼛거리며 들어가던 기억이 난다. 종로학원에서 일어 공부를 한다고 하는데 난희 언니가 산에 가자며 연락이 왔다. 언니를 만나러 인사동에 다니면서 선생님들을 만나게 되었다. 작은 찻집 귀천은 들어가면 누가 왔는지 한눈에 다 보인다. 나이든 선생님들과 그들을 따르는 젊은이들이 있었다.

집안이 복잡하고 어려울 때 냅다 팽개치고 도망치듯 산으로 인사동으로 다니던 나를 기억하다 보니 웃음이 난다. 얼마나 즐거웠을까? 해결

할 수도 없어 보이는 집안의 문제가 하나도 없던 공간 이동을 맛보고 난 뒤 비록 심리적이었지만 가출을 했다. 틈만 나면 산으로 인사동으로 난희 언니와 드나들었다. 언니와 비슷한 시기에 만난 명옥이도 함께 그들의 언저리에서 놀았다. 언니가 없으면 혼자서도 슬금슬금 다녔다. 지금도 아는 게 별로 없어 '도대체 나이가 몇인데 아직 그런 걸 모르냐'고 듣는데 이십대의 나는 더 무식했다. 그래도 뻐기며 코를 하늘로 쳐들고 다녔다. 주변의 사람들이 나에게 주는 기운으로 그럴 수 있었다는 것을 지금 본다.

돌아보면 한없이 행복한 이십대 그 시절의 함께한 산의 친구들과 그 주변 공동체, 그리고 인사동이 자리하고 있다. 그 안에서 만난 민병산 박이엽 채현국 신경림 임재경 리영희…… 너무 많은 분들을 만났다. 이제 그분들 중 많은 분이 떠났다.

이제 나에게 돌아가볼 인사동도 돌아갈 산의 공동체도 없다. 아니 인사동과 산은 있지만 어슬렁거리며 만날 사람이 없다. 사람이 없는 그리고 이야기가 없는 것은 너무나 허망하다.

어느 날 회사에서 나만 승진을 안 시켜준다고 울며 수희재에 들어가니 민 선생님이 혼자 계셨다. 아주 드물게 둘이만 앉아서 이야기를 했던 날이다. 이번에는 회사를 그만둬야 한다는 내 이야기를 들으시던 민 선생님이 "정 선생 징검다리 알아?" 그리고는 별 말씀이 없으셨다. 이십대 초반의 우리를 선생님은 '선생'이라는 호칭으로 불러주셨다. 가끔은 꺽다리, 명옥이는 꼬마라고 부르셨다. 환갑날 아침에 돌아가신 민 선생님. 초상을 치르는 내내 울고 또 울던 젊은 여자들, 젊은 남자들 그리고 너무나 많은 선생님들이 오셨다. 살아서 움직이는 문학사전, 스무 걸음 정도 걸으시면 멈춰서 쉬시는 것 같았던 선생님, 산이 좋아 이름에 산을 넣으셨다는 분,

한없이 가난해 보이던 선생님의 초상집은 선생님만 안 계신 화려한 환갑 잔치날이 됐다.

민 선생님과 서로의 그림자로 지내시던 박이엽 선생님. 어릴 적 라디오에서 듣던 그 유명한 '여명'을 쓰신 분이라 어깨 너머 들었다. 나는 그 분이 누군인지도 별로 궁금하지 않으면서 그 분들 옆에 있었네…. 가끔 가게에 들어오시면 언제 들어오셨는지 모르게 조용히 죽을 드시던 박이엽 선생님.

민 선생이 직접 만든 거라며 나무 액자를 주셨다. 나무 앞뒤에 민 선생님의 글씨가 붙어 있었다. 두 분 다 말씀도 별로 없으시고 소리도 크지 않으셨다. 하지만 어떤 자리든 꼭 같이 하셨던 기억이 난다.

"너희는 돈이 없으니 만원이라도 내라." 늘 두런두런하시던 선생님들이 어느 날 돈을 모아서 신문사를 만든다고 하셨다. 임재경 선생님과 여러 선생님들이 말씀하셨다. 그 덕분에 명옥이랑 나는 생일선물로 한겨레 주식을 사서 주며 태어나 처음으로 주주가 되었다. 신문사를 만든다는 일이 그 당시 우리나라에서 얼마나 큰일이었는지 몰랐다. 언론계, 학계, 종교계, 재야 민주화 인사들이 주축이 되어 1987년 창간된 한겨레 신문이 33년이 넘었다. 그 중요한 일을 하는 순간에 그 분들 주변에서 청년 시절을 보냈다.

이십대에 처음 뵌 채 선생님은 그 당시에도 너무나 많은 이야기를 하셔서 그저 시끄러웠다. 알아듣지도 못하는데 계속 이야기를 하시는 시끄러운 선생님으로 알았다. 그래도 잊지 않고 가끔씩 가게에 와주셔서 그저 고마워했다. 그러나 이 분이 하시는 말씀이 한마디씩 귀에 들리려고 할 때 채 선생님은 너무 유명해지셨다. 다행히 여러 방송을 통해 육성 소리를 남겨두셔서 얼마나 귀한지 모른다. 글도 좋지만 그 사람의 목소리와 영상은 또 다른 맛이다.

지금은 없어진 평화만들기의 혜림 언니도 기억난다. 평화를 만든 것 같지는 않지만 멋진 인사동의 한 구석을 만들었다. 민병산 선생님의 장례에서 리영희 선생님을 처음 직접 만났다. 장례식에서 우느라고 선생님과는 멀리서만 뵀다. 그리고 바로 한겨레 방북 사건으로 수감되어서 언니와 함께 선생님이 나오시면 같이 맥주 마시자며 다짐을 하기도 했다.

어느 날 민 선생님이 옷을 잘 입는 여자가 있다고 직접 데리고 가서 너희 친구 해라 그러시면서 필통을 사주셨던 아원공방도 있다.

인사동에 인연들을 놓아준 난희 언니와는 나와 명옥이만 에베레스트를 가며 멀어졌다. 1993년도 에베레스트 덕분에 산도 떠난 나는 그때 내가 얼마나 즐겁게 지내고 있는 줄 몰랐다. 그리고 그때 행복한 줄도 몰랐다. 지금 보니 꽃처럼 빛나던 시간이었네. 젊은 시절에 그렇게 배낭만 매고 다니면 인생이 허망하다고 손으로 만드는 무엇을 하라며 민 선생님이 칠보 하는 사람을 소개해주시기도 했다. 바라보는 산도 산이라고 하시던 민 선생님의 말을 알아들을 귀가 없었다. 노인네가 무슨 소리를 하나 했다. 내가 못 알아듣는 말은 다 버리는 씩씩한 젊은 이십대였다. 나는 배낭을 매고 산에 가서 허망한 것이 아니라 에베레스트를 가는 기회를 통해 사람도 잃고 산의 공동체도 잃어버렸다는 것을 이제 새삼스럽게 알아간다. 삼십 년 넘게 시간이 지나고 그분들을 다시 기억하며 아무리 좋은 분들이 옆에 있으면 뭐하나? 귀를 막고 눈도 가리고 살면서 남 탓을 하기에 바빴던 나는 그들의 덕을 하나도 보지 못했다. 그들을 만났지만 만나지 않은 것과 같다.

인류가 한 번도 경험하지 않은 코로나 시절까지 겹쳐졌다. 지역적으로 전염병이 있었다고 들었지만 지구 전체가 하나의 전염병으로 이상한 하나가 됐다. 그분들과는 전혀 다른 육십대를 맞이하고 있다. 어슬렁거리면서 갈 곳도 만날 사람도 없는 지금 보니 그때 행복했다. 돈이 인생의 전부가 아니라고 해서 어른들은 거짓말쟁이라고 생각했다. 나도 이제 돈이 전부가 아니라는 그들의 말에 전적으로 동의한다. 이십대에는 돈만 있으면 안 되는 것이 없어 보였다. 뭘 못하는가? 이제 그 말이 가슴으로 들린다. 그리고 나는 코로나 시대에 혼자다. 그들은 거의 매일 만나던 것 같은데 지금 내 주변은 다들 바빠서 일 년에 한 번 보면 친하다고 해야 할 지경이다. 바빠서 만나기도 힘든데 거리두기를 대대적으로 하고 있다.

민 선생님이 징검다리를 아느냐고 하시던 모습이 어제 같다. 징검다리를 건널 때마다 그 말씀이 떠올랐다. 선생님은 말씀을 안 하셨지만 다리를 건널 때 다음 돌을 확인해야 했다. 코로나 시대에 바라볼 징검다리는 어디가 될까? 그때도 아무 말씀이 없으셨는데 지금은 물어볼 곳도 없다. 나는 나의 다음 징검다리를 바라보려고 하는데 안 보인다.

영원한 천재 맨발의 마달이

정상학(전 대구고등법원장)

나는 1950년 3월 안암동 소재 서울대학교 사범대학 부속중학교에 입학한 후 1학년 같은 반에서 채현국을 만났다. 서울서 태어난 나는 알아듣기 어려운 사투리를 쓰는 그를 범상치 않은 학생으로 여겼다.

1950년 6월 25일 북한공산군의 남침과 그해 12월 중국공산군의 인해전술로 서울이 함락되자 많은 사람들이 피난을 가게 되었고, 나는 대구로 피난 가서 1951년 봄 학기에 대구 대건중학교에 편입을 하고 나서 채현국을 또 만나게 되었다. 피난을 온 학생들은 대구 소재 각 중학교에 편입하였는데 그 수가 많아지니까 교육 당국에서 아예 서울피난 대구연합중학교를 설립하여 피난해 온 남녀 학생들을 가르치기 시작하였다. 나는 그때부터 채현국과 붙어 다니는 절친이 되었다. 당시 피난중학교에는 1년 선배로 영화배우 엄앵란, 1년 후배로 가수 패티김이 있었다.

채현국은 이때 맨발에다가 허름한 옷을 입고 다녀서 친구들 사이에서 마달이라는 애칭이 붙었고 마달이는 남다른 독서광이어서 대구 중앙통 소재 대영당, 계몽서점에 가서 공짜로 책을 읽다가 쫓겨나기도 하고, 때로는 칠성시장 소재 고서적상을 뒤져서 읽고 싶은 책을 찾아 읽었다. 마달이는 학교에서는 노트 필기를 하지 않고 있다가 시험 때만 되면 나의 잘 정리된 노트를 빌려서 보고 성적은 언제나 1등이었다. 마달이는 중학교 3

학년이 되어서는 학교 공부가 시시하다고 졸업시험도 보지 않아서 30여 명에게 주는 우등상도 받지 못했다.

나는 추우나 더우나 맨발로 다니며 우리와는 차원이 다른 말을 하는 마달이를 천재라고 생각했다. 마달이는 철없던 중학교 시절 우리와는 달리 역사를 알고 민족을 알았던 것 같다. 다른 사람들에게 싫은 소리, 나쁜 말을 하지 않았던 마달이지만 대구의 유명한 친일파 후손 M군에 대해서만은 좋지 않은 감정을 갖고 대했던 기억이 난다.

그런 마달이가 서울대학교 문리과대학 철학과에 입학하자 우리들은 당연한 것으로 생각하면서도 앞으로 서울대학교가 시끄러워지고 철학과 교수님들이 긴장하셔야 되겠다고 우스개로 말했다.

그런 마달이가 졸업 후 우리 사회에 보기 드문 큰 어른이 되었다. 마달이는 정의롭지 못한 사람에게는 몹시 질책했고, 어려운 친구들은 물심 양면으로 도와주는 정이 넘치는 사람이었다. 때가 되어 그가 떠나고 나니까 맨발의 천재, 마달이 채현국이 그리워진다.

선생님이 떠난 지 1년

선생님이 돌아가시고 눈 깜박할 새 1년이 갔다. 돌이켜보면 무심하게 살아가는 내가 한스럽기도 하다. 내가 하루를 충실하게 살아가는 것을 목표로 하는 사람이다. 그러다 보니 매사에 후회되는 일이 많다. 그동안 사람과 사람, 친구와 친구, 친척과의 모든 관계가 수월치 않았다. 그것은 내가 평생을 통해 모든 분들께 용서를 빌어야 할 부분이다.

그 중에서도 박이엽 선생님과 강준혁 선생님, 채현국 선생님께는 더더욱 그런 마음이 든다. 그분들이 나에게 베풀어주신 마음 크고 크다. 나는 내 일에만 몰두해 살아온 것 같다. 내가 전각을 처음 정릉 지하 작업실에서 공부할 무렵 채 선생과 박 선생님이 우리 지하 작업실에 몇 년인가 매일매일 놀러 오셨고, 그때 그분들 덕분에 많은 친구들이 우리 지하 작업실에서 한담도 하며 지낸 적이 있었다. 그때 작업도 충실히 했을뿐더러 최규일의 인생에서 두 분의 삶의 영향도 많이 받은 것 같다. 지금 생각하면 꿈 같은 이야기이며 나의 행운의 황금기인 것 같다.

나도 지금은 일가를 이뤄 많이 성장한 전각가다. 그동안 초대전 개인전을 30여 차례 국내외 전시를 가졌고 지금은 강원도 산골에서 은거 중이다.

돌이켜보면 채현국 선생님은 이 시대에서는 두 번 다시 태어날 수 없는 사상가요 철학가라는 생각이 든다. 채 선생님은 명예도 버리고 부귀도 버리고 오직 자기 철학 하나로 평생을 살아오신 분이다.

없이 사시면서도 주머니에 몇 푼 있으면 주위에 추위에 떠는 친구들이나 지인들과 그 조그만 돈도 나눠 쓰시는 모습은 좀처럼 다른 분께는 볼 수 없는 모습을 늘 나는 옆에서 보아왔다.

말씀말씀 한 마디가 모두 그분의 모습을 나타내는 것이었다.

나는 지금도 선생님이 웃으면서 나의 작업실을 찾아오실 것 같은 모습이 선하다. 일일이 구구하게 논하자면 한이 없으나 끝없이 깊고 뜨겁고 올바른 선생님 마음 속 깊이 존경의 마음을 전한다.

인사동과 나의 추억

최정인(섬유공예작가)

살면서 누구나 한 번쯤 인사동을 만난다. 준비 없이 갑자기이거나, 기대 후에 실망하거나…. 삼십 년도 더 전의 인사동은 그냥 딱 내 취향의 놀이 터였다. 골목마다 다른 개성의 주막들, 주인들. 걸으면서 흘깃 보아도 단박에 들어가고 싶게 날 유혹하던 갤러리 작품들…. 통통 튀듯이 걷던 내 발걸음을 무지근히 붙들어 매던 골동상의 단아한 가구들, 소품들….

한때 돈도 좀 벌어 봤지만, 그 시절 좀 더 용기 내어 그냥 확 질러보지 못한 간 작은 나를 참으로 딱히 여기는 오늘날이다. 물론 그 당시 이삼백만 원도 큰 돈이었지만 지금은 삼사천만 원을 줘도 그 정도의 완성도를 지닌 작품을 볼 수조차 없게 되었다. 그래도 통인 등 몇 곳이 버티고 있어 주어 정말 맘 기댈 곳이 없을 때면 나는 이곳들을 순례한다. 성지처럼….

그렇게 세월이 흘러 이런저런 인사동 예술가들을 보기도 하고, 정들기도 하고, 또 보내기도 하였다. 그중에 꼭 꼽으라면 그 많은 얼굴 중에 나는 서정춘 시인과 채현국 선생을 꼽고 싶다. 잘 가던 갤러리의 오프닝 뒤풀이에 늦은 나는 입구 쪽 의자에 슬쩍 몸을 기댔다. 나와 제일 먼 쪽 건너편에서 어떤 양반이 술이 좀 오른 목소리로 당신의 인생을 풀어내고 있었다.

"아비는 ~였다"로 시작하여 순천여고와의 재미진 에피소드에, 사모님과 야반도주한 사연에 이르러, 나는 이쪽 구석에 혼자 앉아 웃었다 울었다 했다.

그날의, 그 계절의 날 짓누르던 많은 억울과 눈물들이 이상하게 오순절 다락방처럼 풀려나가고 나는 그날 밤 서정춘의 새 신도가 되었다. 알고 보니 이분은 이쪽으로 큰 달란트가 있으신지 계속하여 늙은 언니, 큰언니들이 등장하여 "네가 새 신도로구나" 하며 친근함을 표하곤 했다.

사모님께 정성스런 아침상을 준비해 올리곤 그걸 또 신도들에게 자랑질하는 사진을 쏘는, 박속같이 웃는 그 어린애 같은 양반이 우리 곁에, 오래오래 계셔주시길 바라고 또 바라는 마음이다.

채현국 선생은 서정춘 선생과는 동에서 서만큼이나 먼, 그러나 같은 '소년과'이다. 그래서 좋다. 아니, 좋았다. 이 말을 하려니 가슴이 메인다. 한 사람은 대놓고 빨치산을 노래하고 한 사람은 한때 우리나라에서 세금을 제일 쎄게 냈던 자본가인데 둘은 묘한 부분에서 닮아있다. 지치지 않았고, 타협하지 않았고, 그렇다고 뭉글치도 않았고, 순수한 에너지에 반짝이는 두 눈이 '전부'인, '다부짐'을 꼭꼭 숨긴 채 허술해 뵈는 매무새까지 닮아있는 두 분이다.

채현국 선생이 인사동에 뜨면, 소식을 들은 그의 추종자, 생을 함께한다는 분들까지 주변이 뜨르륵했다. 그 와중에도 어떤 이의 못난 한마디가 마뜩잖아 슬쩍 돌려 까면 유일하게 얼른 알아듣고 마악 웃으면서 그를 나무라듯 핥아주는 한마디가 참 멋진, 그래서 바로 내 마음을 수긋하게 만들어버리는 분이셨다. 젊디젊고, 제법 멀쩡해 보이는 그 추종자들 다 놔두고 나는 "채 선생이라면 연애를 새로 해도 좋겠다" 했다. 말이 통한다는 것, 소신 안에서도 감성이 말랑말랑한 것이 얼마나 귀한 것인지….

국회의사당 강연 때 막힘없이 포효하던 그 기상, 그 어마어마한 역사적 아카이브, 왜곡으로 여긴 부분을 다시 펴러 온몸에 힘을 주며 쓰고, 그리고 했던 칠판…. 그 에너지가 정말 그립다.

　이제 우리에게 아직도 이런 부분에 대해 이토록 간절한 '젊은이'가, 아니 '누군가'가 남아있을까? 궁금하다. 선생께 받아 챙긴 접힌 세종대왕이 어느 책엔가 끼워져 있을 텐데….

　나의 인사동은 거리의 냄새, 바람으로 시작해 사람으로 귀결되는 것 같다. 남자, 여자 말고 사람 냄새 나는 사람이 그리워 나는 오늘도 안국 네거리 신호등을 건넌다.

허군, 내 집으로 가세

불이(不二) 선생이 춘천을 다녀가셨다. 30년 전 인사동에선 그 어른을 그렇게들 불렀다. 그런데 인사동 사람들이 이 세상에서 하나둘 저세상으로 가시고 나니 누구도 그를 불이(不二)라 하지 않는다. 그 대신 '어른' 혹은 '시대의 스승'이라 한다. 헛도는 말들이다.

강연을 마치고 늦은 저녁을 드시고 밤늦게 돌아가시면서 내게 이러신다. "30년 만에 다시 만나서 이제 또 이별이네. 내 죽기 전에 자주 춘천에 놀러 올 테니 이런 모임에서 말고 점심 저녁 먹을 때 불러 줘." 그러시면서 청구자(靑丘子) 민병산 선생이 쓴 글 한 점을 꺼내 놓으셨다.

行行重行行(행행중행행)/가고 가고 또 가시더니

與君生別離(여군생별리)/님과는 생이별이군요.

相去萬餘里(상거만여리)/서로 만 리 길이나 떨어져서

各者天一涯(각자천일애)/이제는 각기 하늘 끝에 있네요.

道路阻且長(도로조차장)/길은 멀고 험하니

會面安可知(회면안가지)/만날 날을 어찌 알 수 있을까요.

胡馬依北風(호마의북풍)/호의 말은 북녘을 그리워하고

越鳥巢南枝(월조소남지)/철새는 남녘의 나무에 둥지를 틀지요.

144   건달할배 채현국과 친구들

相去日已遠(상거일이원)/서로 떨어진 날이 오래될수록

衣帶日已緩(의대일이완)/허리띠는 날마다 헐거워지네요.

浮雲蔽白日(부운폐백일)/떠가는 구름이 해를 가리 듯

遊子不顧返(유자불고반)/떠도는 그대는 돌아올 생각이 없나요.

思君令人老(사군령인로)/그대 그리움 속에 이 사람은 늙어가고

歲月忽已晚(세월홀이만)/세월은 어느덧 많이도 지나갔네요.

棄捐勿復道(기연물부도)/버림받은 이 몸 더 이상 말하지 않겠어요

努力加餐飯(노력가찬반)/애써 밥이라도 챙겨 먹고 기운 낼래요.

2015년 9월, 춘천인문학교 '포이에티케'의 인문 강좌에 선생님을 모셨을 때의 기록이다.

나는 선생님을 1984년에 만났다. '만났다'라기보다는 '만나게' 되었다. 전남 장성에 사시는 소남자(召南子) 김재섭 선생을 찾아갔다가 천상병 선생을 저절로 뵙게 되고, 천 선생을 만나니 당연히 불이 어른을 비롯한 빛나는 분들을 뵐 수 있었다. 아마도 채현국 선생님에게 '불이'라는 별호를 붙이신 분은 현노(玄老) 최규일 선생이 아니신가 싶다. 그때는 선생님을 그렇게 불렀다. 어느 겨울에 어른들 틈에 끼어 진탕 취하자 선생님은 "허군, 내 집으로 가세." 하시며 마치 오래된 친구를 대하듯 그렇게 어린 나를 당신의 집으로 들게 하셨다.

가끔 춘천의 한림대에 북한과 관련된 문건을 열람하러 오셨는데, 그럴 때마다 11식구가 사는 내 월세 집에서 묵으셨다. 선생님을 모실 분들이 춘천에도 많았는데 말이다. 나와 선생님과의 40여 년 가까운 인연에서 굵게 기억되는 일은 없다. 그런데 오히려 그 소소한 일상이 내 혼과 뼈에 더 크게 각인되었다.

중국 남조시대 양나라의 소통이라는 이가 편찬한 책에 나온다는 청구자 선생의 글씨를 보노라니, '그대 생각에 사람은 늙어가고, 한 해는 또 빨리도 저문다'는 글귀가 마음속으로 선생님의 화안(和顏)을 달고 들어와 콕 박힌다.

불광동 셋집 서재에서
민병산 선생

거리의 철인

김낙영(시인)

길거리 나무통 속에 살고 있는 디오게네스(Diogenes Sinope BC 412-323)에게 어느 날 알렉산더 대왕이 찾아와 물었다. 지금 그대가 원하는 것이 무엇인가?

내게 지금 필요한 것은 왕께서 햇빛을 가리지 않는 일이요.

디오게네스는 알렉산더 대왕이 자기를 찾아오리란 상상도 못하고 있다가 갑자기 왕이 찾아와 그런 질문을 하자 당황하여 햇빛을 가리지 말아 달라고 하였는지도 모른다. 하루나 이틀 전에 미리 찾아가겠다는 전갈을 받았다면 무슨 말을 할까 생각하였다가 왕의 힘을 빌려 그 당시 사회적으로 문제가 되는 것을 풀어달라고 하여 그 시대를 살던 사람들에게 참으로 좋은 혜택이 돌아가게 해 많은 사람들에게 극진한 존경을 받지 않았을까.

대왕이 갑자기 찾아와 필요한 것이 무엇인가 물었을 때 햇빛을 가리지 말아 달라고 하는 대답으로 세속적인 것에 초연한 철인다운 면모를 보인 디오게네스. 철인은 세속적인 것에 초연한 모습을 보이는 것으로 철인의 역할을 다하는 것인지 의문이 남는다.

요즘의 세태는 철학가는 많은데 철인은 없다고 한다. 철학 공부는 하되 철인으로서의 삶은 살지 않는다는 말일 것이다. 꼭 철학뿐이겠는가! 이명박 정부의 고위직 인사에서 드러났듯이 모범을 보여야 할 사람들, 부

민병산 선생 붓글씨 유작전(1988년 11월 6일)에 참석한 박이엽 선생

동산 투기는 망국병이니까 해선 안 된다고 말려야 할 사람들, 배울 만큼 배웠다는 사람들이 부동산 투기를 하고 있는 것이 우리의 현실이다. 사회에 어떤 악영향을 끼치든 돈만 벌면 그만이라는 행태를 보이고 있는 지식인들… 이들을 배운 사람들이라고 할 수 있을 것인가! 또한 지도자로서의 자격을 가졌다고 할 수 있을 것인가!

언행일치, 지행일치, 배운 자다운 행실을 하는 사람이 우리 사회에 얼마나 있는지 모를 일이다. 오히려 올바르게, 정직하게 해서는 돈을 못 버는 것이니 바르지 못한 행동을 하는 것이 당연하다고 한다. 그리고 그들이 기초 질서를 지키자고 큰소리를 치고 있다.

무엇이 옳고 그른가 하는 기준이 없어져 버린 사회. 막무가내로 우겨대고 큰소리를 치면 진리가 되는 세상이다.

인사동에 나타나던 철인. 민병산 선생이 생존해 계신다면 오늘날의 세태를 어떻게 진단하실지 궁금해진다. 항상 옷차림은 거지꼴이어서 후배들이나 친지들 하고 식당에 가면 거지가 온 줄 알고 출입을 저지당하면서도 무표정이던 인사동의 철인. 그가 인사동에 나타나면 그의 주변으로 사람들이 몰려들고 시간 가는 줄 모르며 시국담이나 고담준론, 주변잡담 등을 하며 열을 올려도 하루종일 묵묵히 침묵을 지키며 눈을 감고 있던 철인.

누군가 의문사항이 있어 질문하면 간단 명쾌하게 한마디 하고 다시 눈을 감고 침묵하던 선생이 아마도 우리 시대의 한국판 디오게네스가 아니었을까….

완전 무소유로서 물질에 초연하며 세상사에도 무심하시던 선생이야말로 진정한 철인이요 불가에서 말하는 참 보살이라고 할 수 있을 것이다.

꾀죄죄한 옷차림에 허름한 배낭을 메고 다니던 선생에게서 진정한 인간 냄새, 사람 냄새를 맡을 수 있었으니 서울이라고 하는 메마른 사막의 인간 오아시스와 같았던 분이다.

귀중한 자료나 기이한 서책, 두 트럭 분량을 아는 친지에게 맡겼다가 도난을 당하고 난 후 그 허망함을 달래기 위해 시작했다는 서예는 선생만의 독특한 서체를 이뤄 인사동에 웬만한 집에 한두 점 걸리지 않은 집이 없었다.

선생의 가방에는 온갖 잡동사니가 다 들어 있었는데 그것들을 꺼내 누군가에게 소용이 될 만하다 싶으면 아낌없이 나누어 주곤 하던 철인.

선생의 환갑날은 인사동에 나오는 후배들과 친지들이 주머니를 털어 잔치를 열기로 했는데 극구 사양하시고, 말을 안 듣고 잔치를 벌인다면 어디론가 사라질 거라고 하더니 정말 그는 그날 하늘나라로 가버리고 말았다.

잔치를 벌이기로 했던 음식점(누님국수) 안내문에는 선생이 고려병원 영안실에 계시니 하객들은 그리로 가라는 것이었다. 환갑잔치가 장례식이 되어버리고 말았다.

각종 인쇄 매체에 기고를 하여 간신히 생계유지를 하면서도 친지들과 어울리면 가장 밥값을 많이 냈고 물질에 대하여 초연한 삶으로 인간의 본질에 대한 탐구만 몰입했다고 해야 할까….

어린 시절 선생과 초등학교를 같이 다녔다는 친구분의 말씀으로는 그의 어린 시절은 귀족과 같은 삶이었다고 한다. 그 시절 충청도의 제일 부자로 자가용을 타고 등교를 하였고 점심시간이면 집안의 하인이 호화로운 점심상을 날라오곤 했다니 말이다.

그러나 그는 철이 들어 그 많은 재산들이 그 시대에 친일을 하지 않고는 불가능한 것이라고 판단하여 재산에 무심했고 그 근처에도 가지 않았다니 보통사람으로서는 흉내도 못 낼 일이다.

지금의 세태를 보면 무슨 아귀귀신에 들씌워진 사람들처럼 긁어모으려 하지 않는가. 많이 가진 사람들, 사회적으로 모범을 보여야 할 사람들이 재산을 더 늘리려 아귀다툼을 벌이고 있으니 선생 같은 분의 향기로운 인품이 더욱 그리워진다.

날이 새면 무슨 개발조합이니 뉴타운이니 해가며 멀쩡한 집을 때려부수고 새로 집을 지어 평화롭고 안락했던 삶의 터전을 투기장으로 만들어버리는 세태. 지금 대한민국은 어디를 향해가고 있는 것일까. 있는 자는 더 갖기 위해 온갖 수단을 다 동원하고 없는 자는 삶의 터전을 잃고 변두리로 맴돌아야 하는 세태.

과연 이런 사회를 지켜야 할 가치가 있는 것일까. 없는 자들의 자식들에게 국가를 지켜야 할 가치가 무엇이라고 할 수 있을 것인가. 너무나 공허한 사회로 가고 있는 현실을 생각할 때 선생의 20주기를 기린다니 참으로 뜻깊은 일이 아닐 수 없다.

없는 자들의 자식들이 자기 땅이나 집이 없어도 참으로 지킬 만한 좋은 제도나 사회 정의가 있는 국가가 되었으면 좋겠다.

인사동 그때 그 얼굴 평론가 민병산

김승환(출판편집인·소설가)

그는 갔어도 그의 형형한 눈길은 오늘도 인사동 골목을 누비고 있다.

민병산(본명은 병익, 1928~1988), 그가 간 지도 33년이다.

한 시대를 살면서 사람들의 입에 이렇게 많은 이름으로 불려지기란 얼마나 놀라운 일인가. 그는 철학자요, 수필가요, 평론가요, 출판기획가요, 번역가요, 전기연구가요, 청구자체(青丘子體)를 완성한 서예가요 바둑 애호가였으며 당대의 독서인(讀書人)이었다. 그리고 거리를 떠돈 이 시대의 지적(知的) 재인(才人)들의 꼭두쇠였다.

60년대에 들어선 명동은 50년대 후반의 남루했지만 열정적이던 낭만도 시들어 거리를 헤매던 문학도들은 저마다 잡지사, 출판사, 교사 등 밥벌이를 찾아 이 거리를 벗어날 때였다. 1957년 서울에 올라온 민병산이 명동에 본격적으로 모습을 보인 것은 1960년 「4천 세(四千歲)의 은자(隱者)(원제는 4천 세의 소아마비증)_한국의 은둔적 정신적 소고」라는 장문(16p)의 격조 있는 논문이 〈새벽〉에 발표되어 일약 그 문장이 사람들에게 회자되면서부터이다.

고려청자의 비색으로서 표현된 은둔적인 유현미(幽玄美)는 이조에 가서는 주자학(朱子學)의 현실주의적인 도덕의 영향하에, 합리주의적인(그러나 그 합리주의는 이성이 이해할 수 없는 것은 파괴하겠다는 것이 아니라 보수적인) 색채인 백자(白瓷)로 변하였다. 그것은 결백하지만 심원하지는 않다. 근엄하지만 유수(幽邃)하지는 못하다. 다만 금욕적인 점에 있어서는 같았다.

생각하는 백성이라야 살 수 있는 것이다. 루소는 모든 시대와 남녀를 통하여, 생각하는 계급과 생각하지 않는 계급을 구별하였지만, 생각하는 민족과 생각하지 않는 민족을 구별하는 경우, 현재에 이르기까지의 이 나라를 어떻게 비추어보아야 옳을는지.

민족의 의지는, 결국 '흙'과 '피'에서 솟아나는 것이요, 결코 헌법, 신문 잡지의 논설, 회의의 결의, 정당의 강령 또는 국제정세에 의하여 만들어지는 것은 아니다.

이상은 「4천 세의 은자」 중에서 아무 데서나 뽑은 글이데, 생각해 보라. 전쟁의 포연이 식어가고 있었지만 전쟁을 겪은 민족의 정체성에 대해 정신적 방황에 시달리던 사람들에게 이 글은 충격적 메시지였고 지적 쓰나미였다. 그의 뛰어난 철학적 사유에 빛나는 문재(文才)를 발굴해서 발표한 사람은 그와 청주에서 초등학교 한 학급 생이던 시인 신동문이다. 신동문은 〈새벽〉의 편집 책임자였으며 민병산에게 신구문화사의 기획 조사 업무를 위촉하기도 했다.

60년대, 민병산이 명동의 송원기원이나 그 아래 다방 송원에 나와 앉으면 당대의 잡지나 신문, 출판사의 편집자들과 시인, 소설가, 평론가들이 그 곁에 모여드는 것은 자연스런 현상이었다. 그때 나는 충무로의 한 출판사에 몸담고 있어, 퇴근 후에는 한 블록 떨어진 송원기원에 들러 강민(시)이나 정인영(소설)을 만나 차를 마시거나 술을 한잔하기도 했는데 기원의

1986년 1월 공간화랑 초대전에서 민병산 선생과 채현국 선생

한켠에 나와 앉은 민병산을 아마도 정인영의 소개로 인사를 한 것으로 기억한다. 우리들은 그때 하나같이 월급쟁이의 상징이나 되는 것 같은 월부 양복을 걸치고 있었는데 이런 차림에서 유일한 예외가 민병산이었다. 언제나 편안한 점퍼 차림의 수더분한 인상, 가끔 치뜨는 날카로운 눈매, 정곡을 찌르는 익살 등 그는 느슨함 속에 팽팽히 당겨진 활시위 같은 느낌이었다.

"내가 글을 쓰기 시작한 것은 〈새벽〉지 1960년 12월호 특집에 실린 「4천 세의 은자」부터이다. 그로부터 오늘까지 13년 동안 이 잡지 저 잡지에 쓴 글이, 건수는 약 2백 편이 된다."(민병산의 회고 〈세대〉 1973년 4월호)

주부생활, 세대, 사상계, 새교실, 여상, 여원, 여성동아, 자유공론, 교육평론, 중앙일보, 대한일보, 여성중앙, 창작과 비평, 기원(棋苑), 월간 바둑 등이 그의 글을 다투어 실었고 이 중에서도 월간지로는 주부생활과 세대, 일간지로는 대한일보와 중앙일보가 많은 지면을 제공했다. 나도 월간 〈독서생활〉에 그의 긴 글(8p)인 「古書 이삭줍기」란 명 에세이를 실었다.

한국기원이 관철동에 개원(1968년 8월)하면서 민병산의 '관철동 시대'가 열렸다. 신동문을 비롯하여 민병산 산문집인 『철학의 즐거움』에 글을 남기고 있는 민영(시), 신경림(시), 구중서(평론), 방영웅(소설), 구중관(소설), 강홍규(소설), 박이엽(작가)은 물론 강민, 김심온(번역), 김문수(소설), 장문평(평론), 황명걸(시), 임재경(언론) 등이 꼭두쇠를 따르는 재인(才人) 모양 이곳으로 몰려들었고 만년에 거처할 집 장만은 물론 회갑연에 앞장섰고 사후에는 인사동에 그의 동상 건립을 추진하는 채현국(매니저)도 이 패의 한량이다.

한국기원에서의 바둑 내기가 끝나면 한 떼의 재인 패거리들은 주로 기원 앞 국밥집에서 추렴해서 술을 마시거나 바둑에 진 사람이 '지도자'가

되어 술자리를 마련하기도 했다. 바둑에도 지고 술자리도 마련했던 독특한 룰은 민병산의 번득이는 해학이 아니고서는 풀리지 않는 수학이다. 져도 화끈하게 끝까지 지라는 함수(函數)이던가.

기원과 그 아래 유전다방은 민병산의 거처였고 연락처였다. 번역 원고를 맡으면 여러 친구들에게 알맞게 나눠주고 번역문을 꼼꼼히 대조하여 잘못된 곳은 고쳐서 건네주니까 출판사로서는 얼마나 고마운 일인가. S출판사의 편집 책임자였던 나는 그의 필생의 꿈이었던 세계위인 전기(자료의 대부분은 증산동에서 잃었지만)를 전집으로 기획하되 우선 한 권씩 단행본부터 내보자고 이야기가 되었다. 그러나 그는 자료를 다시 모으는 일이 쉽지가 않고 원고도 당신은 "20매 이상은 안 써요."라고 못을 박았다. 20매 값이면 국밥 사 먹고 소일하는데 족하다는 것이다. 더 이상의 돈이 소용없다는 그를 속기(俗氣) 어린 눈으로 쳐다볼 수가 없었다.

관철동에서 인사동으로 소요(逍遙)의 걸음을 옮긴 건 84년이 아닌가 싶다.

> 허름한 배낭 어깨에 걸고
> 느릿느릿 걷는 그 별난 걸음걸이는
> 이제 인사동에서 볼 수 없게 되었다
> 귀천 또는 수희재에 앉아
> 눈을 반쯤 감고 어눌한 말소리로
> 지나가듯 토하는 날카로운 참말도
> 더는 인사동에서 들을 수 없게 되었다
>
> (신경림의 「인사동」에서)

60년대에서 80년대 말까지, 명동에서, 관철동에서, 인사동에서 생각하는 사람들이 그를 에워싸고 따랐는데 그 흡인력은 무엇이며 어디서 그런 힘이 나왔는가.

그의 힘(비극이든 희극이든)은 충북 청주 땅의 부자로 소문난 대지주 집안의 맏아들로 태어나면서 비롯된다. 1928년 9월 20일, 조혼한 아버지 민중식은 그의 고고성을 듣고 무엇을 생각했을까. 민씨 집안 장남은 태어나자마자 손자 보기를 그렇게 소원하던 조부 품에 안겨 큰사랑으로 거처가 옮겨지고 유모의 젖으로 키워진다. 생모(신상희)의 애간장은 얼마나 끓었을까. 그는 어머니의 사랑을 모르고 자란 것이다.

선생은 어머니에게 있어서 심리적 갈등의 원천이었고 미움의 대상이었다. 또한 선생에게 있어서 그러한 어머니의 존재는, 선생의 여인관(女人觀) 내지 결혼관(結婚觀)을 부정적으로 만드는 요소가 되었다. 선생이 여인을 싫어한 것은 아니다. 다만 특별한 관계가 맺어지는 것을 두려워하셨다. (박이엽 「過客과 主人_인간 민병산 소묘」에서)

60년대 말, 충무로에서 한 노인과 한 중년의 사나이가 마주 서서 한동안 서로를 바라보고 있다가 씨익 웃고는 고개를 끄덕하고 헤어지더라는 거다. 궁금증이 난 동행이 누구냐고 물었다. "나의 아버지야." 민병산의 심드렁한 대답이었다.

청주보다 더 큰 대처에서 손자를 배우게 할 조부의 욕망은 서울로 집을 옮기고 혜화국민학교로 전학하여 졸업하게 한다. 마치 그것은 아들 중식(병산의 부친)을 일본국 동경에 유학시킨 거나 다름없는 대망이었다. '망아지는 제주도로, 사람은 서울로'대로였다.

보성중학에 진학한 병익은 불량학생은 아니었어도 얌전한 학생도 아니었다. 축구도 좋아하고 유도부에도 들어가고 담배도 열심히 태웠다. 그러나 이 시절 그는 지독한 책벌레였다. 와세다(早稻田)대학 사회학과 출신인 부친이 대단한 장서가여서 서재에는 철학, 문학, 역사, 예술, 과학 등 동서고금의 서적들이 쌓여 있었고 그는 다방면의 서적을 마음껏 읽었다. 그의 해박한 지식과 쏠림 없는 판단력은 이때 이룩된 것이라고 한다.

1944년 9월에 학교서클 〈독서회〉 사건으로 종로경찰서에 구금, 10개월의 옥살이를 한다. 그러나 세력가 손자의 구속(사실은 그렇게 대단한 사건도 아닌 것으로)은 집안은 물론 총독부도 당황하게 했다. 구속된 학생 전원을 내보내 준다면 같이 나가겠다는 병익의 고집에도 불구하고 그는 해방 2개월 전에 먼저 석방되었다. 2개월 후, 해방과 더불어 석방된 친구들이 마치 독립투사인양 나대는 모습을 보고 그는 크게 깨달았다. '나를 내보낸 부귀는 무엇이고 저렇게 설치는 명예는 또한 무엇이냐.'

1950년에 동국대학 사학과에 입학한 대학은 1954년에 졸업한다. 25세 때(1952), 집안의 기둥이던 조부를 잃는다. 조부의 죽음은 엄청난 중압으로부터의 해방을 뜻한다. 민병산은 어마어마한 재산에는 눈곱만큼도 미련을 갖지 않았다. 생모조차도 의아해할 정도였다. 그러나 그는 미련 없이 부의 굴레를 훌훌 털고 나왔다. 한동안 청주에서 신문기자, 상업학교 강사로 있다가 1957년 봄에 홀연히 서울에 나타난다. 거부의 장손이 아니라 혈혈단신 떠돌이가 된 민병산의 유일한 친구이며 동반자는 옛 친구 신동문이었다. 그의 주선으로 일본 서적 번역도 하면서 문필작업도 빛을 보게 된다.

「4천 세의 은자」 발표 이후 밀려드는 청탁 원고로 전업 문필 생활에 전념한다. 1964년 3월에 신구문화사를 그만두고 70년대에 관철동에서 이후 80년대는 인사동에 둥지를 튼다. 그러다가 1988년 9월 19일, 회갑을 하루 앞두고 운명한다. 그 다음날, 그러니까 9월 20일의 회갑연을 주선하던 재인 패들은 망연자실했다. 그의 회갑연에 입히려고 장만한 한복은 수의가 되고 말았다.

사람들은 묻는다. 왜 그는 독신을 고집했던가고?

이제는 친구도 묻지 않는다. 나도 대답할 필요가 없다. 문답을 하지 않으니까 내가 독신이라는 것도 스스로 의식하지 않는 가운데 세월이 흐른다.

지금에 와서는 설사 누가 묻는다 해도 제법 태연자약하다. 전에는 아무래도 조금은 마음이 쓰리기도 하는 게 사실이었는데 정말이지 지금은 남 얘기를 하는 것 같다. 불혹을 지나 지천명이 가깝고 보니 그만큼 낯가죽이 두꺼워졌는지 도무지 가슴이 울렁거리지 않는다.

(민병산 「독신자의 오후 3시」 『여성중앙』 1972년 5월호)

독신자를 변호하는 윗글을 쓰고 관철동에서 받은 원고료로 친구들에게 소주를 사면서 그는 이렇게 탄식했다고 한다.

"이젠 꼼짝없이 노총각으로 늙어 죽게 되었구먼. 혼자 사는 것이 그럴듯하다고 천하에 떠벌려 놓고는 무슨 염치로 장가를 든다고 하겠나. 원 참."

아는 사람은 아는 이야기지만 그에게도 멋진 여인과의 낭만이 꽃필 뻔한 적이 있었다.

박수복. 국제신보 문화부 기자였으며 나중에 동아방송의 주목 받는 PD로 '히로시마 원폭 피해 조선인'에 애착을 가졌던 여인이 그다. 그녀는 바쁜 시간을 쪼개 자주 송원다방에서 민병산과 마주 앉아 담배 연기를 같이 마시고 내뿜으며 미소를 잃지 않았었는데 어찌 된 일인지 민병산과의 만남은 더 진한 로맨스로 이어지지는 않았다. 민병산이 근력도 팔팔하고 필력도 왕성하던 30대 중반의 일이다. 박수복은 나중에 파주 어딘가로 낙향했다고 하고.

이른바 청구자체(靑丘子體)의 완성자로 서예의 일가를 이룬 민병산의 붓글씨 전시회가 사망 두 해 전에 두 번 열렸다. 한 번은 수송동에 있는 신구대학 상설 전시관(1985년 11월 11일~15일)에서였고 다른 한 번은 돈화문 공간화랑(1986년 1월 20일~30일)에서였다.

첫 번째 전시회는 표구도 하지 않은 70점에 달하는 작품을 압핀으로 눌러 전시했는데 이 사람 저 사람 아는 사람이 구경 오면 전시한 작품 이외에 따로 준비한 작품을 공으로 나눠 주었다. 나도 그 전시회에서 몇 점의 작품을 얻었지만 수많은 인사동의 처자들도 그렇게 작품을 얻었다. 한번은 지나다 들른 사람이 『맹자(孟子)』 진심장(盡心章)을 오래 쳐다보길래 당장 떼어 주었다고 한다. 이렇게 주는 것이 체질화된 사람이 민병산이다.

그러나 공간화랑에서의 전시는 사정이 달랐다. 모두 반듯한 표구를 한 작품이 50여 점이나 걸렸다. 구경을 하러 온 사람들도 홀가분한 기분으로 떼어 달랠 수가 없었다. 화랑에서 마련한 표구는 만만치 않은 돈이 들었기 때문이다. 그러나 그는 공으로 떼어 주던 첫 번째 전시회 스타일이 자기다웠다는 것을 알고 있었다. 액자라는 현실적 물신주의의 굴레는 결코 그를 가둬놓을 수 없었다.

비딱하면서도 반듯하고 아무렇게나 쓴 것 같으면서도 질서를 유지하고 있는 고격(古格)의 기품 있는 그의 글씨는 오늘, 인사동에서는 참으로 구하기 어려운 향기로운 묵향(墨香)으로 남아 이 거리의 품격을 높이고 있다. 그러고 보니까 박이엽의 아주 잘 쓴 그의 평전(評傳)처럼 민병산은

이 시대의 '과객(過客)인가, 주인(主人)인가?' 나는 다짐하건대, 그는 인사동을 나그네처럼 떠났어도 이 거리의 영원한 주인이다.

청주 가정동 근린공원에는 그의 문학비가 신동문의 시비와 함께 서 있다.

기러기 훨훨

방영웅(소설가)

"기러기 훨훨 날아간다, 하는 노래…….."

필자는 언젠가 술좌석에서 그 노래를 부른 적이 있었다. 민병산 선생은 그 노래를 기억하고 있는 거였다. 노래 가사는 다음과 같다.

"기러기 훨훨 날아간다
하현달은 명랑한데 창공에 높이 짝을 지어
조용히 울며 날아간다. 너희들 어디 향하여
그다지 멀리 가느냐."

필자가 슬프고 구성진 목소리로 노래를 부르고 나자 민 선생은 기러기에 관한 이야기를 들려주었다.

"일본인 동물학자가 직접 관찰하고 쓴 얘긴데 함경북도 어디, 지명이 어딘지는 확인이 안 되지만 기러기들이 북쪽으로 떠나기 위하여 하얗게 모여드는 곳이 있다는군. 기러기들이 쳇다리 대형을 이루어 하늘을 날게 되면 독수리 같은 맹금류들이 쫓아와서 그중에서 가장 약한 놈을 공격한다는 거지. 기러기들이 힘을 합하여 독수리를 격퇴시키고 다시 날아가는데 공격을 당했던 놈은 아무래도 뒤에 처지게 된다는 거여. 기러기 중에서도 힘이 센 두 놈이 뒤로 달려와서 약한 놈의 양날개를 부축해주며 함께 날아간다는군."

그날 민 선생을 먼저 들어가시게 하고 나서 우리는 인사동에서 다시 술을 마셨다.

이튿날 아침 요란한 전화벨 소리에 필자는 잠에서 깨었다. 취기가 채 가시지 않은 상태였다. 누군가가 민 선생의 부음을 전해주었다. 아침에 운명을 하셨다는 것이다.

그렇다면 그 전날 찻집에서 불러주었던 그 노래는 장송곡이었단 말인가. 민 선생은 하필이면 왜 그 노래를 부르라고 했을까. 회갑 잔치 같은 것을 하면 어딘가로 떠나겠다고 하시더니 아주 영영 떠나셨구나. 회갑을 바로 내일 두고 오늘 세상을 떠나셨으니 하루도 틀리지 않은 만 육십 년을 채우고 가셨다. 민 선생의 장례는 어느 병원의 영안실에서 치러졌다. 많은 조객들이 찾아왔다. 회갑연이 장례식으로 바뀌어진 셈이다. 그 육신은 화장으로 처리되었고, 유골은 성둘 근교에 있는 절에 모셔졌다.

어떻게 생각하면 잘 가셨다는 생각도 든다. 저 세상에서 평안하소서.

* 『철학의 즐거움』(민병산 지음, 신구문화사, 1990)에 실린 글을 필자와 출판사의 허락을 얻어 재수록함

민 선생님 追想

최혁배(미국 변호사)

민병산 선생님은 필자가 생전에 1년이 채 안 되는 짧은 기간밖에 뵙지 못했지만 나를 많이 귀여워해 주시고 보이지 않게 큰 가르침을 주고 가셨다. 며칠 전 밤, 노광래 형으로부터 느닷없는 원고 집필 부탁을 받고 갑자기 이 글을 쓰게 되었다.

말씀도 글씨도 많이 듣고 받았지만 나는 그 분이 만드시는 분위기, 기운 같은 무형의 아우라(aura)에 푸근히 젖는 은혜를 누렸다. 그 분 계신 자리에 가만히 앉아만 있어도 마음이 푸근하고 넉넉해졌다. 그 분 하시는 말씀 한 마디에 나는 상상의 날개를 달고 꿈속 같이 날곤 했다. 지금 와서 그 분의 모습·동작·언어 하나하나를 가만히 되돌이켜 보면 그 분의 모든 것은 군더더기가 없다. 절제조차 붙을 데 없는 단순한 아름다움이 아닌가 싶다. 어디서든 그 분을 뵈면 꼭 있을 곳에만 계신 듯했다. 자신이 있을 곳이 어딘지 아시고 그곳으로만 가고 계시는 분처럼.

그 분은 인사동 문화의 교주 같은 분이셨다. 가시는 곳마다 어여쁜 아가씨들이 귀한 말씀 한마디 더 듣고 싶어 선생님 주위를 둘러싸고 있고, 저녁이면 이리저리 선생님을 찾아다니는 많은 팬들이 있었다. 인사동 나온 날, 선생을 뵙고 차 한 잔이라도 함께 못하고 그냥 가면 섭섭해 못 견딜 팬들이 한둘이 아니었다. 지방에서 선생님 만나러 온 이들도 귀천에서 여럿 본 적이 있다. 그 분은 자신이 계신 것 자체만으로도 여러 사람을 푸근하게 만드시고 모두의 마음을 넉넉하게 만드셨다.

　　필자가 선생님을 처음 뵙게 된 것은 1986년 늦은 철로 기억한다. 나는 1986년 여름에 결혼한 후 미국 유학을 준비 중이었다. 그 무렵 우리나라는 민주화의 열기에 휩싸여 온 나라가 들끓고 있었다. 나 개인적으로는 민주화운동의 기반이 모두 궤멸한 뒤라(주로 민통련, 서노련 등) 죄송스럽게도 쉬는 꼴이 되어 지내고 있었다. 그 당시 나는 어렵게 연락되는 친구들을 조금 돕는 것 그리고 내가 약간 거들던 민언협(민주언론운동협의회) 활동의 해외 홍보(이 일로 임재경 선생과는 종종 만나고 있었다) 외에는 민불련과 가까운 스님들과 교우하며 소일했다.

　　어느 날 임재경 선생님이 전화를 해 너무 외로이 지내지만 말고 바람도 쐴 겸 인사동에 한 번 놀러 나오라는 말씀에 가벼운 마음으로 나갔다. 그날 저녁은 누님손국수집이었을 거다. 음식이 참 맛있었다. 국수와 함께 난호어 프라이를 곁들인 오이소주 한 잔은 맛이 참 일품이었다. 당대의 기인 재사들을 여럿 만나 좋은 담론을 들으며 맛난 음식까지 곁들이니 인사동이란 별천지 같았다. 국수집 주인은 나의 처갓집이 안동이라니 자신의 고향이 안동이고 진성 이씨 집안이라며 반기질 않나…….

　　저녁 식사 후 들른 찻집은 귀천이었다. 자그마한 실내에 낮은 탁자 몇 개 놓고 아는 친지들만 모여 차 마시고 담소하는 살롱이었다. 이날 만난 분들이 민 선생님, 박이엽 선생님, 채현국 선생님, 천상병 시인, 부인 목 여사님 등 인사동 어르신들이었다.

　　이분들의 담론을 들으면 우선 거침없이 천하를 종횡하는 채 선생님의 화려한 '후라이(당신께선 항상 이렇게 표현)'가 세상을 한 번 들었다 놓으면, 박 선생님은 조용히 보충설명을 거드시고, 임 선생님은 "에이, 그런 구라가 어딨어?" 하시며 대개는 핀잔을 주시는 편이다. 채 선생님은 "후라이가 구라 아이가……" 하며 크게 웃으신다. 민 선생님께선 그저 조용히 빙긋 웃으며 들으시다 제일 중요한 결론 부분에 가면 그분의 방대한 독서량이 반영된 적확하고도 필수적인 논평으로 그날의 살롱은 대개 막을 내린다.

채 선생님의 후라이에 대해 꼭 한마디 하고 넘어가고자 한다. 많은 지인들은 껄껄 웃으시며 어려운 주제를 쾌도난마로 쉽게 요리하시는 걸 보고 진짜 후라이로 오해한다. 실은 그 후라이에는 엄청난 독서량이 녹아 있다. 재미난 후라이 10분을 위해 그분은 적어도 10시간 이상의 독서를 하신다. 이는 내가 본 바다. 근거 없는 채 선생님 후라이는 내 경험으론 들은 바 없다.

그날 채 선생님께서 이런저런 질문을 내게 하셨고, 나는 내 생각을 말씀드렸다. 인물에 대한 이야기인데 나의 평이 채 선생님 생각과 꼭 맞아떨어졌음을 나중에 알게 되었다. 아마 그 바람에 채 선생님의 인정을 받게 되고 아울러 민 선생님께서도 좀 더 후하게 날 대해주셨던 것 같다.

민 선생님은 모든 어린이, 젊은이들을 아끼고 귀여워하셨다. 그 중에서도 공부하는 사람에 대한 독려는 남달랐다. 내겐 공부 잘하라고 독일제 라미(Lamy) 만년필까지 선물로 사주셨다.

나는 이 무렵 신경림·방영웅·구중관 선생님들과도 더욱 친할 기회를 가지게 되었다. 뿐만 아니라 김영복·안동렬·노광래·임계재·남난희 등 젊은 세대들과도 벗하게 되니, 인사동 출입이 한층 즐거워지기만 하는 행복한 시기를 맞고 있었다. 민 선생님께선 전혀 약주를 안 드시니 맥주 타임엔 주로 신 선생님, 방 선생님과 어울렸다. 대구에 가서는 영남대의 박현수·정지창·염무웅·노원희(화가, 미술 전공) 교수님들께 민 선생님 얘기를 하니 모두 반가워하며 안부를 묻곤 했다. 대구에 계신 선배님들과는 민 선생님 화제만으로도 즐겁게 지내곤 했다.

20여 년 전 인사동은 한옥들이 즐비했고 골목골목에 전통 찻집들이 저마다 특색 있는 차림으로 자리잡아 전통 차 문화가 꽃피던 때였다.

나는 민 선생님, 채 선생님을 졸졸 따라다니며 귀천을 비롯해 수희재·사람사는정·구름을벗어난달처럼·솔다원 등등 찻집을 자주 찾았다. 민 선생님께선 국수집 외 많은 찻집, 아원공방 등 여러 업소에 꼭 그 장소에 알맞은 글씨를 주시어 품위 있는 실내 분위기를 만들어주셨다.

참, 글씨 얘기가 나왔으니 하는 말인데, 나는 민 선생님 글씨를 그 짧은 기간에 많이 받는 행운을 누렸다. 민 선생님께선 댁을 나오시기 전 몇 시간이고 공부를 하셨다. 동서양의 고전도 읽으시고 글씨도 쓰시고, 인사동 제자들을 만나면 들려주실 교훈적 얘깃거리, 글씨 등을 준비하시는 것이다. 꼭 필요한 곳에 꼭 맞는 전거(典據)를 인용하시는 것도 그토록 풍부한 지식과 견문의 보고를 날마다 공부로 넓히시기 때문이었다.

민 선생님은 귀한 글씨 쓰신 걸 허름한 비닐봉지에 넣어 바랑에 가지고 다니신다. 어디서든 제자들을 만나면 쓰신 글씨를 보여주시며 강의도 해주셨다. 내가 처음 받은 선생님 글씨는 철심석장(鐵心石腸, 철 같은 심장과 돌 같은 장) 넉 자를 힘차게 쓰신 것이었다. 임재경 선생은 "민 선생님 글씨는 워낙 독특한 필체이고 의미도 좋아 표구해서 책상 위에 두면 보기 좋아" 하고 귀띔해주셨다. 임 선생님의 소개를 들으시고 아마 내게 맞는 글귀라 여겨 이 글을 주셨으리라 짐작된다.

선생의 필체를 보면 먹을 듬뿍 칠한 굵은 획 하나가 기둥처럼 버티어 서고 글씨를 이루는 다른 획들이 제자리를 잡아 전체적으로 균형을 이루는, 참 보기 좋은 형상을 하고 있다. 때로는 구불구불한 획으로, 또 어떤 획은 곧게, 어떤 획은 들보 같고 어떤 획은 서까래, 구(口) 자는 창문 같고……. 선생님께서 쓰신 위의 철(鐵) 자를 보면 꼭 건축물 같은 모습이다.

필자는 타국 땅에 가면 적어도 몇 년은 있을 텐데 붓도 잡을 줄 모르는 것을 부끄러워했다. 1987년 봄부터 대구의 한 서실에 등록하고 습자를 시작했다. 민 선생님께서 어찌 아시고 공부 제대로 하라고 중국에서 간행된 서예 이론서를 어디선가 구해주셨다(여기까지 썼는데 노광래 형의 원고 독촉 전화가 왔다).

그 무렵 이 책을 읽을 수 있는 대로 대략 읽어보니 서예에는 필법(붓을 운행하여 획을 쓰는 법), 묵법(먹의 농담을 조절하는 법) 등 논하는 바가 자세했다. 먹을 가는 법부터 기초가 잡혀야 하고 등등…….

여러 사람이 민 선생님께선 누구의 서법을 어디서 배웠는지에 대해 의문을 갖고 질문하면, 민 선생님께선 "글씨야 쓰면 되는 거지 뭘" 하고 대답하셨을 테다. 그러나 나는 알 것 같다. 서예 이론을 세세히 마스터하시고 많은 연습을 하셨음을. 민 선생님의 글자 한 자 한 자를 보면 획의 굵기, 먹의 농담이 전통 이론에서 벗어나지 않고 있다. 그분의 호방하신 성품이 한지 위에 힘차게 뿜어진 것을 보고 사람들은 자유분방하다 여기는 것이다.

선생님의 필법과 서체는 민 선생님의 친지, 제자들이 모두 입을 모으듯 높은 경지에 이르러 계신다. 이를 청구자체(靑丘子體)라 명명하고 두고 두고 후학들의 연구가 따라야 할 것이다. 오늘 낮에 민 선생님 작품을 아무렇게나 모아둔 상자를 실로 오랜만에 열어 이 글 저 글 읽어보며 선생님 생각에 젖었다. 선생님께서 주신 글을 얘기하는 것도 뜻있겠다 생각되어 옛 기억을 더듬어 본다.

선생님께서 짧은 기간 동안 들려주신 얘기는 무척 많으나 그 가운데 내가 제일 재미있게 들은 얘기는 최호(崔顥, 唐代의 시인)의 황학루(黃鶴樓)에 얽힌 전설이다.

황학루가 있는 동정호 호반의 어느 주루에 웬 허름한 차림새의 노인이 들어왔다(민 선생님과 꼭 닮은 노인임이 분명하다). 인심 좋은 주인(辛 씨라 했다)은 이 노인이 음식값을 낼 돈이 없음을 알고도 대접에 술을 가득 따라주었다. 이렇게 매일 술대접 받기가 몇 달이나 되었다.

노인은 술값을 한다며 노란 귤 껍질로 주루의 벽에 학을 한 마리 그렸다. 손뼉을 세 번 치니 그림 속의 학이 걸어 나와 피리 소리에 맞춰 춤을 추는 것이 아닌가. 노인은 자리에서 일어서며 이 학이 밥값은 해줄 거라는 말을 남기고는 홀연히 가버렸다. 이 신기한 학 때문에 주루는 크게 번창했다.

노인이 떠난 지 십 년이 지나 다시 이 주루를 찾아왔다. 신 씨가 반갑게 술대접을 하려 하자 그동안 장사는 잘 되었는가 묻고는 피리를 내어 부니, 학이 걸어 나와 이 노인을 태우고는 날아갔다. 신 씨는 그 신선의 은혜를 갚고자 누각을 지었으니 곧 황학루였다.

선생님께서도 최호의 황학루와 전설을 참으로 좋아하시는 듯했다. 다른 분들이 자리했을 때도 여러 번 얘기해주셨다. 나는 아이가 옛날 얘기 듣듯 몇 번이나 들었으면서도 재미나게 또 듣곤 했다. 이를 아셨는지 선생님께서는 이 고사를 최호의 시와 함께 쓰신 글, 최호의 시만 쓰신 글 등 여러 편을 주셨다. 이 귀한 글을 나만 간직하는 게 아까워 친지 여럿에게 표구해서 나누어 주었다. 그 중 잘된 표구는 신영수(국회의원, 성남) 군에게 20년 전에 준 것이다(거기엔 고사가 소개되어 있다). 또 나를 도와준 외국인들에게도 주었는데 그들도 몹시 좋아했다.

선생님의 시 해석을 보면, 시 전체의 포인트를 글자 하나에서 집어내고 의미 설명을 하시는데 너무 좋았다. 이 시의 포인트는 끝 구절 煙波江上

使人愁(연파강상사인수)의 '수(愁)'에 있다 하셨다.

昔人已乘黃鶴去(석인이승황학거)

옛 사람은 황학을 타고 갔네-전설

此地空餘黃鶴樓(차지공여황학루)

이곳엔 황학루만 남아-전설의 유적

黃鶴一去不復返(황학일거불부반)

황학은 한 번 가고 안 오니-전설의 사라짐

白雲千載空悠悠(백운천재공유유)

흰 구름만 천년 세월을 유유히 떠 있네-세월의 무상함

晴川曆曆漢陽樹(청천력력한양수)

맑은 날 냇가로 한양의 나무가 또렷하고-경치의 감상

芳草萋萋鸚鵡洲(방초처처앵무주)

앵무주엔 향기로운 풀들이 자랐구나-경치와 역사

日暮鄕關何處是(일모향관하처시)

날은 저무는데 고향은 어드멘고-개인의 현실

煙波江上使人愁(연파강상사인수)

강 위에 물보라 이니 수심에 젖게 하네-시인의 수심

1986~1987, 이 무렵 많은 사건이 잇따랐다. 민정당 연수원 점거시위 (천여 명이 넘는 학생들이 구속되었다), 박종철 군 고문치사, 권인숙 양 사건, 이한열 군의 죽음과 6월항쟁, 5공정권의 직선제 개헌 양보 등. 우리나라가 시민 민주화의 길로 나아가는 분명한 과정이었다.

1987년 12월 초, 미국으로 귀환하는 처를 공항에서 배웅하고 오다 그 길로 1988년 6월 말까지 집에 돌아오지 못했다. 이 땅의 모든 우국의 젊은이들이 겪는 일이기에 올 것이 왔다고 각오는 했으나, 외가와 처에겐 참으로 황망하고 미안하기 그지없는 일이었다.

나는 갇혀 있는 동안 인사동의 모든 것을 얼마나 그리워했는지 모른다. 민 선생님 계신 곳의 푸근한 분위기, 채 선생님의 화려한 후라이, 골목마다 배어있는 인정, 평화로운 차 냄새…….

옥사 끝에 나온 것이 1988년 6월 말, 겨울옷을 입고 나와 여름옷 사 입고 인사동엘 처음 나가던 날, 수희재 옆 골목에서 민 선생님과 마주쳤다. 내가 얼마나 반가워했겠는가. 민 선생님께서도 놀라시며 여간 반가워하시지 않았다. 그날부터 나는 거의 매일 인사동에서 민 선생님을 뵙고 재미난 얘기를 들으며 새 친구도 사귀고 차도 마시며 저녁도 함께 하곤 했다.

그 무렵 선생님께서 주신 글에 논어의 공자와 자공의 문답이 있다. 그 외에 등왕각(滕王閣), 소식(蘇軾)의 적벽부 같은 대작도 써주셨다.

민 선생님의 서도에는 국전 출품형 서예가들이 흉내 내지 못하는 경지가 있다. 곧 글, 문학 자체에 대한 이해의 깊이와 폭이다. 그 배경에서 자신감 있게 힘차게 뿜어져 나오는 기세를 누가 흉내라도 내겠는가. 한문 고전(공자, 노자, 장자, 한문학)뿐 아니라 선생께서는 우리 시조, 시(청산별곡, 산유화 등), 주옥같은 우리나라 한시, 가곡, 성서, 심지어 '남쪽 나라 바다 멀리 물새가 날으고……' 하는 홍민의 노래 가사까지도 즐겨 쓰셨다. 한 마디로 모든 글을 소재로 할 수 있는 하나의 장르를 여셨다 할까.

秋雲漠漠四山空(추운막막사산공)

가을 구름 사방 산중에 막막한데

落葉無聲滿地紅(낙엽무성만지홍)

낙엽은 소리 없이 내려 붉은색이 땅 위에 가득하구나

立馬溪邊問歸路(입마계변문귀로)

냇가에 말 세워 귀로를 물으니

不知身在畫圖中(부지신재화도중)

내 몸이 그림 속에 있는지 알지 못하더라

정도전의 시다.

　아름다운 우리 한시만 여러 편 쓰신 귀한 글을 표구를 맡겼는데 옥사로 제때 안 찾아갔다고 표구상이 몰라라 하는 바람에 영원히 잃어버려 못내 아쉽다. 귀천에 가면 「등전만리심(燈前萬里心)」이라 쓰신 글의 목각판이 있었다. 최치원의 시 마지막 구절인데 '등전(燈前)' 두 글자의 모양새는 고국을 향한 그리움에 말 달리듯 하는 모습이다.

　또 「우기청호 청경우독(雨奇晴好 晴耕雨讀)」 같은 글을 목각하면 무척 보기 좋았다. 민 선생님의 생활 자세를 쓰신 것 같아 더욱 친밀감이 느껴진다. 「정관자득 정흥무진(靜觀自得 情興無盡)」 같은 짧은 글귀는 실제로 우리의 정과 흥이 일도록 해주었다. 이것이 글의 힘이라고 나는 믿는다. 「명화12객(名花12客)」 같은 글은 열두 가지 꽃을 보는 듯하다.

　그해 9월 나는 출국 준비 등으로 조금 바쁘게 지내야 했다. 며칠 저녁을 누님손국수집에서 칼국수만 먹다 보니(때론 점심까지) 하루는 허기가 느껴졌다. 그날 저녁 민 선생님과 저녁 약속이 되어 국수집에서 저녁을 모시는데 국수집 이 사장에게 허기가 지니 음식 좀 내오라고 부탁했다. 돈도 따로 안 받고 특별히 불고기를 준비해주어 선생님께서도 맛있게 많이 드셨다. 선생님께선 "이제부터 최 형만 따라다녀야겠어. 맛난 음식은 최 형한테만 주는 걸" 하시며 웃으셨다.

가만히 생각해보니 선생님께서도 매일 여기서 국수만 드신다. 말씀은 없으셔도 나와 같이 허기를 느끼시겠구나 싶었다. 앞으론 '영양가 있는 음식을 일부러라도 대접해야지' 하고 생각했다. 인사동 거리는 올림픽을 앞두고 거리 축제로 온통 신이 나 있었다. 사람사는정에서 차 한 잔 나누고 선생님과 헤어졌다. 마지막 만남이었다. 더 영양가 있는 음식을 대접 못해 드린 게 두고두고 마음에 걸렸다.

이날의 만찬이 마지막이었다니. 선생님 소식에 앞이 까마득했다.

10월 초, 나는 올림픽 여자 핸드볼이 우승한 다음 날 비행기에 올랐고, 몇 달 후 채 선생님과 박이엽 선생님 두 분이 뉴욕에 오셨다. 채 선생님은 「지대물박(地大物博)」 족자를 한 폭 가져오셨다. 민 선생님 추모 시화전 출품 작품이다. 지구는 넓고 물은 많으니 많이 배우라는 뜻일 터이다.

일상의 굴레는 인간의 살아 있는 순간을 모두 앗아간다. 인간의 모든 것을 진부하게 만든다. 학점·시험·직장·사무실, 떼쓰는 고객, 가족에 매여 나는 여유도 넉넉함도 잊은 채, 아니 민 성생님을 잊은 채 지내왔다.

쳇바퀴 속에 넣 놓고 있는 나를 노광래 형의 전화가 일깨웠다. 멀어진 기억을 가다듬고 선생님의 글을 다시 대하고는 황망히 몇 자 적었다. 말년에 귀여움 받은 자로서 너무 부끄러울 뿐이다. 그분의 넉넉함, 단순함, 아름다움, 남모르는 노력을 본받고 남에게 나눠주자고 다짐하며 그리운 얼굴들을 인사동에서 건강하게 푸근히 만나기를 기원한다.

저편에서 먼저 가신 좋은 분들과 함께 지내실 선생님께 절하며……

* 『으능나무와의 대화』(민병산 외, 도서출판 선, 2008)에 실렸던 글을 필자와 출판사의 허락을 받아 옮겨적었음

제3부

쓴맛이 사는 맛

박이엽, 채현국 선생 ⓒ조문호

박이엽 선생 생각-인사동에서

박구경(시인)

장롱 속 깊은 곳에 고이 모셔 둔 소중한 추억을 떠올려 본다.

그리운 박이엽 선생!

지방에서 올라오는 필자를 미리 나와 반가이 맞이해 조용히 걷기를, 쇼팽의 녹턴 같은 모자를 얹고 깃 세운 코트 자락 스치는 걸음은, '수도약국' 앞을 지나 느리지도 빠르지도 않아 뒤따르는 내게는 완만한 한 자 두 자 살아 있는 글씨가 되었지.

이즈음, 가을비가 잦아 좋은 생각에 젖어 들어, 그리워지는 사람이 있다는 이 기운은, 얼마나 고마운 일인가. 아마도 비는 곧 지나갈 거지만, 세월이 흘러 흘러서 깊이 스며든 기억을 그저 스쳐 잊게 하지는 않으리.

거기 누가 뭘 하고 있으련만

2021년 4월 2일 작고한 채현국 선생과 박이엽, 두 어른의 대화는 늘 대조적이었다. 채 선생께서는, 활기 넘치고 거침없이 끌고 나가는 이야기 중에 막힘이 있을 땐, 마치 사전을 찾듯 박이엽 선생께 물어보시곤 하였는데, 가만 듣고만 계시던 박 선생은, 정교하고도 낮은 음성으로 대답을 해주시던 모습을 보았다. 무엇이든 술술 물음에 답하셨다. 마치 체화된 지식의 본산을 보여주시는 듯했다. 그때 참으로 신기하고 놀라웠던 기억이었다.

인간 딕셔너리 인정 각이었다.

이참에, 채현국 선생과의 30여 년. 내가 사는 이곳 진주에 내려와 머무시던 무렵, 채 선생을 좋아하며 가까이 지낸 문화예술인들이 많이 모였다. 오늘따라 선생의 빈자리가 적막하게 허전하다.

누가 거기 있으련만

'흐린세상건너기'에서 마주 보는 익숙한 것은 커피 향이던가.

무얼 한동안 적어 내려가는 멋쟁이 노신사, 박이엽 선생! 하얀 종이 위 구불구불한 길도 굵고 진하게 끌고 가는 잉크 향!

누가 거기서 글을 적고 있으련만.

박이엽 선생님과 「씨칠리아 마부의 노래」

임계재(중문학자)

스무 살쯤. 이제는 맹목적 허기와 가슴을 흔드는 목소리에서도 졸업한 베냐미노 질리라는 이탈리아 테너의 목소리에 청춘을 걸던 시절이었다. 가슴이 저며오고 죽을 만큼 애절한 목소리로 부른 지비랄로의 「씨칠리아 마부의 노래」를 처음 들었다. 오디오는 생각도 못하던 시절이었고, 죽자고 매달리던 음악 듣기는 라디오 프로그램이 전부이던 시절, 처음 들은 노래에 나는 정신이 멍해지고 온몸의 맥이 다 풀려버렸다.

생래적으로 감격 잘하는 나에게 세상에 그렇게 듣는 사람을 환장하게 만드는 노래를 부르는 사나이가 있다는 것, 그리고 그렇게도 슬픈 노래가 있다는 것은 가슴을 홀랑 뒤집어 놓기에 충분했다. 당시의 내 나이 탓은 없을까마는 그 노래를 듣고 난 후 노래에 대한 갈증이 덧들여져 정말 못살 것 같았다.

진정으로 고통스러움이 무언지 모른 채 마음먹은 대로 되지 않으면 설령 내 바람이 터무니없다 해도 고통스럽다고 떠넘기던 시절이었단 말이다. 그것이 미숙한 젊음인지도 모른다.

그 후로 아무리 라디오에 귀를 붙여두고 지냈지만 더는 들을 수 없었다. 더욱이 오디오도 없는 상황에서 원판임이 분명할 레코드는 그림의 떡일 수밖에 없었다. 던져버리고 나니 괜찮은 점만 보이는 남자친구(이미 결혼해버린)처럼 '또 한 번 들어보고 싶은데' 상상을 하면서도 데데하게 접어두고 있었다. 시간은 흘러갔다.

몇 년 전 가슴이 철렁 내려앉을 만한 「서른 즈음에」라는 유행가는 느닷없이 나의 서른 즈음은 어땠을까라는 의문과 함께 내 시간을 뒤로 돌렸다. 가슴에 남은 장소는 말할 것도 없이 인사동이다. 여학교를 졸업하고 여자대학에서 남보다 더 많은 시간을 보낸 나는 인사동, '귀천'에서 평생 받을 귀여움을 많은 선생님에게서 순식간에 다 받고 있었다. 뭐든지 주워들었고 그분들 따라 아무 데고 끼여 숟가락조차도 안 들고 다니는 뻔뻔한 거지 노릇도 많이 했다. 그 어른들의 끝없는 후배이자 제자 사랑에 감사하단 말 한 번 표현한 적 없지만 운 좋은 인간이란 생각은 잊은 적이 없었다.

일일이 거명하기도 송구스런 어른 가운데 특별히 박이엽 선생님은 우리 젊은 애들이 아무리 버릇없이 굴어도 단 한 번 싫은 내색 없이 받아주시던 분이다. 그래서일까 나는 박 선생님께 유난히도 많이 찧고 까불었다. 조용한 그 어른에게 유행하는 우스갯소리 물어 날라 호흡기 나쁜 어른을 숨 몰아쉬도록 웃게 만든 일도 한두 번이 아니었다. 다 받아준다는 옹호와 편들기가 나이 적은 사람을 얼마나 기 살게 하는 일인가를 영악하게 간파했기 때문일 것이다. 굳이 친구의 말을 빌리지 않아도 '민병산 선생님과 박이엽 선생님은 말없이 서로 바라보고만 있어도 통하는 사이, 그리고 그 광경을 바라보는 우리는 공짜로 마냥 행복해지는 그림'이었다.

물실호기(勿失好機)라는 말이 왜 있겠는가. 이 좋은 기회를 내가 놓칠 수는 없다. 열심히 따라다녔다. 유난히 따르는 내 제자들에게 이르는 '껌붙기'란 표현은 내 젊은 시절의 전과(?)에 다름 아니다.

박 선생님! 참 별것을 다 아는 분이셨다. 내가 저분 연세가 되었을 때

과연 저만큼의 지식과 교양을 지닐 수 있을까? 정신 번쩍 들게 만든 많지 않은 스승 가운데 한 분이 인사동의 박 선생님이다. 궁금한 일, 어설프게 습득한 지식은 그분 덕에 확실하고 명료한 개념으로 단단히 정립할 수 있었다.

"그런데 선생님, 「씨칠리아 마부의 노래」는 통 들을 수가 없네요." 어느 날 음악 좀 안다는 사람이 하도 떠들기에 박 선생님께 말꼬리를 돌렸다. "그러게 말이야, 라디오에서조차도 잘 못 듣겠더라……." 알다시피 인사동은 참 시끌벅적한 곳이다. 이십여 년 전에는 지금보다 훨씬 대단했다. 조금이라도 아는 이야기가 나오면 귀가 먹먹하도록 긴 얘기를 끝 간 데 모르고 들어야 하는 고문도 존재했다. 전문가연하는 사람이 넘쳐나는 곳이 인사동이기도 했지만 도대체 「씨칠리아 마부의 노래」를 아는 사람은 이탈리아 가수의 내한공연에 학원비를 빙자해 어머니를 속이고 뛰어갔던 내 오라비 말고는 그때까지 누구도 없었다. 아는 척 안하시던 분의 미덕이 저런 것인가보다. 비록 노래 한 곡이었지만 은밀한 비밀을 공유한 듯 하염없는 감탄이 가슴을 채웠다. 더욱이 어떤 때는 단 한마디도 안하시는 박 선생님이니 그때의 내 심정이 오죽했겠는가 말이다.

언제 밖으로 나갈지 모를 암울한 병실에서 우울증까지 겹친 그 겨울, 높지도 않은 병원 언덕길을 몹시 힘겨워하시면서도 말없이 손잡아 주신 박 선생님은 원고료를 봉투째 건네셨다. 그 따뜻함에 눈물겨운 나는 봉투가 가득 찬 것 아니라면 못 받는다고 어깃장을 놓으며 속울음을 삼켰다.

노광래가 꼬박 넘어가게 이쁜 둘째딸을 얻고 '누님손국수집'에서 돌잔치 했을 때 나는 다시 살아나 그 잔치에 참석했다. 말 많은 인사동 사람들, 노광래는 무슨 욕심에 애를 셋이나 낳았느냐며 씩둑거렸지만 그런 치들은 하나도 못 낳았으니 '여우의 신 포도'임에 틀림없었을 것이다. 인사동 좋은 일, 궂은 일을 꼭 챙기셨던 박 선생님은 내가 살아나 그 잔치에 참석한 것을 몹시 대견해하셨다. 나는 다시 살아난 감격에 겨워 박 선생님을 얼싸안고 가슴에 숨긴 애인처럼 그리웠던 「씨칠리아 마부의 노래」를 전해드렸다. "이게 나왔구나!" 선생님 반응은 다만 그것뿐이었다. 그러나 나는 그 어른이 얼마나 기뻐하시는 줄 짐작할 수 있었다. 그리고 그날 나는 처음으로 선생님께 꾸중을 들었다. 끔찍했던 콜로스토미(colostomy) 수술이 그나마 아물어 퇴원하면서도 무심한 나는 선생님께 병실을 탈출한 낭보 전하는 일을 까맣게 잊고 있었다. 내가 하도 애처로워 다시 한 번 병원을 찾았는데 퇴원했더라는 그 말씀은 지금도 민망함에 식은땀이 흐르게 만든다.

얼마 전 박 선생님께서 세상 버리시고 세 번째 겨울의 문턱, 이러구러 선생님 곁에 어정거리던 참 많은 사람이 의리있게 모였다. 그리고 장소는 또 '누님손국수집'이었다. 인사동 사람들답게 뭉친 우리에게 하시던 사모님의 말씀이 아직도 가슴에 남는다.

"박이엽 씨는 남편감으로서는 그다지 좋은 사람이 못됐습니다. 돈 생기면 술 마시고 집안은 몰라라 했으니까요. 그러나 존경할 만한 사람이라는 것은 확신하며 살았습니다."

평온을 가장한 침착한 그 말씀에 나는 앉은자리에서 몹시 심하게 공감의 고갯짓을 했다. 이보다 더 정확한 표현이 어디 있을까. 그동안 야단과 질책에 인색한 박 선생님을 졸졸 따라다닌 내 행적의 개념화이기도 했다. 남편의 평가를 그리도 잘하는 아내는 또 얼마나 드물까. 사모님 목메

1980년대 초반 귀천에서 천상병 시인과 박이엽 선생

임에 내 눈에서도 뭔가 질척한 것이 주르륵 흘렀다.

　나의 '서른 즈음'은 많은 스승과 인생의 선배를 만나는 행운의 시기였다. 그러나 엄청난 복을 제대로 인식지 못한 우매함의 시기이기도 했다. 철없을 때니 당연한 일이라고 내가 박박 우긴다면 아마도 "그래 인마!"라고 가장 먼저 머리통 한 대 쥐어박을 분, 가장 힘 딸리는 박 선생님일 것이다.

　삼 년 전, 선생님 영면하셨다는 연락 받고 야간수업을 하면서도 나는 많이 울었다. 짓궂은 남학생 하나가 "병원 가서 눈물 안 나면 어쩌려고 그렇게 미리 우십니까"라는 우스개로 자기 선생의 오열을 달랬어도 좀체 걷잡을 수 없는 눈물이 쏟아졌다.

　"선생님 못 가시게 좀 잡아두지 그랬어!" 임종을 지켰다는 오랜 친구를 애꿎게 쥐어박으며 눈물 쏟는 내게 "선배, 박 선생님과 추억 많으시지요?"라는 질문이 날아들었다. '그래! 겨우 몇 년 뵌 네가 무슨 수로 스무 해를 넘게 이어온 사제지간의 정을 가늠하겠니?' 어느 멍청한 질문에 입밖으로 내뱉지는 않았지만 영안실에서의 내 대답은 바로 이 심정뿐이었다.

"언니, 난 박이엽 선생님의 번역이 우리나라에서 제일 좋아"라던 명 짧은 번역가의 말, 일면식도 없는 사이였음에도 박 선생님의 문장을 존경했던 그 후배는 단 한 번 뵌 박 선생님보다도 서둘러 저 세상에 터를 잡았다.

다시는 뵐 수 없지만 혹시 하늘나라표 인사동을 마련하고 깡마른 몸으로 우리를 기다리시는 것은 아닐지 모르겠다. 거긴 박 선생님보다 성미 급해서 먼저 떠나신 민병산 선생님과 목소리 큰 천상병 선생님도 계실 것이다. 맑기만 했던 내 후배 이계숙도 깍두기로 끼여서 말이다. 혹시 박 선생님과 내 후배는 나 빼고 둘이서 진하고 향기로운 찻잔을 놓고 번역 이야기를 나누고 있는 것은 아닐까?

다시 깊은 겨울이다. 요 며칠 계속 「씨칠리아 마부의 노래」가 생각나는 것은 아무리 해도 메워지지 않는 갈증에 허덕이던 내 젊은 시절이 생각나서인지, 아니면 신통치 않은 건강에 불안을 느껴서인지 가늠이 어렵다.

천상병 선생님께서 떠나신 봄, 박 선생님은 새로 나온 책 말미에 친구의 심정을 서간체로 몇 쪽 남기셨다. 나도 박이엽 버전으로 몇 마디 남기고 싶다.

박 선생님, 그림 보러 우리 모두 몰려가고, 영화 구경 가시는 데도 끼여서 갔잖아요. 지금 편안하세요? 혹시 인사동이 그립지는 않으신가요? 선생님께서 갓난쟁이가 처음 웃었다고 제게 자랑하셨던 '해원'이는 단 한 번 봤는데도 선생님의 성실함을 그대로 빼닮은 걸 알겠더군요. 여기 인사동은 좀 심심해요. 전문 출연진이 사라진 건지, 아니면 제가 힘들어 못 나가서인지 모르지만 좀 허전하고 밋밋한 겨울이네요. 선생님! 저나, 인사동 후배들이 가면 반갑게 맞이해주실 거죠? 터 잘 닦아놓으셨을 테니까요. 거기서도 이런저런 얘기 많이 해주세요. 민 선생님하고만 놀지 마시고요. 너무 조용한 분끼리는 노는 재미가 덜하잖아요. 떠들썩한 우리도 끼워주세요. 열심히 살고 만나뵐게요. 숨 몰아쉬지 않아도 되는 그곳에서 안녕히 계세요.

* 『저절로 아름다운 것들-박이엽의 책과 사람 이야기』(박이엽 지음, 창비, 2007)에 실렸던 글을 필자와 출판사의 허락을 받아 옮겨적었음

늘 앞서가던 멋쟁이 박이엽(朴以燁)

황명걸(시인)

그토록 죽이 맞더니 갈 때도 같은 병으로

기관지가 나쁜 나는 주기적으로 호흡장애 증상이 나타날 적이면, 호흡기 질환으로 타계한 지기와 친우, 두 사람을 떠올린다. 한 분은 인사동을 사랑한 거리의 철학자 민병산 선생이고, 또 한 사람은 역시 인사동을 떠날 줄 몰랐던 방송극작가 박이엽 군이다.

민병산 선생은 환갑을 맞는 해 작고했으니 어느덧 13년이 되는 셈이고, 박이엽 군이 우리 곁을 떠난 게 엊그제 같은데 며칠 전 대상을 치렀으니 벌써 3년이 지났다.

민 선생은 폐결핵을 앓으면서도 병원 찾기를 마다하고 기호품인 담배 끊기를 거부해 고생이 자못 심했다. 평소 가까이 지내던 채현국, 박이엽, 임재경 등의 주선으로 건축가 조건영의 집에 원룸을 장만해서 주거가 편안해지나 싶더니, 고질인 폐기종이 돌이킬 수 없는 지경에 다다라, 소설과 구중관이 곁에 있었어도 손쓸 겨를 없었다.

후배들이 마련해 드리고자 하는, 작은 회갑 잔칫상을 받지 못하고 환갑 전날 밤에 돌아가신 것이다. 너나없이 모두들 유감스러워한 것은 물론이다.

생전의 박이엽 선생

　지금도 눈에 선한 선생의 준수한 용모, 남달리 타고난 골상이 귀골인데다 안광마저 형형해 범접키 어려운 위엄마저 풍겼다. 그럼에도 불구하고 본인은 평소, 불구가 아름답다고 강조했었다.

　그런데 기이한 것은, 그토록 우애가 각별했던 민병산과 박이엽이 점차 그 병증마저 닮아가는 것이었다. 그러더니 마침내 박이엽마저 같은 병으로 무진 고생 끝에 선배 민병산을 따라가고 말았으니, 두 사람은 참으로 기연이 아닐 수 없다.

　만성폐쇄성폐질환, 그 숨 막히는 고통에 괴로워하면서도 두 사람은 똑같이 흡연을 단호히 단절치 못했다. 의지가 약한 탓만이 아니라 기호를 중시하는 생활철학 같은 것이 있지 않았나 싶다. 시쳇말로 그때 벌써 삶의 질의 향유에 생활의 우선순위를 두었던 선각자였다고 할까. 그러하니 미망인과 유가족이 겪어야 했던 마음고생이 어떠했으리란 건 짐작이 가고도 남는다.

회색 플란넬 바지에 세피아색 홈스펀 윗도리를 걸치고 잘 길든 파이프를 물던 영국 작가풍의 멋쟁이 박이엽. 그는 남성 소지품의 명품—이를테면 만년필에 몽블랑·펠리칸·워터만, 라이터에 던힐·듀퐁·카르티에 따위—의 값어치를 알고, 우리에게 명품에 눈뜨게 했던 정신적 귀족이었다.

독학으로 이룬 성취, 늘 앞서간 선두주자

내가 박이엽, 그러니까 개명 이전의 본명 박은국을 처음 만난 것은 대학 초년생 시절, 인사동 초입의 막다른 골목 안에 자리했던 음악감상실 르네상스에서였다. 궁정동에 위치했던 음악 전문 출판사 음악연구회의 편집장이었던 그는, 나와 달리 어엿한 사회인의 풍모였다.

당시 그는 종로3가 안쪽 봉익동에서 하숙을 하고 있었는데, 그 집에는 서울대학교 문리대 영문과 학생이었던 문학평론가 유종호가 옆방에 같이 하숙했다. 〈문학예술〉지에 「갈대」로 시 추천을 완료한 동국대 국문과의 신경림, 문학평론가 정현웅, 시인 박성용도 함께 하숙하였다.

정통 영문학도인 유종호가 W.B. 예이츠나 T.S. 엘리엇을 원서로 읽을 적에, 독학파인 박은국은 에즈라 파운드, W.H. 오든, 스테픈 스펜더 같은 현대 영·미의 주지주의 시를 줄줄 읽어내려갔다. 그리고 내가 소월이나 청록파 시인들에 머물러 있을 때, 그는 오장환과 설정식으로 뛰어가 있었다. 또한 내가 교과서에 실린 워즈워스나 롱펠로우의 전원적·교훈적 시를 읊조릴 때, 그는 마야코프스키나 예프투센코의 진취적인 시를 노래했다.

뿐만 아니라 내가 하이든·모차르트의 감미로운 선율에 젖어 있을 때 그는 스트라빈스키와 쇤베르크 같은 현대의 무조음악에 관심했다. 그는 음악연구회의 편집장 일을 친구 김승환에게 바통을 넘기곤 영화 잡지의 주간으로 활동하기도 했다.

박은국은 문학·음악뿐만 아니라 영화·무용·미술에 이르기까지, 예술 전반에 걸쳐 해박한 식견을 가진 전방위 아방가르드였다. 그는 모든 면에서 우리 친구들을 앞서가던 선두주자였던 것이다.

하기야 박은국은 일찍이 부산 피난 시절에 이미 주간 예술종합지 〈문학예술〉에서 될성부른 패기의 필봉을 선보인 바 있었다. 그가 우리에겐 선배격인 시인 장호나 고원과 호형호제하는 사이인 것도 다 지난날의 그런 연줄이 있어서였던 것이다.

나는 지금도 잊을 수 없는 것이, 그의 부산 고향집을 함께 찾았던 일이다. 그의 집은 부산 외곽의 수영비행장 근처에 있었는데, 호롱불로 흐린 흙 담벼락에서는 궁색이 흘렀어도, 거기에서 나는 너무나 보고 싶어 하던 오장환의 시집 『성벽』과 『헌사』의 원본을 구경할 수 있어, 방안이 온통 빛으로 가득 찬 느낌이었다. 더구나 오장환 번역의, 러시아의 마지막 농촌 시인 에세닌 시집의 필사본을 대할 때는 엄습해오는 전율로 온몸을 떨었었다. 그 시집은 박은국이 손수 정성 들여 꼼꼼히 옮겨 적은 필사본이었기 때문이다. 나는 그의 학구열에 또 한 번 놀랐다.

그의 시작 공책에는 주지주의 경향의 시작들이, 그 특유의 달필로 정연하게 들어차 있었는데, 그의 시적 정도는 「후반기」 동인들—김기린·김수영·박인환 등에 닿아 있었다. 하지만 그의 시편들이 활자화되지 못하고 유실되고 만 것은 참으로 아까운 노릇이다. 하지만 그의 번역시집 롱펠로우의 『에반제린』이 58년에 출간되어 널리 애독됐던 사실은, 친구인 나로서 두고두고 기분 좋은 추억이다.

훨씬 뒤, 방송극 집필에 힘이 부치면서 간간이 역서를 냈는데, 노마 필드의 『죽어가는 천황의 나라에서』와 서경석의 『나의 서양미술 순례』 같은 것은 지금도 스테디하게 생명력을 이어가고 있어 반갑다. 그것은 그의 번역이 평이하고 유려하여 읽기에 수월하고 머리에 잘 들어오는 덕이다. 그의 명번역은 정평이 나 있지만, 그 바탕은 그의 흡인력 있는 문장력에 기인하지 않나 생각한다.

생활을 위해서였지만 그의 재능이 아깝다

박은국이 필명을 박이엽으로 개명한 것은 방송극을 쓰기 시작하면서였다. 이를테면 심기일전하려는 나름대로의 속셈이 있었을 터다. 아무튼 그가 생활을 위해 순수문학을 접고 방송극을 쓰게 된 것은, 함께 문학을 하던 친구로서 섭섭한 감이 없지 않지만, 그의 방송극이 단순한 대중 취향에 머물지 않고 격조 있는 본격극의 체통을 지켰음을 감안할 때, 적이 위안이 되는 일이다.

그의 대하방송극 『기독교 100년사』나 『여명 200년』은 방송사에 길이 남을 노작임에 틀림없다. 그러나 그가 순수문학에 매진했더라면 높은 수준의 시인·평론가로 일가를 이루었으리라는 아쉬움이 끝내 남는다.

알고 보면 박이엽은 나와 동년배지만, 기실 그는 앞섰던 선배였고, 철든 형님이었고, 묵묵한 신사였고, 명품을 아는 멋쟁이였고, 맛을 아는 미식가였다고 해도 지나친 말이 아니다.

그가 충무로 영화판에 있을 적에 명동에 나오면, 자신은 술을 안 마시지만 친구들을 위해 안주가 있는 술판을 마련해 주었으니, 명동공원 맞은편에 있던 송도집에서 먹던 빈대떡 맛은 잊을 수 없다. 그립구나, 박은

1981년 11월 박이엽 선생(오른쪽)이 CBS 대하드라마 「여명 200년」으로 김수환 추기경에게서 감사패를 받는 모습

국—박이엽!

   그가 우리 곁을 떠난 지 어언 3년 유족·친지·친구·후배들이 고인이
생전에 친우 채현국과 함께 자주 가던 누님칼국수집에 모여 조촐히 대상
을 치르고, 이제 추모집을 내면서 곧 그의 동상을 선배 고인들의 것과 함
께 세울 기획이라니, 후배들의 마음씀이 한결 대견하고 고맙게 느껴진다.
그 중심에 채현국이 있을 터이고, 실행에 후학 김명성이 도움을 줄 텐데,
인사동에 모이는 지성들의 살가운 정은 각박한 오늘의 세상을 녹이는, 보
기 드문 미담이 아니고 무엇이랴.

   기실 겉으로 언뜻 보기에 과묵의 박이엽과 다변의 채현국이 친구가
되기 쉽지 않을 것 같으나, 용케도 둘은 묘하게 어울리는 한 쌍이었다. 이
것은 다 각기 다른 성격들을 아울러 판을 만드는 인사동의 특질, 묘한 매
력이 아닐까 한다.

박이엽과 같이했던 50여 년. 〈르네상스〉·〈돌체〉·〈청동〉을 섭렵했던 명동 시대를 넘어 한국기원·유전다방·꼬마네집을 맴돌던 관철동 시대를 건너, 〈귀천〉·〈수희재〉·〈문우서림〉으로 옮겨 다니던 인사동 시대도 왠지 저물어가는 듯한 느낌을 지울 수 없는 2005년 세모에, 당신들과 함께했던 짧지 않은 세월이 계속 이어지기를 빌며, 민병산을 그린다. 천상병을 그린다, 박이엽을 그린다.

* 『그리운 얼굴들 민병산·박이엽·천상병』(인사동을 사랑하는 사람들 편, 고호출판사, 2006)에 실렸던 글을 필자와 출판사의 허락을 받아 옮겨적었음

제4부

소년 뱃사공 이계익

이계익 선생이 지난 2016년에 서거했다. 여든 살, 그의 생애를 회고하면 우리나라의 현대사와 긴밀하게 연계되어 이어져 나왔다는 생각이 든다. 그 가운데서도 6·25전쟁을 겪은 소년 이계익의 체험과 가족사는 의미가 있다고 생각되어 먼저 사실적으로 살펴보고 싶다.

1950년 서울의 배재중학교에 입학했으나 곧이어 전쟁이 터져 그는 천안의 고향집에 내려가 있었다. 전쟁 초듬에 아버지가 학살당했다. 할머니와 그리고 여동생들이 셋이었고 어머니 뱃속에는 또 생명이 들어있었다.

많은 세월이 흐른 뒤에 이계익이 교통부 장관이 되었을 때, 백선엽 장군을 만난 일이 있었는데 그 자리에서 그는 우리 국군이 우리 아버지를 총으로 쏴 죽였다고 항의성 깃든 대화를 했다고 말한 일이 있다.

아버지의 월급으로 먹고 살았던 그의 집은 우선 생계가 막막했다. 인민군이 장악한 천안은 교통의 요로였으므로 유엔군의 공습도 빈번했다. 어머니는 집안의 부엌문을 뜯어내어 시장 바닥에 깔아놓고 음식 장사를 시작했다. 이런 이야기는 이계익이 나중에 쓴 자서전에 자세히 기록되어 있다.

전쟁이 터진 여름날에 곧 아버지가 죽었고 유엔군의 인천상륙작전으

소설가 구중관, 미술평론가 곽대원, 이계익 전 장관

로 9·28수복이 된 며칠 뒤에는 네 살 난 막내 여동생이 힘없이 메말라가다가 숨이 끊어지고 말았다. 13세의 이계익이 동생의 주검을 보자기에 감싸서 산에 올라 양지바른 곳에 묻어주었다.

유엔군과 국군은 인민군을 몰아붙여 38선 이북까지 밀고 올라갔으나, 중공군의 전쟁 참여로 이른바 1·4후퇴가 이루어졌다. 서울이 중공군에게 점령당하고 사람들은 피난 보따리를 지고 이고 남쪽을 향해 떠나갔다. 천안에서 남으로 향하는 자동차길은 군용도로로 쓰이고 있었으므로 민간인들은 기찻길을 걸어야 했다. 철로를 메우고 이어져가는 사람 행렬은 인간의 강물을 이루었다. 기차가 지나갈 때면 그 물결이 갈라져 철로길 양쪽으로 내려갔다가 기차가 지나면 다시 기찻길은 인간의 대열을 이루었다. 철롯가에는 이따금 사람의 시체가 너부러져 있었다. 기차의 지붕 위에 빽빽이 타고 가던 사람들이 아차 하는 순간 떨어져 죽은 것이다. 무섭게 추운 겨울이었다. 기찻길 가까운 마을들의 집은 하룻밤 잠자리를 청하는 사람들로 북새통을 이루었다. 만삭의 몸으로 등짐을 진 어머니는 내친김에 부산까지 가야 한다고 식구들을 내몰았다. 우리가 먹고 살 길은 장마당 장사밖에 없는데, 사람 많이 사는 부산이 그래도 장사가 잘될 거라는 계산이었다.

그러나 부산길은 대전에서 차단되었다. 피난민의 대열을 영남 쪽으로 못 가게 하고 호남 쪽으로 유도했다. 대전 근교의 시골집에 방 한 칸을 얻어 피난 보따리를 풀었다. 어머니는 무 장사를 시작했다. 소년 계익은 어머니를 거들어 신탄진까지 가서 무를 사서 짊어지고 대전 장마당에 내놓고 팔았다. 그러다 김치 장사로 업종을 바꾸었다. 소년 계익은 시래기 장사를 했다. 무청을 삶아 장마당에 내놓았다. 대전은 피난민들로 득시글거렸다.

달포가 지나자 유엔군이 다시 중공군을 밀고 올라갔다는 소문이 퍼졌다. 다시 천안 집으로 돌아가는데 기찻길은 사람 통행을 금지했으므로 산길을 넘고 시골 마을을 지나 며칠을 걸어 고향집에 도착했다. 계익과 국민학교 동창 친구였던 여자아이는 머리를 박박 깎고 남자 옷을 입고 있었다. 외국군들의 겁탈을 면하기 위해서였다.

어머니는 고된 피난길 내내 뱃속에 넣고 다니던 생명을 출산했다. 그러나 그 유복녀는 세 이레를 다 못 보내고 목숨이 끊기고 말았다. 3월이라고 하나 바람은 찬데 계익은 그 어린 동생의 시체를 또 산에 묻었다.

며칠 동안 죽은 듯이 누워있던 어머니는 몸을 추스르고 일어나 식구들을 먹여 살릴 길을 찾아 나섰다. 서울의 친척집을 찾아 집을 떠났다. 그러나 한 달이 가고 두 달이 지나도 어머니는 돌아오지 않았다. 열네 살의 가장이 된 계익은 살길을 모색했다. 아버지의 유산인 기와집을 팔고 광산촌에 있는 방 하나짜리 싼 집을 구입하여 이사를 갔다. 그래도 아이들은 배워야 했다. 계익은 중학교에 피난 학생으로 편입했다. 공부도 했지만 노동이 많았다. 도로공사, 부서진 다리 고치기, 하수도 치우기 남학생들은 가래질 여학생들은 호미질로 고역을 겪었다. 선생들이 학생에게 가하는 폭력도 심했다.

계익은 학교 다니는 걸 그만두고 부랑아로 떠도는 아이들과 어울렸다. 건어물집에 들어가 먹을 것을 훔쳐내고 화물 열차에 침입해 물건을 도둑질했다. 어린 여동생 둘은 할머니에게 맡겨두고 나돌아다니며 훔치고 빼앗는 건달 아이들과 어울렸다.

전쟁 중에 이렇게 엇나가 떠도는 아이들을 거두어 계도하는 어른들이 있었다. 그들은 교회당을 중심으로 나도는 아이들을 불러 모아 공부도 가르치고 바른 길로 인도하는 일을 하고 있었다. 계익은 그들에게 이끌려 도둑질 대신 공부의 길로 들어설 수 있었다. 그때의 영어 선생의 가르침이 매우 진지하고 요령이 좋아 실력 향상에 크게 도움이 되었다고 나중에 이계익은 회고했다. 학교에도 다시 들어갔다. 그렇게 마음을 잡고 학생의 길로 들어서 있을 때, 집을 나갔던 어머니가 일 년 만에 다시 집을 찾아 들어왔다. 어머니는 집 나가서 겪은 이야기를 대충 들려주었다.

그날 서울로 가기 위해 노량진에 당도하여 한강을 건너려 했으나 도강증 없는 사람은 배를 탈 수가 없었다. 영등포에서 밀도강하는 배가 있었다. 밤에 경비를 피해 당인리 발전소 쪽으로 건네주는 나룻배였다. 그 배를 타고 건너가다가 강 한복판에서 큰 파도와 맞닥뜨려 나룻배가 뒤집혔다. 한강 상류를 점령하고 있는 북한군이 하류에 놓인 국군의 부교를 끊기 위해서 간혹 수문을 일시에 열어 인공 홍수를 일으키는데 그때에 바로 그런 일이 일어났던 것이다. 그네는 거센 물살에 휩싸여 그만 기절하고 말았다. 대부분의 사람들은 익사했는데 너덧 명의 사람만이 마포 쪽에서 출동한 구명보트에 구조되어 미군의 야전 병원에 옮겨졌다. 일주일 남짓 치료를 받고 나서 퇴원하게 되었으나 그네는 민사처 통역관에 사정하여 병원의 잡역부로 일할 수 있게 되었다. 그네는 영어를 배운 적이 없었으나, 삼위일체 영문법 책을 구하여 열심히 공부했다. 영어 공부를 얼마나 열심히 했던지 훗날 다른 사람들에게 영어 회화를 가르치는 강사까지 해냈다.

집을 찾아온 어머니는 미군 군복을 입고 있었고 미군이 운전하는 지프차를 타고 왔다. 그네는 미군 부대에서 승진하여 잡역부 일을 탈피하여 간호사 일을 돕은 보조사가 되었다고 했다. 어머니는 그동안 벌어 모은 돈을 주고 다시 떠나갔다.

이웃과 친척들 사이에 계익이네 집이 큰 부자가 되었다는 소문이 났다. 그리고 소문은 차츰 부풀어났다. 집을 찾아왔을 때 옛날 살던 기와집으로 먼저 갔으므로 이사한 집을 찾아내려 여기저기 수소문하러 다니면서 미군 지프차가 사람들 시선을 끌었고, 그래서 그네가 미군과 결혼했다는 소문이 퍼져났다. 소문은 이웃들뿐 아니라 친척들에까지 전해져서 문중에서는 집안이 망쪼가 들었다고 개탄하고 슬퍼했다.

아들 계익은 마음속의 갈등과 고뇌로 괴로웠다. 그리하여 먼저 그런 소문이 사실인지 낭설인지는 규명해야겠다고 결심했다. 어머니를 만나 마음을 터놓고 대화하고 싶었다. 어머니의 근무처가 미 육군 25사단 의무대라는 걸 알고 있었기에, 여기저기 알아보니 그 부대는 전선을 따라 북상하여 춘천 어디엔가 있다는 것이었다. 전투지역인 춘천으로 가는 길은 험했다. 원주로 돌아서 후생사업하는 군 트럭을 타고 어렵게 춘천에 당도했다. 알아보니 소양강 다리를 건너 북쪽 지점에 25사단이 주둔하고 있었다. 군용트럭에 편승하기도 하여 25사단 앞에까지 갔으나 들어갈 수는 없었다.

소양강을 맴돌다가 나룻배를 발견했다. 그때는 춘천댐을 막지 않아서 샘밭을 관통해서 흐르는 소양강 물길이 깊어 나룻배를 타고 건너야 했다. 나룻배 사공은 일흔이 넘은 노인이었는데 두 아들을 전쟁에 잃고 힘까지 잃어 나룻배를 젓기에 벅찬 상태에 있었다. 그래서 열여섯 살 난 소년 계익이 나룻배를 맡아 부리는 뱃사공이 되었다.

일진일퇴로 전선이 고착화되어 진행되어 나가며 나룻배 손님은 갈수록 많아졌다. 강 건너에 미 육군 25사단과 40사단 두 개의 전투사단이 들어서고 밤낮으로 포성이 울렸지만 전선을 따라다니는 장사꾼들은 기를 쓰고 모여들었다. 언저리에 상점들이 생겨나고 여기저기 판잣집들이 들어서고 몸 파는 여자들의 수효가 불어났다.

부대에서 빠져나오는 물품을 거래하는 밀수업자들의 장사가 성행했다. 나룻배 사공은 그 장사를 하는데 유리한 조건을 가지고 있었다. 위스키며 담배를 열 상자 스무 상자 실어다 주었다. 대형 아이스크림 제조기 같은 것도 갖다 주었다. 그렇게 가져온 물건을 받아 잘 은닉해두면 춘천 시장 사람들이 차를 가져와 싣고 갔다. 밤을 타고 가져온 물건이 많을 때면 소년 계익은 밤을 타고 마라톤을 해서 20리 길 춘천 시장까지 달려가기도 했다.

그해 가을이 깊어 드디어 계익은 어머니를 만날 수 있었다. 어머니는 미군부대 잡역부 일을 그만두고 나와, 시골 농갓집의 방 한 칸을 빌려 살면서 양키 물건 장사를 하고 있었다. 어머니와 아들이 우연하게도 둘 다 위험한 장사를 하고 있었던 것이다. 두 사람은 그곳에서 빠져나가기로 하고 먼저 아들이 기지촌을 나왔다. 어머니는 장사를 정리하고 뒤따라 나오기로 했다.

계익은 그동안 벌어 모은 돈을 보따리에 넣어 담요로 감싸고, 허술한 옷가지와 함께 뭉쳐서 짊어지고 나왔다. 후생사업하는 군용차를 타고 나오며 몇 번이나 검문소를 통과했지만 무사히 서울까지 돈을 가져올 수 있었다. 팔백만 원이나 되는 돈으로 그때 서울에서 웬만한 일본집 한 채를 살 수 있는 금액이었다. 계익은 양정중학교 3학년에 기부금 편입학을 했다.

이계익 선생이 마흔 살을 넘기고 출간한 『소양강의 뱃사공』이라는 책은 완전히 소설 형식으로 쓰여진 자서전이었는데, 그것은 소년이 겪은 전쟁 체험기이며 더불어 청소년기의 감성과 정신세계와 의식 성장을 성찰하고 술회한 회고록이었다.

그는 공부에 열성적인 고등학생이었으나 그때 대학생인 사촌 형의 영향으로 문학적 취향에 빠지고 차츰 철학책에 심취하여 철학도가 되었다. 서울대 문리대에서 만난 임재경 채현국 황명걸 등의 친구들과는 늙도록 인사동에서 만나 친교를 이루었다.

그도 어머니를 닮아 어학에 재능이 있어 혼자 독일어와 러시아어를 공부하여 상당한 경지에 이르렀다. 그 때문에 우리나라에 중앙정보부가 창설되었을 때 불려가서 일하기도 했고, 또한 고등학교의 독일어 강사를 하다가 공립학교 교사로 정식 발령을 받기도 했다.

그러나 그는 언론인으로 많은 사람들에게 기억되고 있다. 동아일보의 경제부 기자로 다년간 종사했으나 1975년 직장에서 쫓겨난 이른바 해직 기자가 되어, 〈주간 시민〉 편집국장을 지냈고, 국제경제연구원의 수석 연구원을 거쳐 럭키그룹의 기획위원회 상임위원으로 일하기도 했다. 그 뒤에 KBS TV에 수석 해설위원이 되어 경제 문제를 해설하게 되었는데

가나아트스페이스에서 열린 박영현 도자전에서 아코디언 연주를 하는 이계익 선생 ⓒ조문호

크게 성공하여 명성을 얻게 되었다. 그는 경제학 용어를 사용하지 않고, 학자가 아닌 일반인들이 쉽게 이해되는 상황 설정을 통해서 경제를 설명했다. 개똥이네 집은 한 달 수입이 얼마인데 빚을 얼마 얻어 쓰게 되었다든지 하는 식으로 이야기를 풀어나갔다. 경제가 시민들의 흥미를 끌었고 먹혀들어갔다. 시민들뿐 아니라 대통령 전두환도 그의 설명 방식에 만족했다. 경제 각료들이 보고하는 경제학적 어려운 말을 이해하기 어려웠던 대통령은 호통을 쳤다는 말도 떠돌았다. 이계익처럼 말하라!

그리하여 그는 벼슬길에 들어서게 되었는데, 관광공사 사장으로 발탁되어 일하다가, 문민정부가 수립되어, 초대 교통부 장관이 되기도 했다. 이계익 그는 열심히 살아왔고 성실하고 진지한 모습을 보여주었다. 거기에 더불어 그는 예술가적 기질이 많았다. 그는 화가로서 많은 그림을 그렸고 전시회도 여러 번 열었다. 나 같은 사람은 그의 누드화를 좋아했다. 활달하게 휘갈겨 그린 여자의 나상은 시원한 아름다움이 있었다.

미술뿐 아니라, 음악적 소양도 있었다. 아코디언이 수준급이었고 하모니카는 어렸을 때부터 시작해서 늙어서까지 곧잘 불었다.

양정고등학교 학생 시절 그는 산악부의 반장이 되어 등산패를 이끌고 다녀, 우리나라의 산뿐 아니라 외국의 여러 산도 섭렵했다. 그러면서 또한 마라톤에도 열심이었다. 일흔이 넘도록 마라톤 완주를 해냈다. 소년 뱃사공 시절 어두운 밤을 타고 20리 길을 달려 춘천 시장을 찾아갔던 그때를 회상하며 달렸을까. 아무튼 그는 열심히 세상을 살아온 부지런한 사람이었다.

그는 육십대를 지나면서 무기력에 빠지고 우울해졌다. 우울에서 오는 괴로움에 시달리고, 그래서 신학교에도 들어갔다. 그러나 그는 과학적이고 이성적인 기질이었기에 종교적 믿음을 얻는 데는 실패했다고 여겨진다. 이 무렵부터 그는 인사동에 열심히 나왔다. 인사동에는 별 할 일 없이 살아가는 사람들이 모여 차 마시고 술 마시며 환담으로 소일하는 패거리가 형성되어 있었다. 그들과 어울려도 그의 조울증 증세는 떠나가지 않았다. 그는 술에 취함으로써 우울에서 오는 고통에서 벗어나려 했다.

전에는 절제된 언행으로 반듯하고 예의 바르게 처신했던 그가 이제 곧잘 흐트러진 모습을 보여주었다. 농담을 하려고 애썼으나 그는 농담에 서툴렀다. 사람들에게 오해를 사기 일쑤였고 여자들은 성희롱으로 받아들여 눈을 흘겼다. 그렇게 되자 이른바 점잖은 친구들은 그와 어울리기를 꺼려서 하나둘 떠나갔다. 그런 실수에 개의치 않는 몇 사람과 또한 술을 너무 좋아하는 사람만이 그와 함께 술을 마셨다.

술이 정신적 고통을 해소하는 힘이 있었지만 몸은 나날이 쇠약해져 갔다. 에베레스트산을 올라갔고 마라톤 완주를 몇 번이나 해냈던 그의 두 다리는 힘이 빠져, 술 취하면 일어서지도 못했다. 주위 사람들은 걱정했지만 그는 병원에 가는 걸 너무 싫어했다. 언젠가 수산시장에 갔는데 그만 정신을 잃고 길바닥에 쓰러진 일이 있었다. 병원에 실려가, 주사기를 팔에 꽂아놓고 침상에 누워있던 그가 정신을 차리자, 갑자기 벌떡 일어나 주사기를 빼서 던져버리고 서둘러 병원을 빠져나온 일도 있었다.

그러나 죽음이 임박해서는 병원에 안 갈 수가 없었다. 그때는 이미 결핵균이 척추에 침투해 살아나기 어려운 지경이었다. 그가 우울에서 오는 고통을 잊기 위하여 술을 너무나 마셔서 명을 단축시킨 것 같아 애석한 마음이 들지만, 생애의 마지막 대목에 가서 실컷 마시고 그 전과 달리 규격을 벗어난 자유로운 삶을 맛보고 갔다는 생각도 든다.

그는 은근히 정이 많은 사람이었다. 그를 생각하면 서글픈 그리움이 밀려온다. 이계익 선생님, 저 세상에서는 전쟁도 없고, 우울도 없고, 병마도 없이, 평화와 기쁨만으로 충만하소서.

노촌(老村) 이구영(李九榮) 선생님과 이문학회(以文學會)

이진영(이문학회 회우)

노촌 이구영 선생님을 처음 뵈온 것은 2000년 1월 추운 겨울 어느 목요일이었다. 노촌 선생님이 계신 낙원동 고택은 따뜻했고 안방에 모여 앉은 사람들의 공부 열기는 뜨거웠다. 당시에 이문학회 목요반은 노촌 선생님 아버님의 회갑연 축하시를 모은 수연경첩(壽筵瓊帖)을 강독하고 있었다. '흰 것은 종이요, 검은 것은 글자'인 수연경첩을 받아들고 멍하니 있던 무지한 학생인 나에게 선생님은 "한문을 배운 적이 있냐"고 하셨고 나는 "제대로 배운 적이 없다"고 하였다. 그러자 노촌 선생님은 음만 읽고 해석하던 강독방식을 바꾸어 음과 훈을 같이 읽고 강독하였다. 기존의 남학생들이 "갑자기 이문학회 분위기 왜 이러냐"며 자상한 노촌 선생님의 지도에 황당한(?) 반응을 보였던 재미있는 기억이 있다. 노촌 선생님은 지난한 삶을 마무리하고 2006년 우리의 곁을 떠나셨다.

영과후진(盈科後進)과 성문과정(聲聞過情)

이문학회 회원들에게는 한없이 다정하고 자상하셨던 선생님일 뿐이지만 세상에서 노촌 선생님은 한학자, 항일독립운동가, 사회주의자, 남파공작원, 통일운동가, 비전향 장기수, 진정한 선비, 20세기 한국사의 압축파일, 이 시대 마지막 선비 등의 다양한 호칭으로 평가되고 있다.

노촌 선생님의 삶은 '물은 웅덩이를 만나면 그 웅덩이를 반드시 채운 다음에 지나간다'는 영과후진(盈科後進)과 '군자는 명성이 실제보다 지나친 것을 부끄럽게 여긴다'는 성문과정(聲聞過情)으로 압축하여 얘기할 수 있다. 『맹자』에서는 '근원이 있는 샘물은 계속 솟아나서 밤낮을 쉬지 않고 흐르다가 구덩이가 있으면 그곳을 채운 뒤에 나아가 결국 바다에 이르게 된다. 근본이 있는 것은 이와 같으니, 이 점을 취한 것이다. 만약에 근본이 없다면, 7~8월 장마에는 빗물이 모여 도랑들이 가득 차지만 비가 그친 뒤에는 잠시만 서서 기다려도 금방 물이 마른다. 그러므로 군자는 명성이 실제보다 지나친 것을 부끄럽게 여긴다.(原泉混混, 不舍晝夜, 盈科而後進, 放乎四海. 有本者如是, 是之取爾. 苟爲無本, 七八月之間雨集, 溝澮皆盈, 其涸也, 可立而待也, 故聲聞過情, 君子恥之. 『맹자』 「이루하」 18)'라고 하였다.

　　노촌 선생님의 삶에는 영과후진했던 시대가 담겨있다. 그에게는 조선 봉건사회, 일제하의 식민지 사회, 해방 후 사회, 6.25전쟁, 북한 사회주의 사회, 22년의 감옥생활을 거쳐 지금의 자본주의 사회까지 근현대사 사회구성체의 족적이 남아 있다. 그는 어린 시절에는 한학을 공부하던 학생으로, 일제하의 식민지 사회에서는 항일독립운동가로, 해방 후에는 사회주의자로, 6.25전쟁 후에는 잠시 남파공작원으로, 비전향 장기수로 그리고 장기수의 생활을 마치고 나와서 돌아가실 때까지는 통일운동가, 한학자, 선비로 살아가셨다. 그를 평가하는 호칭이 다양한 것은 그의 삶이 그가 살아낸 모든 시간과 공간 속에서 웅덩이를 채운 후에 지나가는 물의 성질을 가졌기 때문이다. 가야 할 길이라면 사람들 다 잠든 밤중이라도 깨어 일어나 길을 가듯이 살았던 그는 시대의 웅덩이를 채우는 큰 인물이었다.

　　노촌 선생님의 삶에는 성문과정의 자세가 담겨있다. 그는 '내가 아닌 남을 이해하고 그들과 공존하는 법을 배웠던 공부'를 통해 자신의 시대를 최선을 다해 정직하게 살았다. 그는 『찬겨울 매화 향기에 마음을 씻고』에서 '이른 아침 단정히 앉아 잠시 돌이켜보니, 품은 뜻 이룬 바 없이 어느덧 늙은이 되었네(早朝端坐暫眉舒, 有志無成一老余)'라고 하며 자신의 삶을 부끄러워하였다. 이는 명성이 실제보다 지나친 것을 부끄럽게 여기는 선비의 모습이며, 뜻을 세우고 삶을 충실하게 살아나가고자 노력한 자신의 삶을 반추하는 군자의 모습이다.

노촌 선생님은 1920년 충북 제천 한수면 북노리 144번지에서 명문가의 자손으로 태어나 2006년 향년 86세로 별세했다. 그는 조선 중기 4대 문장가 중 한 명인 월사(月沙) 이정귀(李廷龜, 1564~1635)를 비롯하여 3대째 성균관 대제학을 배출한 명문가인 연안 이씨(延安李氏) 집안의 13대 종손으로, 이름은 구영(九榮), 자(字)는 성일(成一), 호(號)는 노촌(老村)과 옥탄(玉灘)이다. 그는 학교를 다니지 않고 어려서부터 부친 밑에서 한학 공부에 매진했고 16세까지 전통적인 한학 교육을 받았다. 노촌의 아버지 이주승(李胄承, 1870-1946)은 구한말 의병장 이강년(李康秊, 1858~1908) 장군의 문관으로 활약하면서 사재를 털어 군자금을 댔다. 작은아버지 이조승(李肇承, 1873-1900)은 제천에서 일어나 의병항쟁을 전국적으로 확산시킨 유인석(柳麟錫, 1842-1915) 장군의 종사관으로 충주성 함락에 지대한 공을 세웠으며 만주에서 활동하다 지병을 얻어 28세로 유명을 달리했다. 현재 제천문화원은 제천군 한수면 북노리에 있는 이주승과 이조승 형제 의병의 묘소를 성역화하여 관리하고 있다. 이주승 선생은 1990년 정부에서 건국훈장 애국장을 추서했으며, 이조승 선생은 1990년 건국훈장 애족장을 추서받았다. 노촌은 충청 지역에서 의병활동에 적극적이었던 아버지와 숙부의 영향으로 항일의식이 투철했다.

노촌 선생님은 유년 시절의 상징적인 추억으로 집에 보관되어 있던 두꺼운 『시전(詩傳)』을 언급한 적이 있다. 『시전』은 두꺼운 가운데를 도려 내고 그 속에 육혈포를 감추어서 만주로 보내고 또 만주로부터 숨겨서 왔 던 역할을 했는데, 노촌은 내막을 모르다가 외삼촌으로부터 듣게 되었다 고 했다. 『시전』은 전통 가학으로서 유학을 자연스럽게 몸에 익힌 것이며 육혈포는 일제 식민지 항일투쟁이라는 시대적 상황을 압축적으로 나타낸 것이기에 『시전』과 육혈포는 노촌의 정체성을 규정하는 하나의 상징이라 할 수 있다.

노촌 선생님은 1938년 18세에 서울 영창학교에 입학하여 과학, 지 리, 수학 등의 교과를 처음 접하며 근대사회와 신문학에 눈을 뜨기 시작했 다. 그는 학교 공부보다는 책 읽는 일에 몰두했다. 그는 이 시절 감명을 받 은 책으로 일본의 마르크스 경제학자인 가와카미 하지메(河上肇)에 의해 1917년 간행된 빈보 모노가타리(貧乏物語, 가난 이야기)를 언급했다. 하지 메는 이 책에서 '사람은 빵만으로 살 수 없지만 빵 없이는 살 수 없다'고 하 며 가난을 근본적으로 퇴치하기 위해 경제조직의 변경, 빈부 차이의 심화 방지 그리고 부자의 사치 근절을 강조했다. 하지메는 인도주의적 입장에 서 빈곤 문제의 중요성과 그 해결책을 주장하여 호평을 받았다. 생전 노촌 은 자신을 다룬 KBS 다큐멘터리 프로그램 〈인물 현대사〉와의 인터뷰에 서 "내 주변의 많은 사람들은 왜 이렇게 가난한가. 조선이 가난에서 벗어 나는 길은 '사회주의'라고 생각했다"고 털어났다.

노촌 선생님은 1942년 황한의학원에 입학하였다. 그러나 그는 사회 주의 사상의 영향하에 고향의 벗들과 독립운동을 목표로 하는 '월악동지 회'라는 사회과학 독서모임을 결성한다. 이후 그는 합천독서회 사건으로 1943년 체포되어 지옥 같은 고문을 받고 1년여 동안 옥고를 치른다. 그는 1945년 해방 후에도 영등포 공장가 등에서 노동자 조직 운동을 중심으로 하는 사회주의 운동을 했다. 1946년 동양의학전문대를 졸업하고 1948년 동양의학전문학교에서 강사 생활을 했으나 1949년과 1950년에 두 차례나 체포되었다. 그는 1950년 한국전쟁 시 인민군이 9월 후퇴할 때 함께 북으로 갔다. 그는 남파공작원으로 선발되어 다시 1958년 7월 남한 내에 '당이 일할 공간을 만들러' 내려왔다. 그러나 그는 본인 표현대로 '제대로 공작도 못해 보고' 군산 앞바다에서 북으로 돌아가는 공작선 접선에 실패하고 경찰에 체포됐다. 이때 그를 체포한 경찰관이 일제 때 자신을 체포하고 고문했던 바로 그 경찰이었다. 이 사실은 해방 후에도 청산되지 못했던 해방정국의 부조리와 친일의 잔재를 대변한다. 미군정이 좌익을 불법화하면서 일제 때의 경찰을 다시 기용했기 때문이다.

노촌 선생님은 무기징역을 선고받고 일제 때부터 사상범을 수용해 온 대전교도소에 수감되었다. 그는 몸이 꽁꽁 얼어붙는 매서운 추위를 견디며 0.75평 독방에 언어를 잃어버리지 않기 위해 벽에 대고 계속 말을 해야 하는 혹독한 감옥생활을 했다. 때로 그는 혼자 눕기에도 비좁은 0.75평 독방에 8명의 비전향수들과 함께 앉지도 서지도 못한 채 쓰레기처럼 구겨져서 옆 사람의 존재가 고통스러운 시간을 보냈다. 1972년 박정희의 10월유신 이후 비전향 장기수들은 폭력적인 전향 강요에 시달렸다. 가장 큰 고통은 가족을 동원한 심리적인 전향 강요였다. 그는 북쪽에 두고 온 가족 때문에 전향을 망설였으나 40kg도 안되는 몸을 노모 앞에 보인 불효를 참지 못하고 1975년 전향을 선택했다. 그는 1980년 5월 22년의 수감생활을 마치고 60세가 넘은 노쇠한 몸으로 가석방 출소했다.

노촌 선생님은 가석방되었지만 세상은 그를 아랑곳하지 않은 채 변해 있었고 변해가고 있었다. 그는 가석방 후 한학에 다시 마음을 두었다. 그는 1984년 인사동 건국빌딩에서 이문학회(以文學會)를 창설하면서 후

2005년 5월 11일 이문학회가 주최한 노촌 이구영 선생님 생신 및 글씨전에서 이구영 선생

학을 양성하는 일, 번역과 집필 등 인생의 남겨진 목표를 점검하는 데 뜻
을 두었다. 1939년에 친구 정준섭의 소개로 처음 만나 막역(莫逆)의 사
귐을 맺은 한학자 연민(燕民) 이가원(李家源, 1917-2000) 선생은 이에 대
해 "노촌은 드디어 서울 서녘 한 아늑한 곳에 안식처를 마련하고 시도 읊
고 글과 글씨도 쓰고 때로는 후배들에게 계몽도 하여 인세간 일체 득상(得
商)과 영욕(靈辱)을 잊으려 했다"고 기억했다.

특히 노촌 선생님은 제천에서 의병으로 활동했던 아버지가 집안 깊
숙이 숨겨놓았던 의병 문헌들을 한글로 번역하는 일을 중요하게 생각했
다. 유인석 장군의 종사관이었던 작은아버지 이조승의 의병항쟁 기록을
바탕으로 호서지방의 의병운동을 기록한 『호서의병사적(湖西義兵事蹟』
(1993)은 그가 감옥에서부터 밤낮으로 몰두하며 번역해온 것으로 출소 후

마무리하여 출판하였다. 『호서의병사적』은 방대한 분량의 희귀한 자료들을 정연하게 편찬하고 꼼꼼하게 번역했기 때문에 한말 의병 항쟁사 연구에 결코 없어서는 안 될 중요한 문헌으로서 의병운동사 연구에 새로운 지평을 열어주었다. 이 책은 노촌이 1998년 제천시 문화상을 수상하는 계기가 되었다.

노촌 선생님은 연안 이씨 가운의 문인 이석형(李石亨, 1415-1477)의 『저헌집(樗軒集)』과 의병장 『이강년선생문집(李康年先生文集)』도도 번역하였다. 노촌의 저술은 1990년 중국 명승을 답파하고 저술한 기행문인 『연행만초(燕行漫草)』(1992), 격랑의 현대사를 온몸으로 살아온 노촌의 이야기인 『산정에 배를 매고』(1998)와 『역사는 남북을 묻지 않는다』(2009), 출소 후 20년간 써온 한시와 청계천 복원, 공명선거 등 시대를 예민하게 꿰뚫어보는 수필을 가려 모은 『찬겨울 매화 향기에 마음을 씻고』(2004) 등이 있다.

이밖에도 2005년 인사동에서 열린 노촌 서예 작품전에 전시된 작품을 묶은 『노촌 이구영 묵첩』이 있다. 노촌은 "무릇 선비라 함은 제가 아는 바를 자랑하지 않고 말 한마디, 글씨 하나라도 조심해서 세상에 내보내야 한다는 것이 일반적인 예법이다. 내 조부께서는 하잘것없는 것으로 남의 서가를 더럽힌다 하여 책조차 내지 말라 하셨다. 하물며 서툰 글씨를 감히 세상에 내놓을 생각을 하니 송구할 따름이다."라고 겸손해하셨다. 허권수 교수는 『노촌 이구영 묵첩』 발문에서 "선생은 글씨를 통해서 서예가로서의 위상을 높여야 할 필요도 없었고, 서예를 이용해서 명리를 추구한 적도 없었고, 누구와 경쟁의식을 갖고서 아름답게 쓰려고 애를 쓴 적도 없었고, 누구의 눈에 들게 쓰려고 한 적도 없었다. 그저 청정한 마음으로 안온하게 자신의 정신세계를 담아 써낸 작품들이기에 더욱더 품격이 높다."라고 노촌의 글씨를 평가하였다.

　노촌은 병세가 위독해진 2006년 3월에는 집안에 전해온 고문서와 의병독립운동 자료 등 6000여 점을 이문회우이며 문우서림 대표인 서지학자 김영복 선생과 함께 자료를 정리하여 제천의병도서관에 기증했다. '호좌의진(湖左義陣)'이라 불리는 제천의병은 구한말 의병운동의 선두이자 가장 치열한 항쟁을 겪어낸 부대로 1910년 이후에는 해외독립군으로 계승되어 무장독립운동의 기반이 되었다. 제천시립도서관은 1999년 의병자료특화도서관으로 지정되었고 2000년부터 의병 관련 자료를 수집하고 있었다. 현재 제천의병도서관에서는 '이구영 자료실'을 따로 꾸려 기증품을 전시하고 있다.

무상사(無常師)와 열친정화(悅親情話)

노촌 선생님은 자신의 사상적 형성 과정을 이야기하면서 "한유가 사설에서 말하듯이 무상사(無常師) 즉 정해진 스승은 없다고 해야 옳다"라고 하였다. 당의 한유(韓愈, 768-824)는 「사설」에서 "성인은 일정한 스승이 없다(聖人無常師)"라고 하면서 공자의 "세 사람이 길을 가면 반드시 내 스승이 있다(三人行, 必有我師)"는 말을 인용했다. 무상사의 인생에는 많은 스승이 존재한다. 노촌의 무상사는 우리는 언제든, 어디서든, 누구에게서든, 배워야 한다는 울림을 준다. 이는 성실하고 정직하고 열정적으로 자기 삶을 살아온 사람에게서 분출되는 태도이다. 한평생 무상사의 자세로 일관한 노촌의 삶은 텅 비어있어 더 많은 것을 받아들일 수 있는 허령영명의 세계를 말해주는 듯하다.

　노촌 선생님은 고향 제천에서 한학을 배우다 서울로 상경하여 산강(山康) 변영만(卞榮晚, 1889-1954), 벽초(碧初 홍명희(洪命憙, 1888~?), 성암

2019년 몽양여운형선생기념사업회 행사에서

(聖巖) 김태준(金台俊) 등 당대의 대가들을 종유하고, 연민 이가원 그리고 낙촌(駱村) 정준섭(丁駿燮) 등과 교유하였다. 노촌은 같이 활동한 선후배에게 사상적인 영향을 더 많이 받았다고 기억했다. 홍명희는 집안 인척으로 노촌 집안과 내왕이 많았는데 구학에 얽매여 있던 노촌에게 새로운 공부를 일깨워주고 새로운 방향으로 이끌었다. 노촌은 서울에서 활동하면서 몽양 여운형을 자주 뵙고 책도 빌려보고 사회 정세를 이해하거나 일을 하는 데 여러 가지로 지침을 받았다. 노촌은 백범 김구 선생이 귀국한 지 두 달 정도 되어 의병 관계로 경교장을 방문했는데 김구는 작은아버지 이조승 선생을 기억하면서 의병의 후손이라 하여 특별히 좋아하고 옛날이야기도 많이 해주고 특히 온고지신(溫故知新)을 많이 강조하셨다고 한다.

노촌 선생님 고택 공부방에는 선생님이 쓰신 열친정화(悅親情話) 액자가 걸려있었다. 열친정화는 도연명(陶淵明, 365-427)이 41살 때 마지막 관직을 사직하고 고향으로 가는 소회를 읊은 「귀거래사(歸去來辭)」의 '기쁘게 친척들과 정겨운 이야기 나누고, 즐겁게 거문고와 책으로 근심을 달래네(悅親戚之情話, 樂琴書以消憂)'에서 인용된 글귀이다. 지금 생각해보면 선생님이 이 글귀를 크게 써서 공부방에 걸어놓은 의미는 심장하다. 열친정화의 대상은 핏줄과 혈육이라는 좁은 범위에서 마음과 뜻을 같이하는 사람으로 확장되기 때문이다. 노촌은 「한 해를 보내며」란 시에서 이문학회에서 만나는 사람들에 대한 의지와 기대를 다음과 같이 나타냈다.

> 두보도 배우고 육방도 익히며 큰 뜻을 세워(或學杜翁或放翁)
>
> 좋은 벗들 함께 하고자 이문학회를 열었네(以文會友闢五東)
>
> 힘쓰고 마음 다해도 그 뜻 알기 어렵고(刻苦潛心難解意)
>
> 늘 찾고 본받아도 이룬 바 없이 부끄러워(尋常摸體愧無功)
>
> 때를 좇고 천명 따르니 가난이야 병이랴만(隨時安命貧非病)
>
> 도모하고 하늘에 맡기니 헛되지만은 않을 터(謀事任天計不空)
>
> 오로지 좋아하는 바 좇아 뜻을 닦노라면(但從所好有修志)
>
> 아름다운 뜻 알아주는 이 만날 법도 하다네(肯道人間有霅通)

시 첫 행에서 언급된 두보(杜甫, 712-770)는 역사적 질곡과 백성의 고통스러운 삶을 담은 사회비판적이고 현실참여적인 시를 쓴 문인이며, 육유(陸游, 1125-1210)는 불굴의 기상과 강인한 투쟁의식 그리고 헌신성과 진정성으로 인해 최고의 우국시인(憂國詩人)으로 평가되는 인물이다. 노촌은 시에서 두보의 현실참여적인 태도와 육유의 나라에 대한 강인한 기상이라는 두 개의 기둥을 이문학회에 세웠음을 분명히 했다.

또한 노촌 선생님은 이 시에서 '때를 좇고 천명을 편안히 따르는' 천명관을 드러냈다. 하늘과 인간의 명(命)의 관계는 일반적으로 운명(運命), 숙명(宿命), 그리고 사명(使命) 정도로 분류된다. 운명은 오래 살거나 빨리 죽게 되거나, 부유하게 살거나 가난하게 살거나, 세속적인 명예를 얻고 그 명예를 누리거나 아니면 얻지 못하거나 하는 등 인간의 본능과 관계된 부분에 대한 명의 관점이다. 우리가 '운명적'이라고 할 때는 내가 할 수 있는 정도에서 최대한 애를 썼지만 자신의 힘으로는 감당할 수 없는 상황을 맞이하게 되는 순간을 말한다. 숙명이라는 말도 운명과 같은 맥락에서 운명의 사태를 수용하는 상황에서 사용된다. 그러나 사명은 운명과 숙명을 넘어서는 '그러함에도 불구하고'라는 삶의 능동적인 태도와 상황에서 사용된다. 인간은 명에 대한 자세에서 운명론자로 혹은 사명론자로 분류될 수 있다. 중요한 것은 운명과 사명의 적정한 조율과 조화일 것이다. 삶의 조건을 그대로 수용하는 사람은 운명론자로 안정적인 인생을 살게 되겠지만 수동적인 삶의 패턴을 피할 수는 없다. 그러나 운명론자에 대응되는 사명론자가 반드시 좋은 것은 아니다. 자신을 둘러싸고 있는 삶의 조건을 수용하지 못하는 사람은 현실에 발을 내리지 못하는 이상주의자가 될 수 있기 때문이다. 삶에서 운명을 받아들이는 유순함과 사명을 세워 실천하는 강인함이 균형을 이룰 때 우리는 천명을 편안히 따른다고 할 수 있다. 노촌은 삶 속에서 운명과 사명의 조화를 이루려고 노력했다. 그렇기 때문에 노촌의 삶에는 때를 좇아서 천명을 편안히 따르는 삶의 자세가 나타난다. 이런 자세 속에서 노촌은 아름다운 뜻을 가진 아름다운 사람을 이문학회에서 만나기를 기대했다.

노촌 선생님이 비전향 장기수로 옥중 생활을 할 때는 신영복 교수, 심지연 교수 등이 감옥 제자였다. 출소 후 이문학회 초기에는 한명숙 전 국무총리의 남편 박성준 성공회대 교수, 김명호 성균관대 교수, 문우서림 김영복 대표 등이 그의 문하를 넘나들었다. 노촌은 인사동 시절에는 시인 신경림, 한학자 기세춘, 언론인 임재경, 임형택 성균관대 교수 그리고 천상

2003년 어느 봄날 이구영 선생과 이문학회 회우들

병 시인의 부인이신 목순옥 여사가 운영했던 인사동 귀천(歸天)에서 천상병 시인, 채현국 효암학원 명예 이사장, 민병산 평론가와도 교유하였다. 노촌 문하에는 많은 사람이 드나들었고 그 중 일부는 노촌을 선생님으로 모시고 공부했다. 선생님 공부방에 모여 앉은 이문회우들은 노촌이 방에 걸어놓은 열친정화의 의미처럼 서로를 모두 친척만큼 가까운 사람들로 생각했고, 이들과 같이 나누던 대화는 몸과 마음을 편안하게 하고 힘을 주는 정겨운 대화였다. 사람은 혼자서 살 수 없다. 서로에 대한 존중과 예의 범절을 지키고 삶의 가치를 깨닫게 하는 좋은 인간관계는 인생을 진정으로 느끼게 한다. 노촌은 개인으로서는 남에게 이로운 사람이 되어야 하고, 사회적으로는 다른 사람의 인격을 존중하는 평등한 사회를 지향해야 하고, 역사적으로는 그 시대의 아픔을 자기의 아픔으로 정직하게 받아들이는 자세가 중요하다고 강조했다.

이문학회에는 공식적으로 다양한 연령대와 다양한 직업군의 남학생과 여학생이 함께 공부하는 월요반과 목요반이 있었다. 비공식적으로는 토요반이 있었다. 중년의 여성들로 구성된 토요반 회원들은 자주 만나지는 못했지만 지금 생각해보면 '노촌을 사랑하는 모임'의 성격을 갖고 있었다. 월요반과 목요반은 일주일에 한 번씩 꼬박꼬박 강독을 했다. 나는 목요반 회원이었는데 2000년 선생님을 처음 뵈었을 때는 선생님이 강의를 진행하고 계셨다. 하지만 선생님의 건강은 천천히 나빠지기 시작했고 2003년 이후로 목요반 선생님은 서지학자인 문우서림 대표 단잠 김영복 선생님이, 월요반 선생님은 성균관대 박사이며 청운고등학교 교사인 배기표 선생님이 맡고 있다. 생각해보면 이문학회에는 이상한(?) 사람이 별로 없었다. 좋은 모임을 유지하고 성장시키기 위해서는 일정한 배타성이 필요하지만 적대적 배타성은 모임에 독이 될 수도 있기에 조심과 경계가 필요하다. 하지만 이문학회는 열친정화와 같은 진정성 위에 자리 잡고 있었기에 선생님 아래에서 한마음 한뜻으로 공부할 수 있었다.

이문학회 수업은 한문 교재의 강독을 중심으로 진행되었지만 수업 이후 진행되는 뒤풀이에서는 정치, 경제, 사회, 문학 등의 다양한 이슈가 다양한 직업군의 회우들에 의해 열정적으로 제기되었다. 노촌은 강독과 뒤풀이의 한가운데에 계셨고 하나의 대화도 소홀히 흘려보내지 않으면서 조용히 기다렸다가 자신의 의견을 말씀하셨다. 연민 이가원 선생은 노촌을 "맑은 옥 같은 얼굴과 마음씨에 잔잔한 여울처럼 정이 넘치는 말씨의 소유자"라고 평가했다. 이문회우들이 가슴에 뜻을 품고 선생님에게 열정적으로 질문할 때 잔잔한 목소리로 대답해주던 노촌 선생님의 목소리를 잊을 수 없다. 노촌 선생님을 이문학회에서 만난 모든 이문회우들은 이 시대의 스승을 모셨던 행복했던 학생들이다. 진정한 인연과 스쳐가는 인연은 구분해서 맺어야 한다고 했던가. 노촌 선생님과 이문회우들이 맺었던 진정한 인연은 여전히 우리의 삶 속에서 살아 숨쉬고 있다.

알타이하우스와 조관준

이상만(소리글쟁이)

돈화문안 권농동 모퉁이에 60년대 중반에서 2000년대 초까지 알타이하우스라는 책방이 있었다. 조관준이라는 멋쟁이이고, 팔방미인격의 다재다능한 사람이 운영했었다. 인사동을 드나드는 사람들, 특히 동양학 한국학을 하는 사람 치고 그곳을 가지 않고는 지성인 구실을 못한다는 말을 할 수 있는 책방이었다. 조관준은 만주에서 태어나 그곳에서 중등교육을 받고 해방이 되어 서울에 와서 충무로에서 노점상으로 출발해서, 청문관(菁文館)이라는 큰 책방을 운영하기도 했다. 중국어 일본어에 능통하고, 헌출한 키에 잘생긴 외모, 그리고 달변가였다. 아버지를 일찍 떠나보낸 그이는 홀어머님과 남동생 셋을 돌보며, 삶을 이끌어갔다. 한때는 북아현동에 큰 집을 짓고 멋지게 살기도 했다.

1960년대 알타이하우스라는 간판을 걸고 책방을 시작할 때는 주로 중국책이 주종을 이루었다. 지금은 그 건물이 없어지고 커피집이 되었지만, 원래 건물은 일제 때 지어진 볼품없는 집이었다. 알타이하우스는 나름대로 역사의식이 있었다. 1979년 초반, 공간사랑이 건너편에 생기고, 60년 초반에는 지금의 삼환기업 자리에 국립국악원이 있었고, 그 옆 가든타워 건물에는 운현궁누각이 있어 높은 언덕에서 인사동을 내려다 볼 수 있었다.

운현궁예식장이 있어 제법 사람들이 들끓던 곳이었다. 알타이하우스 옆에는 동방연서회가 있어 서예가 김충현, 여초 김응현, 화가 심산 노수현 등이 서예와 문인화를 지도하고 있었다. 석창 홍숙호, 초정 권창륜 같은 문인들도 그곳에서 배출된 인물들이었다. 여초 김응현과는 아주 절친이었는데 조관준도 아주 달필이었다. 뿐만 아니라 한문과 일본말을 능란하게 구사했다. 학력은 고려대학에 편입된 국학대학을 다닌 것으로 안다. 조관준은 1961년 5.16 직후에는 국영인 코리아헤럴드의 총무부장을 지내기도 했는데, 그때 헤럴드의 사장은 외신기자 출신의 서인석(작고) 씨였다. 그이는 공화당 창당 멤버였고, 김종필 총리의 비서실장, 국회의원으로 월남파병을 반대했던 분으로 세상을 떠날 때까지 조관준과는 돈독한 관계를 유지했었다. 훌륭한 지성인이었다.

조관준의 주변에는 문인, 철학자, 언론인, 서예가, 서지학자, 승려 등 별난 사람들이 많았다. 철학 전공인 채현국도 이 집의 단골손님이었다. 청구자 민병산도 이집에 와서 즐겁게 자주 왔다. 방송작가 박이엽, 시인 천상병도 자주 이곳에 온 것으로 안다. 스님들이 많이 출입하다 보니, 스님들이 좋아하는 중국차를 대접하기도 했다. 그는 음악광이어서 50년대에 진공관 앰프로 매킨토시를 소유했고, 덴마크제 뱅앤올슨 스피커, 영국산 쿼드 오디오 기기를 우리나라에서 최초로 구입한 사람이다.

그는 우리나라에서 향(香)을 본격적으로 보급한 사람이기도 하다. 일본의 향당(香堂)이라는 회사의 대리점을 맡기도 했는데, 일본 향당은 조관준의 덕분으로 세계적인 기업으로 발전했다는 말도 있다. 조관준은 향을 구하기 위해 우리와 교류가 없었던 미얀마에 진출해 그곳에 살기도 했다.

인도, 방글라데시, 대만에는 상무서관의 대리점을 맡았고, 중국과는 국교 정상화 이후 자주 드나들며 많은 유물들을 매입하는 일들을 했으며,

티벳의 불교유물을 수집하느라 돈도 많이 썼다. 중국의 근대 고승(高僧)인 홍일법사의 업적을 세계에 알리는 일도 전념했다. 뿐만 아니라 청나라 왕비들의 만주어(滿洲語)로 된 친필들을 박물관에서 빼어온 문건들을 우리나라에 들여오는 등의 모험을 했다. 해외여행도 자주 하고 장신구들도, 에르메스 루이비똥 등을 지니고 다녔다. 독신이라 여인들에게도 인기가 높아 사치를 하는 데도 돈을 아끼지 않았다. 예부터 승려들과는 장사를 하지 말라는 말이 있지만 그는 승려들에게 많은 것들을 바쳤다.

조관준은 알타이하우스를 통해서, 학계는 말할 것도 없고, 지식층을 위해 많은 기여를 했다. 서적들뿐만 아니라 귀한 물건들을 구해다 주는 뛰어난 능력을 갖고 있었고, 세계 곳곳에 다양한 사람의 인맥을 형성했다. 말년에는 불치병으로 오랜 투병생활을 했고 피골이 상접한 모습으로 저 세상으로 갔다. 기독교인으로 임종 세례를 받았지만 80 고개를 넘지는 못했다. 김포공항 근처, 서양음악을 좋아하는 스님의 집례로 쇼스타코비치의 「월츠」가 울려퍼지는 가운데 화장을 한 유골을 뿌려드렸다.

평화를 쪼다 날아간 파랑새

배평모(소설가)

천상병 시인을 처음 만난 건 1982년 봄, 월간 〈한국문학〉 주간 방에서였다. 첫 장편 『러부 알 할리』 출간을 앞두고 시인 이근배 주간과 가벼운 의논을 하고 있었다. 출입문이 좀 거칠다 싶게 열리며 얼굴보다 말이 먼저 실내로 들어왔다.

"이 주간, 이 주간, 시 한 편 써왔다. 시 한 편 써왔다. 원고료 오천 원 도. 원고료 오천 원 도."

정확한 동어반복이었다. 거무틱틱한 얼굴에 처진 눈꺼풀, 메기 입술 모양의 약간 비뚤어진 입, 경상도 사투리의 동어반복, 탁한 목소리, 어느 모로 보아도 시를 써온 시인 같지 않았다. 이근배 주간이 지갑을 열어보고 오천 원짜리가 없자 만원을 내밀었다.

"아이다. 아이다. 오천 원 도. 오천 원 도."

절대로 만원은 안 받고 오천 원만을 받을 기세였다. 이근배 주간이 할 수 없어서 편집실에 가서 오천 원을 구해다 원고료를 지불했다. 유명한 천상병 시인과의 첫 만남이었다.

1980년대 인사동 길은 현재에서 비켜나 있었다. 인사동 길에는 화랑, 골동품 가게, 한지(韓紙) 가게, 도자기 가게, 문방사우(文房四友) 가게, 민예품 가게 등이 양쪽으로 이어져 있었다. 큰길 좌우로 미로처럼 이어진 골목에는 찻집, 곰탕집, 만두집, 국수집, 술집 등이 있었다. 큰길가에 이어져 있는 가게들이나 골목에 자리 잡고 있는 먹거리 집들에서 지난 시절의 향수가 묻어나고 있었다. '가게' 또는 '집'이라 불리는 점포나 업소들이 시대에서 한 발 뒤처져 있음을 말해주고 있었다.

인사동 길 중간쯤에 있는 수도약국에서 종로 쪽으로 조금 내려가면 왼쪽에 푸른색 페인트가 군데군데 벗겨진 철 대문이 약간 민망한 듯이 얼굴을 내밀고 있었다. 종로 쪽으로는 민예품 가게가, 안국동 쪽으로는 한지 가게가 낡은 철 대문을 사이에 두고 있었다.

철 대문 한쪽 면에 허리를 굽혀야만 드나들 수 있는 작은 문이 안쪽으로 빼꼼히 열려 있었다. 대문 왼쪽 위에 가로 30센티 세로 15센티 정도의 나무판에 '귀천(歸天)'이라고 쓰여 있는 작은 간판이 멋쩍은 듯이 삐딱하게 걸려 있었다. 1985년에 문을 연 찻집 '귀천'이었다.

낡은 철 대문을 들어서면 왼쪽에 '귀천'이 있고 안쪽에는 표구점이 있었다. '귀천'의 실내는 작은 간판만큼이나 비좁았다. 시골집 사랑방보다 좁은 실내에는 탁자 네 개가 억지로 자리 잡고 있었다. 드나드는 사람들은 정강이와 무릎이 부딪치지 않게 서로가 조심해야 했다. 길 쪽에 면해 있는 좁은 벽에 가로질러 놓은 선반 위에 있는 몇 권의 책들이 불량기 있는 십대들처럼 비딱하게 서 있었다.

출입문을 들어서면 오른쪽에 사람 하나 겨우 서 있을 정도의 공간에 작은 개수대와 가스테이블이 있었다. 차를 끓여내고 찻잔을 씻는 주방이었다. 찻잔을 올려놓는 주방 턱은 가슴 정도의 높이였다. 그런데 주방 안에 있는 50대 여인은 어깨 위쪽이 겨우 보였다.

'귀천'으로 들어서자 출입문과 마주 보이는 자리에 후줄근한 점퍼 차림의 남자가 앉아 있었다. 천상병 시인이었다. 혈색이 검고 탁해서 예순이 넘어 보이는 천상병 시인이 실내로 들어서는 나를 보자 금세 웃음을 터뜨렸다.

"아하하하, 와 인자 오노? 와 인자 오노?"

사이가 벌어진 대문니를 드러내며 쏟아내듯이 웃고 나서 아까부터 기다리고 있었다는 듯이 다그쳐 물었다.

"선생님 가시고 나면 오려고 일부러 늦게 왔는데 그만 걸리고 말았습니다."

나는 능청을 부리며 말했다.

"문디 자슥, 문디 자슥, 지랄하네. 지랄하네. 빨리 내라. 빨리 내라."

나는 시인 앞으로 5천 원을 내밀었다.

"문디 자슥, 문디 자슥, 이거 오천 원 아이가? 천 원만 도. 천 원만 도."

"세금 미리 내는 겁니다. 받아 두십시오."

"문디 자슥, 문디 자슥, 누가 세금을 미리 받는다 카더노? 천 원만 도, 천 원만 도."

시인의 결벽증이 곁들어진 고집이 꼿꼿하게 고개를 치켜들고 있었다. 아니 결벽증이 곁들여진 고집이 아니라 어린애 같은 무구(無垢)함이었다.

"이리 주세요. 잔돈으로 바꿔 줄게요."

주방에 있던 여인이 천 원짜리로 바꾸어 주었다.

"아하하하, 오늘 첫 세금이다. 첫 세금이다."

시인은 목젖이 보일 정도로 웃고 나서 천 원을 반으로 접어서 점퍼 주머니에 넣었다.

주방에 있는 키 작은 여인은 시인을 어린애처럼 보살펴 온 부인 목순옥 여사였다.

찻집 '귀천'은 천상병 시인의 시 〈귀천〉에서 차용한 상호였다.

천상병 시인 ©조문호

나 하늘로 돌아가리라

새벽빛 와 닿으면 스러지는

이슬 더불어 손에 손을 잡고

나 하늘로 돌아가리라

노을빛 함께 단둘이서

기슭에서 놀다가 구름 손짓하면은

나 하늘로 돌아가리라

아름다운 이 세상 소풍 끝내는 날

가서, 아름다웠더라고 말하리라…….

「歸天(귀천)」천상병

천상병 시인의 행색이나 찻집 '귀천'의 규모가 말해주듯 넉넉함과는 한참
멀었다. 그러나 천상병 시인은 자신이 필요하다고 생각하는 액수만을 고
집하는 무구함으로 세상을 살고 있었다. 삶을 관조하는 가슴 시린 서정의
여운이 배어 있는 시 「귀천」은 편안한 관용과 초연함으로 세상을 살고 있
음을 말해주고 있었다.

가난을 벗 삼아 살아온 곤궁한 삶이 끝났을 때 '이 세상 소풍 끝내는
날/ 가서, 아름다웠더라고 말하리라'고 노래한 시인은 이미 곤궁을 초월
한 삶을 살고 있었다.

내가 귀천에 드나들기 시작한 것은 찻집 문을 막 열었을 때부터였다.
페인트칠이 군데군데 벗겨진 철 대문 위에 걸린, '歸天'이라는 글자가 쓰
여 있는 작은 나무 판때기를 보는 순간 묘하게 마음이 끌렸다. 그러나 그
때, 천상병 시인의 부인 목순옥 여사가 차린 찻집이라는 것은 몰랐다.

내가 '귀천'에 들어간 첫날 천상병 시인을 만났다. 나는 첫눈에 알아

보았지만 천상병 시인이 나를 알아보지 못하는 것은 당연했다. 빈자리가 없어 잠시 망설이고 있을 때였다.

"이게 앉으소. 이게 앉으소."

천상병 시인이 앉아 있는 맞은편을 가리켰다.

"내 아내가 하는 찻집이오. 내 아내가 하는 찻집이오. 자주 오소. 자주 오소."

"우리 선생님이 손님이 마음에 드시나 봅니다. 아무한테나 안 하시는데……."

천상병 시인의 부인 목순옥 여사가 주방에 서서 말했다. 동그랗게 작은 얼굴에 번지는 웃음이 방글거리는 꽃 같았다.

나는 '귀천'에를 자주 갔다. 천상병 시인이 어떤 정신을 지니고 있는지를 우연히 알고 나서부터 '귀천'은 특별한 곳이 되었다.

천상병 시인이 서울대 상대를 중퇴하고 김현옥 씨가 부산시장으로 재임할 때, 2년 가까이 공보비서로 일했다는 사실이 동어반복으로 어린애 같은 무구함을 드러내 보이는 지금의 모습에 비하면 뜻밖이기도 했다. 그러나 그런 세속적인 기준을 떠나서 더 놀라운 일이 있었다.

1965년 8월, '자유통일 위해서 조국을 지키시다/ 조국의 이름으로 님들은 뽑혔으니/ 그 이름 맹호부대 맹호부대 용사들아'라는 노래가 울려퍼지던 때였다.

그 당시 있었던 일에 대해 천승세 소설가가 쓴 「평화만 쪼다가 날아간 파랑새」라는 글에는 천상병 시인을 다음과 같이 묘사하고 있었다.

"1965년도 삼복염천의 계절이었다. 그 적의 천상병은 구로동에 있는 하숙방에서 세월을 보내고 있었다. 그런데 불 솥 더위가 자글자글 끓는 어느 날이었다.

　천상병이 우이동 버스 종점 근처의 내 사글세방으로 헐레벌떡 찾아들었다. "이런 문디이 자슥!⋯⋯ 이런 조화도 있단 말이가?⋯⋯ 제기랄, 제기랄!" 연신 되뇌는 천상병의 메기 입술 모양 끝으로 허연 버캐가 하글하글 끓어댔다. 웬 난리인가 싶어서 물었더니 두말 자르고 동아일보 신문지 쪽을 들이밀었다. 뜻밖에도 월남전 파병에 끈을 댄 그의 글이 실려 있었다. 단숨에 읽어 내렸다. "⋯⋯대한민국도 불쌍한 나라이다. ⋯⋯그런데 불쌍한 식구들이 억박적박 어르는 남의 싸움에 군대를 파병하는 불쌍한 나라의 지식인이다. ⋯⋯싸움의 경우를 알 만큼 아는 사람으로서 월남 국민에게 한없는 용서를 빈다"는 내용을 담은 글이었다. "잘 썼는데 뭘?" 하고 내가 물었다. 숨 한 가닥 내쉴 짬도 없이 천상병의 불호령이 떨어졌다. "뭣이라꼬? 이 문디이 자슥아! 문디 자슥아!⋯⋯이 말들은 내가 썼던 말들이 아니라꼬⋯⋯제기랄! 제기랄!"

　그동안 사단을 얽동이면 이렇다. 그 적 동아일보 문화부 기자로 최모가 있었다. 그가 천상병에게 글을 청탁했다. 시인으로서의 느낌을 써달라는 원고 청탁이었다. 몇 푼 안 되지만 원고료로 막걸리값이라도 하라는 배려가 깔려 있었다. 그 최모 기자가 잘못하면 천상병이 크게 다칠세라, 언턱거리가 될 만한 말들을 순한 말로 수정해서 발표했던 것이다. 그 짓도 진지한 우정의 발로 아닌가. 월남 파병은 곧 국익이요, 그 난리만 용케 견디면 대한민국은 잘 사는 나라가 된다 하는 믿음의 충만으로 달떠 있었을 때이니 말이다. 그러나 입방아 함부로 찧어댔다간 귀신도 모르게 죽을지도 모를 일, 그런 글을 흔쾌히 도맡아서 쓸 선비(?)가 과연 몇이나 있었을까? 천상병은 그 사막스런 세월을 살면서도 겁도 없이 그런 글을 긁적거렸고, 그 글의 진실이 제 뜻이 아닌 다른 말로 고쳐져야 했던 세월을 분노

하며 살았다. 천상병은 무척 겁이 많았고, 그 겁 앞에서 벌벌 떨며 세상을 살았다고들 사람들은 말한다. 정말 그런가? 천상병은 겁쟁이였기에 목숨도 아랑곳하지 않고 그런 글을 썼던 것일까?"

그로부터 2년 후인 1967년 7월 14일자의 모든 신문 1면을 장식한 기사는 '동백림 간첩단 사건'이었다. 이 사건에 연루된 사람들 명단을 본 문학인들은 깜짝 놀랐다. 그리고 천상병 시인의 이름을 보고는 동명이인이겠거니 했다.

중앙정보부가 독일에 거주하는 음악가 윤이상, 프랑스에 거주하는 화가 이응노를 비롯해서 독일에 유학 중인 학생들을 엮어서 조작한 간첩단 사건이었다. 천상병 시인이 연루된 것은 독일 유학을 다녀온 서울대 상대 동기생인 강빈구 씨 때문이었다. 강빈구 씨가 중앙정보부에 끌려가서 고문을 받고 조작된 혐의를 자백한 게 하필이면 천상병 시인에게 동독으로 가자고 권유를 했다는 것이다. 천상병 시인은 강빈구 씨가 간첩이라는 것을 알면서도 신고를 하지 않았기 때문에 반공법상 불고지죄를 범했다고 해서 기소되었다. 천상병 시인에게는 반공법 말고 금품갈취 죄까지 추가되었다. 공소 내용은 이러했다.

'1965년 10월 중순 어느 날 낮, 강 씨 집에 찾아가서 중앙정보부에서 자기더러 동독 갔다온 사람을 대라고 해서 난처하다는 취지로 강 씨를 협박했다. 처음 무마 조건으로 6500원을 받고, 그로부터 2년여 동안 1주일에 1~2회씩 서울 명동 소재 금문다방, 송원기원 등지에서 주대(酒貸) 100원 내지 500원씩을 갈취했다. 총 3만 6500원을 갈취했다.'

간첩 신고를 하겠다는 협박을 하고 100원에서 500원을 받았다니! 아무리 천상병 시인의 본업이 시인이고 부업이 가난이라지만 2년여 동안 협박을 해서 뜯어낸 돈이 모두 3만 6500원이라는 것은 누가 들어도 코미디였다.

문우들은 공소 내용을 보고 모두 실소했다. 천상병 시인은 강빈구 씨에게 협박(?)하기 이전부터 아는 얼굴만 보면 세금이라는 명목으로 그만한 돈을 갈취(?)하기로 유명했으니까. 천상병 시인의 세금 징수, 또는 현금 갈취 행각(?)에 대해 박중식 시인은 시집 『산곡山曲』에 수록된 「천자(字) 상자(字) 병자(字)」라는 제목의 시에서 이렇게 썼다.

> 옛날 김종삼, 그 귀 큰 건달바께서 동아 방송에 근무하고
> 계실 적에, 우리들의 천 선생님께서는 백 원 얻으러 하루
> 건너 해 돋듯, 그곳엘 갔더랍니다. 하하, 그런데 이게
> 무슨 웃기는 짜장면 곱빼기에 짬뽕 국물입니까? 그 종삼
> 형님 백 원 한 푼이 없어서, 잠깐만 기다리라고 붙들어 놓은 뒤
> 이삼백 원 어김없이 빌려다 주셨더랍니다.
> 그 먼 옛날.

천상병 시인은 중앙정보부에서 석 달, 교도소에서 석 달을 보내고 선고유예로 풀려났다. 무구한 영혼을 지닌 시인을 잡아다가 말도 안 되는 혐의로 공소를 한 유치의 극에 달한 야만의 정권이었다. 천상병 시인은 풀려나온 후 중앙정보부에 끌려가서 당했던 일을 한 편의 시로 썼다.

> 이제 몇 년이었는가
> 아이론* 밑 와이셔츠 같이
> 당한 그 날은……

천상병 시인 ©조문호

이제 몇 년이었는가

무서운 집 창가에 여름 곤충 한 마리

땀 흘리는 나에게 악수를 청한 그 날은……

내 살과 뼈는 알고 있다

진실과 고통

그 어느 쪽이 강자인가를……

내 마음 하늘

한편 가에서

새는 소스라치게 날개를 편다

　　　　　　　　「그 날은」 천상병

*아이론 : 무쇠다리미

1970년 겨울이 시작되어서부터 천상병 시인의 행적이 묘연해졌다. 매일 같이 출근하다시피 했던 명동의 금문다방, 송원기원, 쌍과부집 등에 모습을 나타내지 않았다. 문우들이 형님이 살고 있는 부산에 연락을 해보았지만 다녀간 지가 오래되었다는 말만 들었다. 문우들은 천상병 시인이 봄이 다 가도록 모습을 드러내지 않자 필시 겨울 어느 날, 길에 쓰러져 숨을 거두었으리라고 단정했다. 3년 전 중앙정보부에 끌려가서 '아이론 밑 와이셔츠처럼' 당하고 온 후 건강이 눈에 띄게 나빠진데다, 신분증을 챙겨서 다니지도 않을뿐더러 행색 또한 누가 보아도 행려병자였기 때문이다.

민영 시인이 생전에 시집을 한 권도 내지 못한 천상병 시인의 넋이라도 달래주자는 취지로 유고시집을 내어주자며 원고를 모았다. 그러한 노력이 결실을 보아 1971년 12월 『새』라는 제목의 시집이 출간되었다. 문우들이 뜻을 모아 유고시집을 출간했다는 미담이 신문과 방송을 통해 세상

천상병 시인 ©조문호

에 알려졌다.

천상병 시인은 그 동안 응암동에 있는 시립정신병원에 있었다. 문우들이 우려했던 대로 영양실조와 건강 악화로 시립정신병원 근처 길에서 쓰러졌다. 지나가던 사람들이 숨이 붙어있는 그를 우선 가까이 있는 정신병원으로 옮겼다. 용모와 행색에다 동어반복을 계속하는 천상병 시인은 누가 보아도 정신병자였다. 행려정신병자로 인정되어 정신병원에 입원되었다. 행운이었다.

천상병 시인의 첫 시집 『새』는 '유고(遺稿)시집'이 되었다. 시집 『새』는 문우들의 마음이 담긴, 당시로서는 보기 드문 호화양장판이었다. 천상병 시인은 시집이 발간되고 나서 한 달여가 지난 후에 문우들 앞에 불사조처럼 나타났다. 그 시집의 표제시 「새」를 보자.

외롭게 살다 외롭게 죽을

내 영혼의 빈 터에

새날이 와 새가 울고 꽃잎 필 때는

내가 죽는 날

그 다음 날

산다는 것과

아름다운 것과

사랑한다는 것과의 노래가

한창인 때에

나는 도랑가 나뭇가지에 앉은

한 마리 새

살아서 좋은 일도 있었다고

나쁜 일도 있었다고

그렇게 우는 한 마리 새

　천상병 시인의 부인 목순옥 여사가 열 평이 안 되는 좁은 공간에 차린 찻집 '귀천'은 몇 해가 지나면서 유명세를 타기 시작했다. 「귀천」을 비롯해서 「소릉조」, 「새」, 「강」 등의 깊은 서정성과 삶에 대한 비애가 섞인 관조가 배인 시어(詩語)들이 찻집 귀천에 가득한 게 한 요인이기도 했다. 거기다 천상병 시인의 나이 쉰다섯에서 쉰을 뺀 다섯 살 어린애 같은 무구함 저편에 있는 독특한 이력이 경외감을 느끼게 하기도 했다.

　천상병 시인의 동어반복에서 느껴지는 기인다움과 그의 이력이 신문과 잡지에 실리면서 '귀천'도 따라서 유명해졌다. 향수를 느끼게 하는 고향 하늘의 노을 같은 문학의 노을이 번져 있는 찻집 '귀천'은 많은 이들에게 마음의 고향이 되었다. 멀게는 제주도에서까지도 순례자의 마음으로 찾아오는 사람이 있었다.

천상병 시인은 의정부 수락산 기슭에서 살았다. 부인 목순옥 여사가 '귀천'으로 출근하면 여든이 넘은 장모와 함께 지냈다. 장모는 다섯 살 어린애를 돌보듯이 보살폈다. 일주일 한 번 화요일 날은 부인과 함께 '귀천'으로 나왔다. 그날은 소풍이라도 가듯 즐거운 날이었다.

귀천에 앉아서 세금도 받고 보고 싶은 사람들도 만났다. 시인은 말년을 평화를 쪼는 파랑새처럼 살다가 1993년 4월 28일에 귀천했다.

부록

채현국·채희완 대담

일과 놀이의 합일, 그리고 공감과 신명이 민족미학과 교육의 바탕

대담: 채현국(효암학원 이사장, (사)민족미학연구소 이사장)

채희완(부산대 명예교수, (사)민족미학연구소 소장)

때 : 2014년 12월 15일 하오 3시부터

곳 : 경남 양산시 개운중학교 교장실 및 인근 주막

채희완(이하 희): 반갑습니다. 음. 오늘 이런저런 말씀을 듣고자 한 것은 선생님이 올해에 전례 없이 여러 언론매체를 맞이하시고 얘기하신 걸 많은 사람이 글로 보고 그야말로 감동을 하고, 사는 게, 난 왜 이렇게 살았나 반성하게 하였습니다. 그에 힘을 입어서 감히 대담 신청을 했습니다. 저의 생각으로는 선생님의 그 평소에 말씀이나 말하자면은 언행이 그야말로 미학적인 연구대상입니다. 더 나아가서 민족미학의 대상이고, 민족철학이 있으면, 민족학이 있다면 아주 깊은 무엇을 거기서 찾을 수 있는 거라 생각합니다.

채현국(이하 현): 참, 저는 우리말에서 민족학문이란 걸 제일 많이 느껴왔어요, 우리말에서. 그러다보니까 그렇게 느끼고 있고 그렇게 하고 있는데 지금도 계속해오고 있는데,

희: 저는 그 분야를 우리말의 언어고고학이라 부르고 싶어요.

현: 언어고고학이라… 여기서 얼마나 우리 옛것들이 자꾸 살아남는지. 내가 아주 미쳐요. 채교수님 같은 분들이나 더 젊은 분들에 의해 이 일이 될 것 같습니다.

채: 저희 민족미학연구소에서 음. 정론지까진 못되고 소식지 정도 되는 『바람결 風流』라고 하는 정간물이 1998년도부터 나오고 있었는데 최근 한 3~4년가량 그만 멈췄어요. 그런데 이번에 선생님께서 이사장으로 취임하시면서 다시 기운을 모아서 또 내보자 해서 복간의 첫 말씀을 이렇게 같이 나누고 있는 중입니다.

소식지 『바람결 風流』를 복간하는 첫 말씀 자리

현: 풍월도 그렇고 풍류도 그렇고 놀이도 그렇고. '놀이'라는 말을 본래의 뜻으로 살려낼 수 있어야만 돼. 대담하자, 그럴 때 내가 뭘 안다고 사실은 나는 전혀 전문가가 아니고 철학과도 공부를 안 한 놈인데, 더군다나 나는 미학 얘기는 난 할 마음이 사실 없는 사람이거든. 난 모른다부터 시작해야 해. 그래도 하자 하면은 난 이 '놀이' 때문에 그래요. 그러면 하자. 이 '놀이'라는 말은 분명히 하자, 이번에는. 놀이, 풍류, 풍월, 이 전부를 살려내는 쪽으로 우리가 할 수 있으니까.

희: 감사합니다. 아니 고맙습니다.

현: 그러니까 나는 이 '놀이'라는 말이 정말로 건실한 거요. '노세 노세 젊어서 노세', 그 노래를 일본 사람들이 망국가처럼 날라리 부리는 '놀이'라는 단어로 만들어가지고 우리를 모욕하고, 모욕적인 노래인데, 전혀, 영어에도 play나 우리말의 놀이나 다 건실한 단어요. 그 노릇을 그 노릇답게 잘하는 걸, 노릇, 노래, 놀이 다 똑같애. 기계가 작동 잘해도 '잘 논다'는 말을 지금도 쓰고 있는데, '잘 논다'고. 근대 기술임에도 불구하고 '잘 논다'는 말을 쓴다고. 그러니까 내가 어거지로 쓰고 그런 게 아니라 당연한 말을 해도 하도 일본 사람들이 우리를 세뇌를 해가지고. '젊어서 노세'가 그게 정말 젊을 때가 아니면 자기 역할을 잘 못한다고 하는 노래라는 소리를

하면, 또 이상한 소리를 하는 사람으로 여겨요. 어거지 쓰는 국수주의로 몰아가지고. 이게 국수주의하고 무슨 상관이 있어요?

희: 젊어 노는 걸 일본 사람이 부추기면서, 그런 걸 '놀이'라고 비하했다는 말씀인가요?

현: '놀이'라는 것 자체는 소리와 동작이 같이 붙어 있을 때의 상태고, 거기서 불행히도 조선조 말 내지 일제 초에 노래라는 말이 새롭게 만들어짐으로 해서. 원래는 노래라는 말이 안 보여요. 그 위에 올라가면 소리밖에 없지, 노래라는 말이 없어. 이게 분명히 시대의 흐름에 따라서 '놀이'라는 말이 그렇게 이상하게 비하하는 말로 되면서부터 '노래'라는 말이 빠져나가요. 우리는 '소리'지 '노래'라는 말이 없어. '놀이'로 충분해. 동작과 소

리가 같이 붙어있는! 따라서 우리는 무용이라는 단어를 쓰는 것부터가 난 아주 불쾌한 말이거든. 춤이란 말도 사실은 불쾌한 말이야. '놀이'라는 말을 망치려고 일부러 춤사위만 꺼내서 그걸 무용이라는 단어가 만들어지고, 노래 하고 춤이 갈라져가지고. '놀이'는 분명히 춤과 노래가 한데 붙어 있는 상태고. 그러니까 '놀이'라는 말부터 살려내야지. 못하면 민족미학연구소는 아주 위기야 위기!

희: 그렇습니다. 옳습니다. 노는 것, 놀이를 모든 일의 한가운데 놓습니다.

현: 더군다나 여기서 채쌤한테 실례가 될까봐 이야기인데, 이렇게 내가 우리 미학이라고 표현되는, 우리 미학이 새롭게 강구되고 연구되고 해야 될 분야지. 나는 우리 미학이라는 말로써 우리가 성과를 충분히 거두지 못했다고 보니까. 세종 때 음악을 했다던가, 여러 가지 춤과 음악이 같애… 준비했을 겁니다. 여민락이든 뭐든.

희: 세종 때, 그렇죠. '우리 미학'이란 용어가 새롭습니다. 또 '악가무일체'라는 말도 예부터 있었고.

현: 춤도 다 정비하고 했는데 그기 신라 고려 때부터 내려오면서 뭐가 있었을 텐데, 다 지워진 거지. 또, 우리네 문화라는 게 실체로 전달되고 하지 어떻게 이상하게 그런 전달 악보로는, 우리가 뭔가 불신하게 돼. 채록되어 있고 그렇게 쓰여 있는 것을 불신한다고. 그게 나는 아주 중요한 거예요. 권력을 가진 자들에 의해서 날조된다는 의심이 늘 붙어 있는 거야. 전수된 거 말고는 오히려 날조되고 외려 조작되었다는.

희: 구비전승이나 육체전승에 견주어 기록전승이나 전달악보가 지배층에 의해 조작될 수가 많다는 건데요. '놀이'가 정말 그렇습니다. 처용희나 처용가무를 봐서도 그러하지요. '놀이'라는 말이 후대에 와 가지고 여

러 가지 의미로 변조되고, 또 생활과 벌어지고 해왔기 때문에.

현: 우리의 '놀이'라는 말이 소리와 동작이 어울려 있어서. 결국은 우리가 오래된 역사를 가진 사람들이기 때문에 여러 가지 탈놀이도 그 안에 들어가고 다양한 놀이가 그 안에 다 포함되어 있게 되었어요. 인제 '노래'라는 말이 생겨가지고 우리가 쓰고 있으니까. 이럴 때 어떻게 '소리'의 내용이 '노래'에 다 충분히 담기느냐 하는 건 우리 글 쓰는 사람과 사용하는 사람들의 역량에 달려 있을 것 같습니다. '소리'는 더 오랫동안 사용되었기 때문에 소리에는 더 풍부한 뜻이 담겨있고, '놀이'라는 데 다 담겨 있는데. 이제 다 죽어버리고 날라리 치는 뜻으로만 된 거라. 좋게 머리에 떠오르는 사학자까지 일제로 나라가 망국이 되니까 그렇게 조작이 가능했는데.

희: 지금으로 보면 소리는 마치 음향에 가까운 게 되어 바람 소리, 솔바람 소리, 새 소리. 뭐 이렇게 되고, '노래'야말로 음악적인, 그 다듬어지고 내용있게 표현된 어떤 것으로 생각하게 되었는데요. 그런데도 경기소리라든지, 남도소리, 서도소리라고 민요 가락으로도 쓰여 왔고, 또 판소리도 있지요. 소리꾼, 하면 성악가와는 다른 독특한 창자지요.

현: 이것이 좀 더 많은 지식인에 의해서 이게 받아지고 생각하게 되고 해야 되는데 통일이 안 돼서 그런지 이거도 분단 사태인지. 우리 것에 관한 연구가 정말 지지부진합니다. 우리말, 우리 것에 관한 것. 그래서 나는 내가 민족미학연구소의 이사장이 된 것은 당치도 않은 소리지만, 어떻게든 조금이라도 할 수 있는 일이 있다면 하겠다는 것이지.

희: 말씀 중에 제가 유의해서 들었던 거는. 우리말이 한 음절, 한 말마다 다 의미를 지니고 있는 그런 것이라는 겁니다. 그야말로 소리나 노래로 치면 한 음, 한 음이 깊은 의미를 지니고 있잖아요? '일음일자(一音一字)'처럼. 동양문화 공통의 한 특성이기도 한.

현: 하도 짓밟혔다보니까. 더구나 매몰되었다보니까.

희: 그것처럼 우리 춤에도 한 동작이 그렇게 의미가 있고, 한 단어의 의미를 지니고 있는 것으로 그렇게도 좀 생각해볼 수 있겠네요.

현: 많은 내용들이 숨어 있을 겁니다.

희: 문장이 구성되지 않더라도. 또 그 숙어로 여러 단어가 구성되지 않더라도 아주 단순한 한 동작이 어떤 의미를 지니고 있다, 그렇게도 해석할 수 있겠다는 거지요. 어떤 춤은 단순 연결 동작까지도.

'놀이'에는 소리와 동작이 어울려 있어, 고귀한 말

현: 그렇습니다. 저는 늘 이게 제의적인 시절이 제정일치적인 시절이다. 그런데 우리의 모든 놀이가 보면 제의적인 뜻을 다 가지고 있고, 신앙적인 뜻을 다 가지고 있고.

희: 그 신앙의례를 굿으로 본다면, 우리 굿은 신과 같이 놀고, 또 신을 놀리는 거지요. 거꾸로 보면 놀이를 통해 신을 만나고 신에게 하소연도 하구요.

현: 아주 그 말씀은요, 참말. 공부하는 사람들을 위해서 다 발굴되고 언급되어야 합니다. 날조할 일이 아니고. 얼마나 긴 역사 속에서 살아서 남은 것이 그렇게 아무 뜻 없거나 쉽게 매몰되지 않습니다. 불교에서 탄압을 있는 대로 받고도 살아남은 민족신 아닙니까? 유교에 의해서 이건 완전히 천민이라도 그런 천민이 없이 짓밟힌. 스님보다 더 천민으로 돼 있습니다. 그러고도 살아남아 있는 이 세습무에 의해서 그 연기력이 겨우 이어져 있는 거지요. 원래도 강신무들은 그런 특별한 재능이 있을 수가 없지요. 근데 세습무라는 게 최하 천민이다 보니까 모든 동작이나 모든 소리나 그 의미가 전부 마멸돼 버린 거지요. 다행히 민족 놀이가 돼가지고 무속이

우리 신앙이 끊어진 듯한 분야에서 살아 있어 준 것만도 고맙습니다. 유교에 의해 짓밟히다가 그게 조선 민족적인 거라고 해서 일제에게 또 완전히 짓밟힌 거니까. 나는 아주 이게 어떻게 살아남았는지 기적 같습니다,

희: 굿이나 무속에 담긴 의식내용을 저는 살풀이와 신명으로 보는데요. 못살게 구는 것을 풀어헤쳐 쫓아낸 끝에 오는 신명이니까 얼마나 시원하고 황홀한 것이겠어요. 또 얼마나 끈질기겠어요. 질기게 살아남게 하는 그 힘이 우리가 살아온 일이고, 우리 문화의 바탕이라 봅니다. 생명지속력이라 하겠는지요.

현: 나부터도 아무 뭣이, 감동도 없었고 가난의 상징, 망국의 상징, 그런 아주 혐오의 대상이었지. 그런 것들이 갖는 우리 민족적인 의미를, 민족문화라는 생각은 꿈도 못 꿨습니다. 그러다가 점점 의식도 조금씩 조금씩은 자주적인 느낌이 해방과 함께 점점 살아나고 난 다음에. 한 35세 정도까지도 아주 혐오감의 대상이야. 저따구 때문에 나라가 망했지 저게 좋으면 왜 나라가 망해! 정직하게 얘기하자면 우리가 그런 속에서 자조적인 정도가 아니라 아주 저주하는 정도의 마음으로 우리가 살아왔으니까. 여기 채희완 선생 같은 분들이 민족미학이라는 생각을 해낸 것만으로 해도 아주 신기하다고 할 만큼 신통한 일이야. 이런 일은 당연히 우리들이 해내야 될 일인데. 왜 아직도 옳게 손이 안 잡히고 헤매고 있고 하는 게 결국 분단과 또 관계가 있는 겁니다. 어떻게라도 옳게 보존하기 시작해서 연구하길 바라고, 결국은 연구라는 건 돈 따라 갑니다. 연구비 안 주고 돈 안 생기는 일은 아무도 안 합니다. 치료조차도 돈 안 생기는 치료는 사라집니다. 침구처럼 다 사라집니다, 돈에 의해서 권장되고 전파되고 하지, 돈 안 생기는 일은 안 됩니다. 이걸 사실로 받아들이고 사회적인 책임이 있는 사람들이 주목을 해주길 우리는 촉구해야죠.

희: 네. 저희, 미학연구자로서 임무가 선생님한테 확인되어서 정말 책무를 느끼면서 많은 하지 못한 일에 대해서 뼈저리게.

현: 정말 진심으로 그러는 게, 자격도 없고 아무 깜냥도 안 돼도 이건 해야 될 일이라고 생각하기 때문에. 어처구니없는 이사장이라는 자리를. 아는 게 없는 걸!

희: 그건 약간, 아까 말씀하신대로 돈이 좀 필요한 선택이라서.(웃음)

현: 이사장 감은 어디서 찾아내야 해. 일하는 사람 찾는 것도 나는 일이라고 봅니다. 또 전문지일수록 더 일반성을 띨 수 있어야 되고, 일반한테 어떤 감동을 못 주는 전문지는 사실은 좀 잘못된 겁니다. 너무 미숙하기 때문에 일반한테 아무런 전달도 안 일어나는 것도 시원찮은 것이고, 지금 나 같이 이렇게 까다롭게 이야기하면 일반성을 전혀 못 띱니다. 아주 부적절한 소리를 지금 하고 있는 건데.

깜냥이 안 되는데 이사장을 맡은 것은

희: 저희는 사실은 선생님의 삶에 대한 세계관이나 그 삶의 태도나 또 세상 보는 눈, 그런 좀 포괄적인 것을 여쭙고 싶었는데, 그건 제 생각에는 폼나는 일인 거 같아서 줄이겠습니다. 그 얘기를 드리진 못하겠습니다. 자꾸 물고 늘어지는 듯도 합니다만, '놀이'라고 하시고 '놀이'의 원래 근사한 의미가 많이 역사적으로 훼손당하고 지금 더 이상 소생하기 어려울 정도가 되었다고 하셨는데요. 선생님의 어느 대담에서도 봤습니다만 '일과 놀이'라고 할까요? 이와 연결이 잘 되는지는 몰라도 '예술과 생활'이라고 바꿀 수도 있구요. 일과 놀이가 하나라는 참 아주 감동적인 이야기를 거기서 읽었는데요. 어린아이일 때는 일과 놀이가 분리되어 있지 않다. 또 좀 이상적이고 잘 살았다 싶은 그런 시대나 그 사회에서는 일과 놀이가 구분이

안 되어 있지 않았겠는가.

현: 전혀 구분이 안 되어 있습니다. 사회 자체도. 지금도 유목사회는 그렇습니다. 꼭 몽골만이 아니라 내몽골, 외몽골, 아프가니스탄, 실크로드 근처에 있는 모든 나라들. 아직도 유목이, 방목이 그런 것이 위주인 삶에선, 이동이 위주인 삶에서는 몽땅 예술인 게라. 우리가 얼마나 오랜 기간을 채취 생산 방법에 의한, 이동에 의한, 총체적인 이동의 삶을 살았습니까? 문화 전체가 그랬어요. 이제 농경 정착의 역사는 아무리 기어 올라가봤자. 아마 만 오천 년 이상은 못 올라갈 겁니다. 더구나 사오천 년 전까지는 거진 농경의 시초에 속하지 제대로 농경만이라고 할 수 없습니다. 국가기원이 이집트 어느 쪽이든간에 불과 한 오천 년밖에 안 보이는 걸 보면 그래요. 이동할 때는 지배가 불가능하니까. 지배가 불가능한 것이 지배 가능한 것으로 바뀌는 것은 농경정착입니다. 고착이 되니까. 고착됨으로 해서 시간과 공간의 분리가 일어납니다. 이동하는 문화에서는 시간과 공간이 절대 분리 안 됩니다.

유목과 농경과 착취

우리 지금 바로 '놀이'라고 하고, 우리 문화적인 것 중에 제일 특징이라고 볼 수 있고 오래된 것이 나는 '놀이'라고 보는데요. 그걸 자꾸 '소리'를 떼어내고 하니까 '노래'라는 말이 자꾸 나온다고. 이건 분명 고대적 상황에서는 '놀이'라고 해야 합니다. 동작과 소리가 한데 붙어있는 그 놀이 문화에서는 절대 일과 문화 자체가, 일과 놀이가 분리되어 있지 않습니다. 일과 놀이가 분리되는 순간에 그 문화는 이미 농업문화로 착취가 시작됩니다. 농업경제 초기에 이미 착취는 시작되었다고 봐야 합니다. 그 전에는 착취가 불가능해요. 왜냐하면 국가적인 것의 권력의 대두가 우리 눈에는 안 보이죠. 어디서도 안 보입니다. 현재도 유목국가들, 이동 생산이 위주인 나라에서는 그렇게 심한 착취는 있을 수가 없어요. 일어나지 못해요. 다른 많은 곳에서 이전에 실험이 다 끝난 문제입니다. 행동 심리학적인 분야에서는 여러 분야에서 이미 다 끝났고, 역사적으로 이미 증명이 된 건데, 이걸 또 새롭게 주장까지 해야 하는 이 사태가 또 뭡니까? 아까 '놀이'라는 게 원래 그런 거였는데 일본 식민지 바람에 이 '놀이'라는 것을 새롭게 주장해야 되듯이 의미가 훼손됐어요. 또 많은 사람에 의해서 의심받듯이 됐어요. 지금 나아갈 길이 일과 놀이가 구별이 안 되는 문화가 분명한데. 그리고 지금 교육도 태교만이 아니라 5세 이전의 교육이 굉장히 중요한데, 아직도 교육학계에서 그 중요성을 주장하는 나라를 나는 모릅니다. 내가 알기론 일과 놀이가 구별되기 전 5세 이전의 교육이 얼마나 놀이 문화로 하는 것이 바로 일 문화고, 그 일이 바로 놀이라는 교육을! 교육학계에서도 그거 주장 안 하거든요. 그렇게 해 놓으면 자본주의 착취가 절로 못 일어납니다. 놀이 자체가 즐거울뿐더러 일인데. 그 일을 왜 남을 시킵니까? 내가 하지. 그 즐거움을. 실제로 감옥에서 일 못 나가는 사람들, 몸은 죄수가 되어가지고는 얼마나 일을 하러 가려고 발버둥칩니까? 뻔히 압니다. 이건 내가 주장하는 것이 아니에요. 왜 우리들이 이렇게 뭐에 지배당해 가지고 일과 놀이가 이렇도록 가까이하기 힘들도록 분란에 끼어 있는지, 이런 사태를 강요하는 문화로 와 있는지 아주 의심해야 마땅합니다.

희: 요즘 현대사회에서는 그런 그 일과 놀이가 한꺼번에 같이 작동될 만한 어떤 삶의 양태는 없을까요?

현: 당연히 그게 분리된 건 어릴 때에 5세 이후에 따로 일을 배우고 따로 놀이를 배우는 데서 이 우연히 된 결과지. 현대사회에서 얼마든지 천번만번 가능하고 당연합니다. 일 안 하고 살게 만들어 보십쇼. 그 불행감

을 어떻게 견딥니까? 누구든지 일해야 삽니다. 일해야 즐겁습니다. 교묘하게도 우리가 무심하게도 5세 이후에 와서 애들에게 교육하기 시작합니다. 이미 그땐 늦은 겁니다. 놓친 겁니다. 5세 이전에 해야 한다는 게 실험적으로 끝났거든. 벌써 한 5~6세 된 사람한테 상을 주면 안 합니다. 상을 주면 일인 줄 알고 안 하는 그것까지 생깁니다. 애가 일어나려는 거, 걸으려는 거, 기는 거 전부가 놀이로써 하고 있지만 그게 일이듯이. 지금이라도 우리 부모님들이 밥상 거들고, 옮기고 전부 시켜야 합니다. 청소 시켜야 합니다. 청소가 놀입니다. 어린 애한테는. 5살 전엔 다 일이 놀이니까. 그거 안하고 나중에 걔가 인격적으로 훌륭해지길 바라는 것은 이미 일을 그르쳐 놓고 난 다음 가르치는 꼴이지. 망가진 기계를 꼭 고치겠다는 것과 똑같습니다. 멀쩡한 기계를 망쳐놓곤 그걸 다시 고치겠다고?

희: 하고 싶은 일을 네가 직업으로 택해서 해봐라. 그건 어렵게 되어 버렸다?

현: 어려운 정도가 아니고요. 하고 싶은 일 따라갔다가는 하고 싶은 일은 놀이인 줄 알고 갔다가 일이라고 느끼기 때문에 혐오감을 일으킵니다. 많은 사람이 그림 그리길 좋아했다가 미술대학 갔기 때문에 그림에 대해서 혐오감을 느끼고 낭패를 당합니다. 음악 하는 게 즐거워서 음악대학 가 가지고 이게 직업이 되니까 일인 줄 알고 음악에 혐오감을 느낍니다. 이건 다 우리가 보는 겁니다. 춤을 좋아해서 학교 가 가지고 대학 가서 무용을 했는데 이게 일이네 놀이가 아니고. 진짜 혐오감 느끼고 때려치웁니다. 한두 사람이 그런 게 아닙니다. 억지로 먹고 살려니까 할 수 없이 억지로 하는 걸 우리가 많이 봅니다. 이걸 해결하는 길은 5세 이전에, 일과 놀이 이전에 반드시 해야 이런 현상이 안 옵니다.

희: 그래서 이건 좀 다른 얘기일지 모르겠습니다만, 가령 낚시를 취미

로 했던 사람이 이제 어부가 됐다, 해보지요.

현: 낚시질과 어부, 이제 그 불행감이란, 전혀 취미가 아닙니다 그때부터는. 이것이 괜히 훈련의 결과입니다. 일과 놀이가 분리된 다음에 잘못된 의식의 훈련의 결과지 인간이 그런 건 아닙니다. 일 못해 보십시오. 훈련의 결과라는 게 이게 중요합니다. 이 현상 자체가 훈련의 결과입니다. 훈련 안 한 나머지 일어난 훈련입니다. 결과로.

희: 고수의 기량을 닦아온 그런 예술 하는 사람이 아니더래도요. 가령 어떤 일상의 평범한 일을 하는. 요새 뭐 있잖아요. 거기 텔레비전에서 아주 숙련공, 명장들, 달인, 생활의 달인! 그런 사람들 보기만 해도 놀랍고, 일하는 모습이 노는 모습처럼 보이죠. 일이 아니라 놀고 있죠.

현: 그게 얼마나 자연스러운 건데! 얼마나 그것이 자연스러운지 그것이 놀이고 그것이 일인 사람들입니다. 모든 명장이나 모든 달인들은 일 자체가 놀이입니다. 그 사람들. 즐거움입니다. 우리도 자주 멋진 선생님들 봅니다. 선생 노릇 신나게 하는 사람들. 다 선생 놀이가 자기 삶의 의의이고 즐거움입니다.

희: 지금 현대사회에서 그런 정도로 그런 걸 이끌어내는 어떤 사회적 장치랄까? 그런 제도랄까?

현: 바로 그 장치가 나는 만 4세, 만 5세 이전에 꼭 일과 놀이가 구분 안 될 때 일을 하게 하고 놀이를 하게 해라. 이미 5세 지난 다음에 놀이 교육? 벌써 늦은 겁니다. 5세 이전에 놀이 교육을 해야 하는 겁니다. 늘 보면 뻔한 사실이 매몰되고, 뻔한 사실이 오해되고, 거부당하고 있습니다.

희: 그래서 이 일과 놀이가 합쳐져 가지고 일과 놀이가 아주 즐겁고, 노는 것처럼 보이는 그런 특종의 일거리. 그런 일이 아주 없는 건 아니죠?

현: 그럼요 모든 일이 다 같습니다. 아 정말 몽골에 가보시면요. 모든

일이 그 사람들은 그냥 놀이에요. 그런 의식이 필요 없어요. 모든 일이 놀이고, 전혀 아무 상관이 없어요. 뭐 시키고 자시고 없어요. 집 뜯고 옮기고, 소 먹이고 양 먹이고 하는 오만 짓 다 하는 게 애들이 시켜서 하는 게 아니에요. 그냥 해요 그냥. 척척 그냥 화합으로 일어나서. 우리 눈에는, 나 같이 그러지 않은 문화권에서 갈 땐 이게 무슨 조화 속인지 처음에는 모르지. 얼마나 자연스럽게 그게 일어나는지. 내가 말 몰라고 해서 모는 줄 알았어요. 시키는 줄 알았더니. 물어봤더니 시킨 일이 없대요. 다 일어나요 그냥. 어린 애들한테. 같이 해요. 진짜 신나게 해요.

희: 불우하게도 적정 교육 시기를 놓친 경우, 그처럼 신나게 하게끔 만들어보는, 만들게 하는 그런 어떤 교육 내용이나 없을까요?

현: 나는 그게 신나게 하려면 나는 5세 이전에 그 교육을 한 사람들한테는 언제든지 신나게 교육을 하고, 신나게 일하게 하고, 신나게 배우게 하고, 배움 자체도. 배움 자체도 일인 동시에 놀이가 되게. 그렇게 배우면은 공자 같은 사람이 오죽하면 배우는 게 얼마나 즐거우냐는 소리를 합니까? 우리는 그게 이상하잖아요. 이미 배우는 건 골이 아픈데. 그게 아니야. 그 가난해도 그 시원치 않았다고 돼 있는 그 사람은 그 배움들 속에 굉장한 놀이가 있는 거죠.

희: 그러니까 그 깨닫는 방식은 아니겠죠? 일과 놀이는 합쳐져 있는 것이라는 걸 나중에 깨닫는 것이 아니라.

현: 복잡한 개념 조작이라든지 관념 조작이라든지 이런 걸 통해서 또 다시 자기 승화를 한다든지 하는 거는 또 다른 별개의 세계이지. 일과 놀이를 세상에 같은 거라고 깨달았다가는 이미 철이 든 겁니다. 이미 안 돼요 그건.

희: 나중 깨닫는다는 것은 일과 놀이의 합일에서는 그게 정말 안 맞는

말이네요.

　현: 안 맞는 거죠. 여기서 더 중요한 것은 공감들이요. 애기들이 같이 있을 때 형제가 예뻐해도 딴 형제가 울면 두어 달만 된 애부터는 삐죽삐죽 웁니다. 딴 형이나 누나가 울면 그 애기가 또 울어요. 그런 현상이 얼마든지 있어. 지금은 자식을 하나밖에 안 낳으니까 도대체 이 애기들이 어디에서 공감을 배우는지 이건 의식적으로 생각 안 하면 큰일 났어요. 농경생활이 시작되고 난 다음에 이동문화에서 가지고 있던 일놀이의 합일이 깨지기 시작했듯이. 지금 한 자식만 키우면 그 애기가 언제 공감을 느끼는지, 딴 형제가 울기 때문에 울음을 울던 이 공감 교육이, 교육이라고 부를 필요도 없어요. 공감적 사태가 절로 감성적인 일이 이루어지고 있었는데 이제 이 기회마저 애기들한테 없다는 것을 주목 안 합니다. 그럼 그 사람은 공감을 어디서 배우죠? 사이코패스라는 이상한 정신병이 이런 공감이 없다 보면 일어날 거 아닙니까? 왜 슬픈지 이치를 알아야 슬픈가? 슬퍼서 슬프지.

　희: 공감과 신명 교육이 아주 잘 구체적으로 방법을 좀 얻으면 참 좋겠다 싶네요. 그저 신나게 하는 교육방법을.

　현: 그럼요. 그 신나게 하려면 그것도 공감이 있어야 신이 나겠죠. 공감하는 능력이 상실된 사람에게 어떻게 신명이 전파됩니까? 신명이야말로 전파성이 강한 건데, 노래의 감동이라든지, 춤의 감동이라든지, 연기의 감동이라든지 다 그 공감이라는 전제된 약속이라는 것이 있어서 가능한 건데 전제된 약속이 없으면, 외국어로 들으면 영 뭐 재미가 없잖아요. 공감이 어느 거 하나 막혀도 안 되는데. 음악만 공감을 일으키고, 동작만 공감을 잘 일으키고 할 때, 애기 때부터 이루어지는 공감 능력이 상실되면 그 교육은 영락없이 실패지. 실제로는 우리가 의식하지 못한 가운데 그 공

감이 교육되고 있는 건데. 공감도 분명 본능만이 아니고 교육이 있습니다. 일과 놀이가 교육의 일원인데, 우리가 교육임을 모를 뿐이지. 공감도 마찬가지입니다. 여기 일과 놀이, 그리고 공감의 문제. 이것들에 좀더 우리가 정신 바짝 안 차리면, 사이코패스가 하나 가득 생성될 것입니다.

희: 공감 교육이야말로, 요즘 소통 소통 하는데, 거거에 접근하는 바탕이 되겠군요.

현: 소통이라는 말은 그건 늦었어요. 이미 늦었어요. 공감의 가능성이 바탕에 있어야만 소통의 가능성이 생기지, 그거 다 놓쳐놓고 다 지난 다음에 지 좋아하는 일 하라 하면 하겠어요?

희; 한 말씀만 더 여쭙고 싶은데요, 어느 정도 생활이 보장이 돼야만 문화도 예술도 하는 것이라 하잖아요? 그런 연후에야 제 사는 맛이나 멋을 찾아서 딴 무엇보다도 훨씬 더 공감력을 강력하게 가지고 있는 매체인 이 예술 쪽을 찾아 두리번거리게 되는데요. 아까 선생님 말씀대로 한다면 예술 말고도 일상 속에서도 충분히 그런 것을 누릴 수 있겠다는 것이네요.

현: 네. 바로 그런 일들이 학교나 그런 특별한 데서만 된다고 보는 것이 이미 잘못된 겁니다. 그냥 일상적인 삶, 일상적인 일, 그 속에서 이미 뭔가 예술이라고 불리는 것들의 사태가 일어나고 있어야지. 그게 꼭 이상한 신학문이 와가지고 요렇게 되면은, 이 근대국가의 계급제도를 날조한 신 계급제도를 만들기 위해서 생겨난 거지. 이건 완전히 실패한 방법입니다. 이걸 어떻게 회복시키느냐는 거는, 우리들 자신들이 이걸 무너뜨리지 않고는 안돼. 가정에서는 전부 일하는 것을 놀이로 알게끔 키우고, 그래서 절로 춤도 추고 노래도 하고 음악도 하는 것인데, 모든 부모들은 경쟁사회, 이 자본주의 말기적 현상이라고 봐야 하는 이런 이상한 경쟁 체험을 삶의 방식으로 딱 자리 잡고 앉혀 가지고, 무슨 소리를 해도 거기서 탈락

하고 낙오하고 하면 진짜 전체 삶이 손상에 빠진다는 공포심까지 다 만들어져 있어요. 5세 이전에 이미 일과 놀이가 구별되지 않을 때부터 일할 줄 알고, 그게 놀이인 줄 알고, 그래서 공감을 서로 할 줄 아는 교육을 해야 하는 거예요. 형제가 없으면 엄마, 아버지가 웃고 울고 해서 공감을 일으켜야 되고. 애기가 까르륵까르륵 웃기도 하고, 같이 삐죽삐죽 울기도 하는 걸 그걸 의식적으로 해야 한다는 걸. 꼭 이건 우리 놀이문화 하고 똑같은 뜻입니다. 그걸, 그 공감의 문제를. 놀이 문화 없으면 공감은 안 일어납니다.

희: 지금 선생님 말씀에서 예술이 추구하는 세계 하고, 선생님이 생각하시는 삶의 지향점, 또는 교육이나 사회가 추구하는 그 아름다움이 결코 다르지 않다는 생각이 듭니다. 그렇게 되니까 예술가, 예술활동, 넓게 문화활동이라고 하겠는데 이것의 지향점이 올라갈 대로 올라가 있게끔 그렇게 되었는데, 사실은 그것이 다시 내려 가야 되지 않겠나 싶기도 합니다. 일부 사람만이 향유하는 대상으로 있거나. 딴 세계에 노는 것이 되어 버려 가지고서야.

예술은 일상적인 삶, 일상적인 일 속에서 일어나야.

현: 귀족 문화가 그렇게 고도한 기술을, 예술을 여러 장르로 올려놨듯이. 현대 자본주의의 자본이 또 고도한 기술을 올려놓거든요. 그거 아무리 팝송이라고 그러든 팝이라 그래도 대단히 고도한 기술입니다. 아무나 다 되지도 않는 겁니다. 그것만 예술이라고 하는 수작은 귀족주의가 만들어 낸 거고, 돈이 만들어낸 장사꾼들의 돈 먹기 위한 수작이지, 우리들 삶 자체가, 정말 놀이가 그 안에 배어 있고, 젖어 있고, 예술이 그 안에 배어 있을 수가 있어야지. 싱어송라이터들이 갖는 그 예술적 세계는 나는 분명히 새로운 세계의 시작을 열어놓고 있다고 보는데요. 평범한 일상이 예술이

되는 가능성을 열어준 게 싱어송하는 그 패들 아닌가 싶기도 하고. 그러니까 이 분야 저 분야에서 다 비등비등 자기 일을 하고 있는 것 같은데.

희: 어떤 책을 보니까 공자도 아주 지독한 뮤지션. 우리 쪽으로 악인(樂人)이지요.

현: 춤추고 노래하고 아주 신나는 사람이에요.

희: 작곡가이고. 연주자이고 이론가에 평론가이지요. 그 주유천하 할 때. 제자들과 전부 그렇게 음악을 해가면서 연주를 하면서 판 벌이면서 하지 않았겠나. 그런 생각도 좀 들어요.

현: 안 그래도 대단히 풍류가 있었던 건 분명해요. 그때로선 대중. 새로운 대중 예술이었을 수가 있습니다, 그때는. 왜냐하면 『시경(詩經)』아니면은 외교를 못 할 때고 남을 방문 못 할 때니까. 근데 『시경』의 내용이 얼마나 건달 같은 노래가 많은데, 그 안에.

희: 대중가요집이죠, 뭐.

현: 신나는 사람이에요 공자는 분명히.

희: 예수님도 아마 그러지 않았나 싶어요. '산상보훈' 같은 대목을 보면 어디 무리를 이끌고 돌아다니잖아요? 그리고 먹을 것도 그렇게 많았던 거 같지도 않으니까 오병이어 같은 뭐 기적도 나오고.

현: 아무튼 마지막 만찬도 그렇잖아요. 먹고 포도주 마시고. 그 넉넉하지 않은 식민지 사회에서 그만하면 거기도 신나는 사람들이에요.

희: 여기 옛날 예인이셨던 그 노인네 분들, 지금은 많이 돌아가신 분들에게서 우리 춤이나 소리나 아주 조금 기질이 있고 그러면은. "어, 자네, 신이 많은 사람일세."라고 그러시더라구요. '신이 많다'라는 게 여러 가지로 의미가 있는 것 같습니다.

현: 오늘날 귀신 '신(神)'자로만 우리가 자꾸 속박을 받는데, 우리의

'신난다'는 말이 먼저이지 귀신 '신'자가 먼저가 아니에요. 우리의 '신난다'의 '신'이 귀신 '신' 글자의 발음으로 가서 음가로 붙은 겁니다.

신난다는 것, 귀신 신(神)자, 그리고 술

희: 이건 조금 재미나라고 이야기 드리는 건데요. 그거 신명을 일으키거나 공감을 일으키게 하는 보조책으로 술 마시는 건 어떻습니까? 저는 술 먹는 것도 일이라고 생각하는데요.

현: 이게 술이라는 게 지금처럼 흔해지고 나니까 이제 독이 된 거죠. 너무 대량으로 먹으면 밥도 사람을 죽입니다. 그러니 술 같이 귀하던 물건이 이렇게 대량으로 생산되어 가지고 사람을 해치는 거지. 술이 사람을 해치는 게 아니라 대량이 사람을 해칩니다. 헷갈리면 안돼. 술 먹지 않는 사람, 난 정말 사실 굉장히 유감입니다. 저 사람이 살면서 중요한 걸 놓쳤어요. 아까 공감의 현상이 교육 쪽으로 못 일어나 가지고 그걸 교육이라는 말까지 해야 하듯이, 술이 갖다 주는 그 자유로운 호연지기의 바탕이란! 이게 술기운을 빌려서가 아닙니다. 사람이라는 건 오만 슬픈 일, 오만 어려운 일, 오만 골치 아픈 일이 다 있을 때, 정말 적은 양의 술이라는 건 얼마나 사람한테 보증적인 보약인데 그것을 전혀 하지 않다니. 그 세상 자체가. 기독교 문화가 아마 당연히 알코올 때문에 문제가 생겼을 것 같습니다. 그래 나는 농담으로 예수나 석가모니가 저 술이 약해 가지고 그랬다고 농담하지만(웃음). 술의 문제는 양의 문제입니다. 그런 너무 다량이 공급되면 그건 독약입니다. 완전히. 밥이 독약이듯이.

희: 학문 세계에서 '심포지움'이란 말을 하지요. 멋진 학술, 학습 모임. 또 그 학문에 대한 서로 의견 교환의 방식이라고 그렇게 해서 심포지움이라고 하는데. 원래 그 말은 우리한테 번역은 '향연'으로 되어 있지요.

현: 바로 '향연'입니다.

희; 그러면 금방 술을 생각하게 되는데. 그래서 그 학문의 아주 그 고도한 그야말로 신나는 학문적 모임에 이름을 심포지움으로 하게 되면은 그건 저 번역상으로 향연이 아니라 저는 '학예굿'이라 해야 하지 않나 싶거든요. 놀면서 연구하는 학술 잔치판, 학예굿.

현: 학예굿 아주 좋은 말이네요.

희: 예술만도 아닌 또 학문만도 아닌 한판 벌이는. 판을 벌여서 서로 그야말로 공감하든 공감 안 하든. 공감 안 하면 안 하는 대로 공감을 찾아가 보는 그런 판으로 생각이 되는데,

현: 저는 실제로 이런 맹송한 대담 자리는 아주 마땅치 않아 가지고 밥 먹으면서 한두 마디 하고, 술 먹으면서 한두 마디 하고 서로 주거니 받거니. 다 그게 굿이오. 난 우리의 굿이라는 말도 참 꼭 영어 good하고 똑같잖아요. 영어 신(god) 하고도 똑같고. 신한테 아뢰고, 신한테 은혜 받고, 신한테 칭찬 듣고, 신에게 보호 받고. 가피를 받는다고 그러던가? 그런 정말 학문적 굿이지요. 학예적 굿이지요.

희: 네. 그런 의미에서 그러지요. 진작 자리를 옮겼어야 했습니다.

〈자리이동 : 개운중학교 인근 주막으로〉

희: 주막 이름이 '난다'네요.

현: 여기도 신'난다'에 '난다'에요. 신이 난다. 생각난다(웃음)

현: 그기 민속학 하는 사람이 누구지요? 부산대학에,

여자 술꾼(이하 여): 민속학은 따로 없죠?

현: 민속학과는 따로 없더라도 민속학 전공자는 뽑아야 돼. 반드시 종합대학에서 민속학 하고 인류학 하고 구분해서 뽑을 줄 알아야 돼.

여: 채 교수님이 민속학을 하신 거 같은데?.

현: 그렇다고 할 수 있지.

여: 제가 민속학을 교수님께 들었거든요.

현: 근데 이기 민속학을 하고 미학을 해야지. 미학 해가지고 민속학 하는 건 불안해, 불안하다고. 필드 리서치도 모자랠 수가 있고… 옳지. 나는 '샤머니즘'이라는 단어를 영어 하는 놈이 썼는지 러시아어 하는 놈이 썼는지 모르겠는데.

희: 루마니아 사람 엘리아데가 그런 용어를 썼답니다.

현: 엘리아데는 민속학자로 안 치지 않아? 철학자로 치는 거 아냐?

희: 근데 그가 책 제목을 '샤머니즘'이라고 해놓고 부제를 '원형적 엑스타시의 기술'이라고 멋있게 달았어요.

현: 내가 엘리아데의 책을 안 읽었거든요. 내가 읽었다는 책은 대가리부터 끝까지 읽은 책은 단 한 권도 없어. 『반야심경』도 내가 시작에서 끝까지 한꺼번에 안 읽고. 재주가 없어 그런 데. 그렇게 뭐라 정돈된 책을 대가리서부터 끝까지 다 읽어보면 기억을 하게 되지 생각을 안 하게 돼. 나는 박종홍이가 철학도 외워서 가르치는 꼬라지를 봤기 때문에. 전 세계가 외워서 철학을 가르치는 놈이 90%에요. 생각을 안 해. 미학 하는 패들이 철학 하는 놈을 웬수로 취급하는 이유가, 외워 가지고 철학 하는 개새끼들이라는 소리가 들리는 거야, 지금. 민속학 하는 사람들은 아니 미학 하는 사람들은 외워 가지고 지껄이면 당연 빵꾸가 나거든. 철학은 빵꾸가 안 나. 외워 가지고 철학 해도. 아유, 철학이 아유 고약하게 되어 있는 거야. 이 말 알아듣겠습니까? 철학을 외워서 가르친다는 사실을.

여: 미학도 그런 분이 있지 않을까요?

현: 그런 분도 많아요. 그런데 빵꾸가 나요, 미학은. 외워 가지고 미학을 떠들면 금방 빵꾸 나요. 철학은 빵꾸가 안나요. 그게 이제 문젠 거에요.

거참 아니 내가 그 꼴을 봐 가지고 절대로 이걸 대가리부터 끝까지 외워 가지고 또 철학 하는 꼬라지가 보기 싫더라고. 내가 이걸 어릴 때부터 요 표현을 못했어. 외워 가지고 철학 가르친다는 요런 표현을 못했다고. 요 표현한 게 얼마 안 돼. "철학을 외워 가지고 철학을 가르친다." 야, 이렇게 좋은 말을 고걸 표현을 못해가지고. 너무 참혹해가지고 아마 그랬던 모양이지. 세상에 어떻게 철학을 외워 가지고 가르쳐요. 고얀 사람들이지, 아 유 아주 고약한 사람들이지. 수학을 외우는 게 우리나라의 수학이지. 수학은 점수 좋으려면 외우면 돼요. 수학은 이해할라고 그러면 점수 좋기가 틀려요. 무조건 점수 좋을라 그러면 수학은 외워버리면 돼. 그러면 인제 인생이 망하는 거야. 공부가 망하는 거고. 점수만 딸라고 하면.

남1: 수학 선생님들은 본인이 이해했다고 그러던데요.

현: 그 새끼들 결국 외워 가지고 잘하는 거야. 저는 이해한 줄 알아.

아리랑 고개, 달래나보지 고개

남1: 저 완전 말도 안 되는 소리 하겠습니다. 저는 드는 생각이 확실히 동양철학이 아닌갑다. 저는 죽음에 대해서 서양사람들은 그 문제를 해결하기 위해서 굉장히 집착하는데, 이쪽은 좀 안 그런 거 같이, 죽으니까 범사에 감사하라부터 해서 온갖 죽음 해결을 위한 복음들이, 우린 좀, 제가 과문해서 그런지, 좀…

현: 아니 그건 어처구니없다 하지 마쇼. 우리는 '죽는다'를 '돌아가신다'고 그래. 돌아간다야. 이게 우리의 오래된 개념이야. 하늘에서는 '아리'고 땅에 떨어지면 '동이'야. 하늘에 계신 하늘에 있는 '리'야. 그게 '아리'야. 하늘에 계신 '리'. 땅에 떨어지면 그물도 만들고 화살도 활도 만들 줄 아는 '동이'야, '동이'. 따라서 우리는 돌아간다고 생각하지 영 무슨 뭐 환생이니

영생이니 안 그래. 우리는 땅에 내려올 때 잠시 내려올 때에 '동이'고, '아리'고. 능히 저 오기 전에도 '아리'고. 그래서 우리도 죽어서 넘어가는 고개가 '아리'가 돼서 넘어가는 고개기 때문에 '아리 영 고개'야. 모든 마을에, 내가 이 쌩구라가 아니야. 평생 내 테마에 속에서 왔다갔다 갇혀 있는 인간이 되어서. 그게 '아리령 고개'라는 말이 '그런'이 '그랑'처럼 '영'이 아리'랑' 된 거. 발음이 얼른 뭐가 안 올 뿐이야. 꼭 곁말이야. 역전 앞, 외갓집, 서라벌처럼. '아리령고개'야. 고개 떨어져 나가버리면 '아리랑'이 뭔지 몰라 가지고 괜히 헛소리를 해 쌌고 그러는데. 어느 마을이든지 동구 밖 무덤으로 공동묘지 가는 고개 모퉁이가 '아리랑 고개'거든. 광주 분원 가면 그게 실감이 나. 문헌에는 무덤 있는 쪽이 '아리랑 고개'. 고 고개가 이름이 또 바뀌어가지고 '달래나보지고개'가 됐어.

희: 호 홍, 달래나보지

현: 누나하고 같이 가는데 비가 와 가지고 누나 몸이 하도 예뻐 가지고 동생 놈이 자기 성기를 짓이겨서 죽었다는 이야기야. 아주 그것도 아주 우리 토속적인 얘기야. 그 얘기 들어보셨죠?

희: 네.

인간의 욕망이 무한하다는 것은 자본주의자들이 세뇌시킨 것

남1: 저번 주에 이사장님이 하신 말씀이 "인간의 욕망이 무한하다는 것은 개구라다."

현: 그건 진짜 개거짓말. 자본주의자 놈들이 일부러 그렇게 세뇌를 시키고 있어요. 밥 한 그릇 먹으면 배가 불러서 밥 먹기 싫은 게 인간이야.

남1: 야 근데 딱 단원이 딱 맞아 떨어지는 거예요.

남2: 혹시나 다른 욕망이 생기는 거 아닙니까?

현: 아니오. 어쨌든 간에 욕망이라는 건 한계가 다 있어요. 요게 자본주의자 놈들이 일부러 우리를 귀족주의자 양반 놈들이 덮어씌웠듯이. 일부러요. 석가모니가 욕망이 무한인 것처럼 떠든 것처럼 그러는데, 목이 한없이 마르다 그랬지, 팔열(八熱)지옥이니까.

여: 근데 그때 이사장님이 어떤 인터뷰에서 보니까 돈 버는 맛은 아주 이렇게 너무 강렬하다고.

현: 끔찍해. 끔찍해. 그게 바로 자본주의의 그,

여: 그러니까 그것도 일종의 욕망 아니에요?

현: 그게 바로 자본주의가 거기서 확대한 거예요. 욕망조차도 무한대인 것처럼. 그 돈 버는 재미에. 그 권력이 무한히 권력자를 그렇게 되게 해. 권력자가 되면 그렇게 변하는 거예요. 인간의 권력욕이 강한 게 아니라. 권력을 쥐면 그렇게 되는 거예요. 돈을 쥐면 욕망이 자꾸 무한대로 부풀어요. 이게 다른 겁니다. 욕망이 무한한 건 쌩거짓말이야. 돈을 딱 쥐고 나면 와 완전히 뭐, 박정희 보잖아요? 권력 딱 쥐고 나니까 맞아 죽도록까지. 박근혜도 맞아 죽도록까지 가려고 그러나. 권력 자체의 속성이 그렇고 우리의 성질이 그렇고 또 명예가 그래요. 욕망이 무한한 게 아니라 명예, 돈, 권력이 계속해서 자기 추구를 하는 관성이 붙어요. 욕망은 그렇지 않아요. 실제로 그 사람은 물 한 주전자도 못 마시는데? 그렇잖아요? 물을 어떻게 한 주전자씩 마셔. 이런 큰 컵으로 한 컵 먹으면 두 컵 먹기도 어려운데.

남1: 이사장님 저번 주에 레슨 가 가지고 제가 수업 시간에 풀어먹었습니다. 허허.

현: 정말 애들한테, 겁내지 마라. 욕망은 정말 걱정하지 않아도 된다. 열심히 욕망을 가져라. 'Boys be ambitious!'라고 하는 그 말이 바로 '야망을 가져라' 욕망이 아니라 야망. 욕망보다 더 무지하게 큰 게 야망 아니에

요? 그 야망도 아무 문제가 안 되는데. 전혀 그걸로 신세 조질 일이 없는데. 욕망 따위가 뭘 어떻게 신세를 조져. 권력이 신세를 조지고, 돈이 신세를 조지고, 명예욕이 아니라 명예가 그 진짜 지식인들의 명예, 그건 참. 나아주 지식에 관해서 별로야. 이 대학교수님들 만날 때마다. 사실 내가 대학교수하고 별로 친구 안 하잖아.

희: 다행히도 제가 그만뒀습니다. 진작에 그만뒀어야 되는데.(웃음)

"자연법칙에는 정의가 없고, 인류 공동의 합의가 아니면 정의일 수 없다"

현: 민중한테 배우는 게 제일 중요해. 아 민족미학이 제일 중요한 거 민중한테서 배운다. 민중한테서 배운다야.

남1: 막걸리 안주는 새우깡이다.

현: 술의 안주는 인간이다. 사람 안주가 제일 최고다.(웃음)

남1: 최근에 제일 어려운 책을 봐가지고요.

현: 뭘 봤소?

남1: 중학교 도덕책요.

현: 중학교 도덕! 그거 진짜 어려운 책을 봤네.

남1: 여섯 장 안에, 아니 여섯 장 아니고 여섯 페이지에 고통, 고통의 원인, 동서양의 고통의 해결 방법, 이거를 여섯 장에, 여섯 페이지 안에 다 있어요.

현: 지가 국가 대학 교수도 아니고, 고통은 분명 의과대학에서의 대상인데, 윤리 교과서에다가 고통부터 다뤄?

남1: 제일 마지막 단원에 각 여섯 페이지에 인류사의 고민을 다 갖다 놔서 "와! 이렇게 어려운 게 다 있노?" 이럴 때 이사장님의 아우라가 필요합니다.

현: 간 큰 놈들. 진짜 간 큰 놈들이야. 나는 원래 개똥철학이라는 걸 해. 지금도 내가 개똥철학을 해. 철학은 개똥철학 이외는 쓸 데가 없어.

여: 한 단원은 정의에 대해서 나옵니다. 정의. 정의가 뭔지, 동양과 서양의 정의는 어떻게 다른지.

현: 그것도 다뤄? 고통, 정의. 하여튼 모르는 소리만 다 하는구만.

남1: 다 외울 수밖에 없습니다.

현: 내가 우리 학교에서 전에부터 하는 소리가, 자연법칙에 정의가 없습니다. 따라서 정의라는 것은 절대로 진리나 확실한 게 아닙니다. 인류 공동의 합의가 아니면 정의일 수 없습니다. 자연법칙에 내 늘 하는 소리가 자연법칙에 정의는 없습니다. 단, 몇 개 있지요. 회의를 안 열어도 회의를 열어서 하게 하는 게 있어요. 난 해보지 않지만은 이건 답이야. 나한테 싫은 일은 남한테 하지 마라. 이거 말고는 정의가 없습니다. 이건 정말 만약 소크라테스를 인용해서 정의라는 소리 하고, 석가모니를 이용해 가지고 정의라는 소리 하고, 공자 이용해서 정의라는 거 전부 다 쌩거짓말입니다. 그 사람들은 정의라는 말을 쓰지 않습니다. 함께 지혜롭게 생각해 만들어 가지고 함께 나눠 먹고 하는 쪽이 그게 진짜지 정의하곤 아무 상관도 없어. 요 정의 개념은 독재자 놈들의 자기 합리화입니다. 지배하는 하는 놈들의 자기 합리화로 정의를 만듭니다. 그 대표 선수가 바로 히틀러야. 다음 더 찜 쪄 먹은 새끼가 스탈린이야. 모든 자본주의 국가 대통령 놈들이 자꾸 정의를 만들어냅니다. 판사 놈들 통해가지고. 지가 아닌 체하면서 대통령 놈들이 정의를 만들어. 박정희가 얼마나 정의가 많습니까? 어휴 정의밖에 없죠, 박정희는.

말은 소용없어, "연기하기 딱 좋은 나이야"

현: 그리고 이 모든 것은 결국 말은 소용없습니다. 정말 말로 하면 안
좋아. 공연하고, 공연하고 서로 함께하면서 해야지 말로만 하면 그건 전혀
의미가 없습니다. 어렵기만 하고. 지금 내 말이 얼마나 어렵게 들릴 건지
나는 아주 걱정이야, 아주. 공연 안하고 이렇게 말로만 하는 거. 제가 그래
서 술자리 끝에서 음치 노래를 지 마음대로 불러 가지고 우리 세대들이 재
밌어 하거든. 확실히 음치거든 음치는. 근데 신나게 음치가. 술을 많이 먹
어야만 불러요. 술을 많이 안 먹으면 영 음치니까 영 체면이… 이사장이
어서가 아니고. 남 괴롭히는 게 음치 노랜데. 내가 이사장 하기 전에… 술
만 취하면 신나게 노래를 불러요 음치 노래를. 하도 신나게 부르니까. 인
간은 역시 음치라야 신나게 노래를 부른다고. 무대 공포를 느낄 필요가 없
어. 나도 이상하게 무대에 올라가면 신나, 장난 아니야. 난 무대가 있는 게
훨씬 즐거워. 지금 이거 봐 이게 무대거든. 배우 하려고 살았다가 한 번도
배우 못하고, 진짜 동아 방송국에 연출부로 갔더니 이게 또 박정희 선전해
먹을라고 해서 도망가 버렸어. 결국 한 번도 못했어. 나는 지금도 언제고
배우 할 기회 있을 거라고 아직도 기대를 하고 있거든. 진짜로 내가 언제
고 배우는 할 거다. 그러고 보니까 평생 배우야. 평생 건다고(건달이고), 이
그냥 지랄 떨고. 평생. 늙어서 이러니까 주책이라는 느낌이 더 많을 뿐이
지만, 주책이 뭐 어딨남? 난 평생 배우를 못해 가지고 사는 거 자체를 연기
로 사는 걸. 어디가 어때서? 내 나이가 어때서! 딱 연애하기 좋은 나인데.
딱 연기하기 좋은 나인데.

---

* 1993년 11월, 부산 중앙동에서 창립한 민족미학연구소는 2000년 1월 문화체육관광부에 사단법인
으로 등록을 마침으로써 민족미학을 연구하고 실천하는 민간연구단체로서 면모를 갖추었다.
미학, 민속학, 철학, 사회학, 문화인류학, 한국문화학 등을 전공하는 연구자들과 민족문학, 민족연희,

민족미술, 민족음악 등을 창작하는 작가, 예술가들로 구성된 민족미학연구소는 초대 이사장으로 조성래 선생을, 고문으로 김윤수 선생과 김지하 시인을 모시고 10여 인의 이사진과 창설자 채희완 소장 등으로 출범하였다.

추구하는 학문의 성격은 "이땅의 미적 삶의 세계형식을 논구하는 생명미학, 민족문예전통의 실천이론을 검증하는 민족미학, 새로운 세기 미적 비전을 예감하는 동아시아미학 등으로 규정하고, 이를 민족의 현실과제와 민중적 전망의 한가운데서 입론하고 시민대중 속에서 실천함을 목표로 삼았다.

2015년 1월, 조직 구성원을 새롭게 하고 새 이사장으로 채현국 선생을 모시고서는 생명과 평화의 미학시대라는 민족미학연구소 제 2기가 출범하였다.

* 이를 기념하여 새 이사장으로 추대된 채현국 선생과 소장직을 유임한 채희완 교수의 대담을 2014년 12월 15일, 양산 덕계 소재 개운중학교 교장실에서 진행하였다. 학문적 흥취가 오른 후반부는 인근 주막으로 이어졌고 주변 학교의 교사 술꾼들도 일부 합세하였다.

대담의 내용은 '놀이'와 '굿'의 문화생성적 의미를 해석하는 데서 출발하였다. 나아가 민족미학의 지향은 현대판 '일과 놀이의 합일'에 있고 이는 공감과 신명이라는 공동체의식의 공유에 가로놓여 있음을 천명하였다. 이윽고 민족미학의 토대는 다른 무엇보다 민중에게서 배우고 스스로 익힌다는 삶의 태도에서 비롯됨을 강조하여 합의를 본 셈이다.

녹취 및 채록은 임양희, 이학진 등 연구소 소식지 편집위원이 맡았고, 채록본은 대담자의 손길을 거쳐 소식지 『바람결 風流』 제 75호, 76호(2015년 봄 발간)에 나뉘어 실렸다.(글 채희완)

부산무위당학교 강좌

부산에 있는 민족미학연구소에서는 2017년 11월 2일부터 한 달간 목요일마다 부산한살림과 공동주최로 부산한살림 활동공간 '결'에서 부산무위당학교 4기 시민문화대학 강좌를 열었다. 네 번으로 나뉜 강좌의 첫 번째는 '생각하는 놀이마당'이라는 제목의 채현국 선생의 강좌였다. 민초들이 마련하는 시민강연이 아닌 전문학술강좌에는 좀체로 초정에 응하지 않는 채현국 선생은 본인이 이사장으로 계신 민족미학연구소의 강좌여서인지 마지못해 이야기마당에 나오셨다. 그런데 아니나 다를까 이날 따라 '생각에 생각하는 놀이마당'으로 삼아 세 시간을 흥겹게 잘 노셨다. 다음 글은 그 강의를 민족미학연구소 소식지 『바람결 風流』 편집위원들이 녹취하여 풀어쓴 것을 재편집한 것이다.

강연할 때마다 그러는데, 여기 이렇게 어려운 걸음을 하신 여러분한테 시간 아깝게 하면 이게 제일 문제다라는 생각을 합니다.

여기 오신 분들 중에서 조금은 관심없는 사람은 고답적으로 들으실는지 몰라도 지금 현재의 우리말들 중에 잘못된 말들, 아무렇지 않게 쓰는 우리말들, 대표적으로 '친일파', '친미파', 이런 말은 '부일배', '부미배', 이런 더 정확한 우리의 표현이 있는데도 그렇게 씁니다. '친일파'가 왜 나빠요? '일본과 친한 사람들, 무리들', 그건 나쁜 말이 아니야. 일본하고 친해야죠. '친일파'가 있어야죠. '미국하고 친한 무리들', 당연히 있어야죠. '부일배' 그러면 나쁜 일본놈 앞잽이 해먹는 잡놈들이라는 소리가 되지요. 결국 해방공간에서 신문사 일하고 잡지사 일하는 이것들이 완전히 친일파들이고, 부일배가 대부분이거든요. 그러니까 이 인간들이 일부러 좋게 '친일파'라고 해서 우리말을 나쁘게 맨든 겁니다. 그래 그 후에 오늘까지도 '친일파'라는 말을 쓰고 있지요. 아무도 항의 안 하거든. 왜 우리말을 나쁘게 자꾸 애매모호하게 만드느냐!

나쁜 일본 앞잡이 해먹은 잡놈은 '친일파'가 아니라 '부일배'

오늘 우리가 이름 붙인 '놀이마당'도 그래요. '노래'가 떨어져 나갔기 때문만이 아니라, 일본사람들이 우리말을 하도 깔아뭉갤려고 하니까. '무용'이란 말을 쓰지, '놀이'란 말을 지금 무용가들도 안 쓰지 않습니까? 소리와 동작이 합쳐져 있어야지만 춤이거든요. 그래서 그게 우리는 놀이입니다. 마당놀이든 탈놀이든 놀이라는 거 자체는, 노래란 말이 빠져나가든 안 빠져나가든 아무 상관없이 소리와 동작이 합쳐진 것이 우리의 '놀이'인데, 왜 자꾸 우리말을 이렇게 나쁘게 맨들어요? 실제로 우리가 잘못해가지고 멀쩡한 우리말을 나쁘게 해요. 날라리 치는 것이 놀이는 아니거든요. 기계가 잘 논다, 해요. 예. 하도 기가 차서 인간이 나쁜 짓 하면 "잘 논다" 카는 게 기가 차서 하는 소리죠. 정말 잘 놀아야 할 걸 뒤집어 놓는다, 이 소리인데. 우리의 논다는 말은 서구 언어의 'play'나 똑같이 'play football', 'play the piano', 인간이 당연하게 할 짓을 잘하는 동작 하는 것이 놀이니까. '놀이'란 말을 지금부터라도 다시 우리가 정당하게 써야 합니다.

그런 우리말들이 한두 가지가 아닙니다. 우리 남북이 갈라져 있으면서는, 주류(主流)가 관심없는 것, 이쪽에서는 빨갱이고 저쪽에서는 반동입니다. 이게 식민지 때문에 갈려져 있는 거지, 우리가 그 주류라는 것들이 그렇게까지 어거지로 영향받아 가지고, 어거지짓을 해왔어요.

소리와 동작이 합쳐진 것이 '놀이'

저는 오늘에서야 알았습니다. '국민윤리'라는 한때 반공 과목으로 있었다는 걸. 국민윤리라는 것을 만든 것이, 나는 안 배운 서울대학 철학과 교수가 그 작업을 다 했는데, 그래서 나는 그걸 몹시 부끄러워하고 치사해하고 창피해합니다. 더구나 그걸 가지고 중·고등학교가 반공과라는 과목으로 대학갑니다. 그러다가 국민윤리로 바꿨답니다. 이런 '반공'이라는 말도 세상에 부끄러운, 우리말을 망쳐놓은 말입니다. "공산주의를 반대한다", 그건 말도 안 되는 소리예요. 인류 문화유산이 된 맑시즘을 반대한다? 그건 전혀 오류입니다. 스탈린은 공산주의를 망친 자이지 공산주의자가 아닙니다. 독재 해먹을라고 공산주의 단어를 써먹은 인간이지, 전혀 공산주의자 아닙니다. 똑같이 우리는 거꾸로 '반공'이라는 말을 아무렇지도 않게 창피한 줄도 모르고 그 말을 씁니다. 우리들은 말을 이렇게 생각 안 하고 말을 쓰고 있는 데에 문제가 있는 겁니다.

처음에는 분명히 박정희 밑에서 박종홍의 이름으로 국민교육헌장 맨들고 할 때는 국민윤리입니다. 그건 내가 철학과에서 가르치는 것에 교사자격증 못 주게 하려고 방해를 많이 했기 때문에 꽤나 기억하고 있습니다. 말을 잘못 쓴다고 하는 거는요, 결국 그 사회를 썩게 하는 겁니다. 이제는 '반공'이라는 말 같지 않은 말은 말이 안 되는 소리니까, '반사회주의' 카면 말 돼. 레닌까지는 몰라도 스탈린 그 자는 공산주의자 아니요, 그냥 독재 지향적인 개인주의, 영웅주의, 그런 사람에 지나지 않아요.

맑스가 맑시스트가 아니듯이, 석가모니도 불교도인 적 없습니다. 석가모니 자신이고 부처님 자신이지. 이거 착각하고 있는 겁니다, 우리 모두가. 예수님이 왜 기독교 신자입니까? 예수님은 자신이지. 기독교 신자 절대로 아닙니다. 공자? 유가가 아닙니다. 공자지. 유교는 한 나라를 통치하기 위해서 맨든 거지. 공자는 한 나라를 독재해 먹으라고 말한 적이 없어요. 전부 오염시킨 겁니다. 현대에 와서 우리가 이런 거 전부 정신차려 가지고 있어야 돼요.

이런 거꾸로 가는 것 때문에. 특히, 가르친다, 하고, 내가 학교 관계 일을 늘 하고 있으니까. 가르친다는 말은, 젊은 사람들한테 사람 사는 도리나 가치관을 넓히면서… 이런 거는 가르친다는 말을 안 합니다. 지가 배우고 깨닫는 거지. 그래서 학교지, 배우는 집이지. '교육'이라는 말 자체가, 그 명칭이 일본의 명치유신 때 서양말의 번역어인데 제일 악의적으로 번역을 했어요.

서구 군중들이 교황으로부터 지배권을 탈취해 내려고 학교 한 걸 아니까, 바로 그 수단을 명치가 사용한 겁니다. 지금도 아무렇지 않게 교육이란 말을 자꾸 쓰는 것부터가 대단히 수치스러운 일입니다. 우리의 빨갱이란 말도 일제시대 형사의 말입니다. 아까 빨갱이란 고 자체가 일본말입니다. 아무렇지도 않게 일제 순사놈들이 사람한테 일본말 고대로 빨갱이란 말을 쓰고 있습니다. 학교에 가는 것 자체가 명치 신민이 되기 위해서 가는 거고 명치의 신민을 키워내는 게 학교입니다. 그 전통 위에 우리들 학교가 쓰였기 때문에 학교 교육이 저렇게 썩어 있는 겁니다. 학교 교육에 너무 의지하고 믿으면 못씁니다. 명치의 신하 키우려고 만든 게 학교인데, 학교 내버리고 학교 안 댕긴 짓 한 번 못한 사람 중에 뛰어난 창의적인 학자 안 나옵니다. 학교 때려쳐본 적 있는 사람한테서 겨우 창의적인 학자가 나옵니다. 틀림없습니다, 그거는.

여러분 중에 여기 일생을 사시면서 이렇게 종교나 이념이 배반자에 의해서 그 이념이 되고 배반자에 의해서 그 종교가 되었다고 이렇게 명백하게 말하는 소리 안 들어봤을 겁니다. 그게 정말 학교하고 짜고 치는 고스톱입니다. 몽땅 짜고 하기 때문에 그런 현상이 나타나는 겁니다. 내가 똑똑해서 이런 걸 아는 게 아니고 하도 짜고 치는 걸 많이 봐가지고 그래요.

학교 때려쳐야 창의적 학자가 나온다

저도 '기억'으로 안다고 알고 살았거든요, 기억하고 안다는 거는 얼마나 천양지차인데. 그 얼개를 알고, 그 까닭을 알고, 그 모든 걸 이해해야 안다고 하는 거지. 그러나 뭐가 뭐다라고 하는 거는 기억에 지나지 않습니다. 절대로 아는 거 아닙니다. 그런데 우리는 기억을 자꾸 안다고 우기면서 그 꼴로 지금도 그렇게 하면서 삽니다. 기억하는 걸 자꾸 안다고 우기고 살아요. 더구나 실제로 알아봤자 그거 시제는 과거입니다. 아는 순간 이미 그거는 과거 시제인데, 고정관념 따로 없습니다. 아는 거 전부가 고정관념입니다. 현재 '안다'는 뭡니까? '알지 못한다'가 현재 시제입니다. 절대 우리는 알지 못한다, 그러면 그거는 현재 시제입니다. 안다 카면 전부 과거야. 이것도 전부 '안다'와 '알지 못한다'를 헷갈리고 있죠? 더구나 '알지 못한다'와 '모른다'를 구별하는 사람, 여기서 봤습니까? 나부터도 '알지 못한다'고 하는 거는 전부 '모른다'고 하지. 모른다는 것은 전혀 지적 대상이 아니에요. 지적 대상 바깥이예요. 근데 어떻게 모른다는 말을 쓰고 삽니까? 생각이라는 게 있거든. 생각이 모른다를 생각을 하는 거요. 알지 못한다도 생각하고, 아니다도 생각하고, 기억도 생각하고, 생각이라는 게 요놈이 희안한 물건이 돼가지고.

아는 순간, 과거 시제이고 고정관념이 돼, '알지 못한다'가 현재 시제

누구도 4차원까지 갈 수 있어. 오차원이 뭔가 하면, 오차원 이상에 속한다는 것이, 언어가 그렇거나 생각이 그렇거나 아니면 또 무한대가 그렇거나, 이 어느 것 중에 하나가 오차원일 거고. 또 하나가 육차원일 거고. 다 차원이 다르다. 분명한 것은 무한이라는 거하고, 우리가 언어라는 거하고 같은 차원이 아닙니다. 또 생각을 언어로 한다고 하지만 생각하고 언어는 또 차원이 다릅니다. 동일 차원은 아닙니다. 하여튼 오차원 이상입니다.

오차원이 그렇던가, 육차원이 그렇던가, 다 차원이 다릅니다. 아마 이런 어간 중에 하나가 오차원일 거고, 하튼 오차원 이상입니다. 그럼 기억, 안다, 알지 못한다, 모른다, 그러나 생각은 헷갈리지 말아야 할 거 아닌가. 착각이라는 건 끊임없이 착각하는 것. 착각이라는 것, 착각이라는 것, 또 착각하고 착각하고… 그래서 데카르트가 말하는 코기토가 될 거거든요. 데카르트가 어떻게 처음부터 그런 뛰어난 걸, 어떻게 생각해낸 것입니까? 무한히 착각이라는 것을 안 끝에, 착각이라는 걸 아니까, 코기토라는 게 나오죠.

착각하는 것은 인간의 근본이니까, 착각하더라도 착각인 줄 확실하게 생각해야 합니다. 우리는 끊임없이 착각하는 사람이지, 데카르트가 말하는 그 즉각 착각부터 우리가 생각하니까, 인간은 신의 피조물이 아니라는 생각까지 해내는 겁니다. 깨닫지 못하는 착각은 제일 난감한 것입니다.

착각하는 건 인간 존재 근거가 되는 착각이라는 것을 아는 겁니다.

착각이라는 것을 생각하는 게 '코기토'

언론의 자유가 없던 시절에 화형당하지 않을려고 "신의 피조물, 아니다." 이 소리를 그렇게 한 거니까. 착각인 것을 확실하게 생각을 해야 돼.

이런 류의 생각이 얼마나 우리가 헷갈리고 있는가. 우리가 학교에서 나 어릴 때나 얼마나 우리를 생각하도록, 아버지나 어머니나 학교가 얼마나 우리를 생각하도록 가르치느냐, 가 문제요. 생각을 규제시키고 생각을 헷갈리게 하는 게 학교가 하는 일이지 않습니까?

부모가 사랑이라는 이름으로, 자기 요구로 자꾸 사랑이라고 우기고 있습니다. 자기 자식 잘되길 바라는 자기 요구, 그건 요구지 사랑은 아닙니다.

남녀 간에도 마찬가지고. 서로 상대에 대한 바람을 사랑으로 자꾸 우깁니다. 사랑도 분명 배우지 않고서는, 요구하고 사랑하고는 헷갈립니다.

좋은 생각을 하면 되는데 요새 마침 생각하기 좋은 책이 나왔기에 얘기하기 쉬워졌습니다. 유발 하라리가 쓴 『사피엔스』나 『호모 데우스』나, 그거 읽으시면 덜 헷갈립니다.

마침 『치즈와 구데기』를 쓴 칼 진즈부르그, 그건 번역한 사람이 너무 착실하게 잘 번역해보려고 큰 욕심을 내가지고 우리말판 읽으면 더 모릅니다. 영어판 사서 보이소.

『사피엔스』도 영어판이 10달러도 안합니다. 9달러 99센트입니다. 우리말로 자꾸 읽으면, 가령 『임꺽정』이 읽어서 벽초의 사고 방식을 읽어 배워내겠습니까? 그럴려면 한 댓 번을 읽고도 생각하고 생각하고 해야지. 너무 익숙한 말로 읽으면 안 돼요. 좀 어려운 영어 잘 몰라도 낑낑대면 사고방식을 배우게 됩니다. 마침 좋은 『사피엔스』나 또 1시간짜리 동영상 있는 거 나는 아직 못봤고. 『사피엔스』도 별로 읽지 않았습니다. 건방진 말로 들리겠습니다마는 아무한테도 추천도 못받고, 책방에 『사피엔스』그게 있어, 그래서 뽑아봤더니, 그게 3~4년 전입니다. 한 2~3년 전부터, 야, 젊은 사람들과 생각한 것이 내가 아주 엉터리로 근본적인 오류를 범하지 않았나 의심하고 생각하고 있었는데, 내가 아주 엉터리로 모르고 한 것은 아니었구나, 했지요. 책 제목도 그렇고, 우와, 이 사람이 완전히 내한테 배운 것처럼 내 사고방식을 빼 닮아서, 백배 천배 얼마나 반가운지.

그래서 5분, 10분 보고 말아야 되는데, 근 1시간 가까이 무식할라고, 여기 봤다, 저기 봤다, 들쑥날쑥으로 봤어요. 『반야심경』도 대가리부터 쭉 안 읽습니다. 외우면 잘난 척하고 까불까 봐. 『반야심경』도 차례대로 한 번도 다 읽어본 적이 없습니다. 몰라야지 못 까불지. 내가 원래 잘난 척하고 까불기 잘 하는 사람이라. 이 책이 참 반갑더라고. 나처럼 생각한 게 있으니까. 온통 근본에서 틀리진 않았는갑다 싶어가지고. 대단히 반가워. 특히 동영상 만들어 놓은 게 알기쉽게 돼있다 합디다. 베껴가지고 나누이소.

지금 이제 이만큼 내 얘기는 했고, 아주 난감하고 고약한 질문해주소. 모르면 모른다 할 거고, 알면 그 얘긴 안 한다 할 거고.

무한이 들어가면 모순 일어나

청중: 무한소와 무한대를 어떻게 인식합니까?

채: 이미 무한은 무한이 끼면 모두 모순입니다. 우리는 무한을 4차원을 넘어설거라 하겠는데, 그게 반드시 무슨 일을 일으킵니다. 기껏 지적하길 모순이라고 확실히 공인을 했거든요. 그거 300년 가까이 증명했는데, 지금은 쉽게 끝났을 겁니다. MIT 등 과학에서 100년 안 지나서 쉽게 끝났을 겁니다.

우리가 다룰 수 있게 아무리 나눠도 무한이, 그런 개념을 이해할 수가 있겠습니까?

그럼 리미트하고 무한은 같은 거냐? 아무리 해봤자 무한댄데 리미트와 과연 이콜이냐?

알지 못한다 하고, 모른다 하고 헷갈리는 사람이 무한 개념이 들어가면 모순이 일어납니다. 그럼 모순이라고 보면 됩니다.

인간 없는데 신이 있습니까? 원숭이한테 신이 있습니까?

인간이 신을 찾아내고, 만들고 했는데, 사람, 지가 신처럼 해야지, 지는 안 하고 아무것도 안 합니다. 이건 완전히 헛소리입니다. 신은 인간의 창조물일 뿐입니다.

인간이 신을 만들어냈을 뿐

자기 독생자를, 예수가 피를 흘려가지고 우리가 다 죄를 씻었는데, 그럼 우리 인간이 예수 죽은 이후에는 악질이 안 나와야 할 거 아닙니까? 근데 왜 악질은 이렇게 더 많습니까? 우리가 신이 되는 길밖에 없습니다. 그렇게 행동하고 그럴 수밖에 없는 겁니다.

지도 믿지 않는 신 팔아먹고 사는 놈들이 있거든요. 예수 팔아 장사하는 놈들. 정말 신이라는 게 있다면, 지 외아들 죽인 놈들, 그 피로 다 인간들 맑아졌다고, 용서되었다고 하고도 여전히 악질만 생산해내고 있습니다. 그 안에 박근혜도 들어가고 명박이도 들어갑니다. 히틀러 살인마만 들어가는 게 아니라.

딴 거 좀 물어봐주이소. 이런 독한 소리 해도 되나, 해서 벼락을 맞을 것 같은데. 그렇게 우리는 길들고 있습니다. 이 말 하면 나부터가 길든 대로 말하고 있는 거거든요. 길든 대로 사는 건데요. 결국은 나는 내가 길든 대로 말하는 거지.

자, 좀더 물어봐주시면 고맙겠습니다.

한반도라는 단어를 써주셔서 고맙다

청중: 저번에 한반도에서 보면 미국도 이렇게 좀 넘어오고 중국도 넘어오고 일본은 뭐 수도 없이 많이 넘어왔었고, 누가 얘기하던데, 최근에 한반도 이북 땅이기는 한데 경술국치일을 기념해서 일본 열도 위로 미사일 한 방 세게 날린 거, 그거 말고는 외부로 나간 적이 없는 그런 특이한 민족들이 사는 한반도인데, 어떻게 우리가 슬기롭게 살면 좋은 건지요?

채: 참 질의자 선생님이 한반도라는 단어를 써 주셔서 고마운 기, 그래요. 지난 8월 15일에 문재인 대통령이 "한반도의 전쟁은 우리가 결정한다." 그때 북조선도 아니고 남한도 아니고 한반도라는 단어를 썼다고 말씀한 거, 난 상당히 그거 지혜로운 표현이라고 보거든요. 북에서든 남에서든 어느 쪽이든 전쟁을 일으키는 그쪽은 침략자라는 소리 아닙니까. 우리들이 반대를 하든지 뭐를 하든지 간에. 미국과 소련의 냉전시절에 우리가 희생자라는 소리만 해도 빨갱이였습니다. 지금도 아마 반공법이나 보안법에는 그런 표현은 잘못하면 빨갱이로 몰리게끔 아마 그 법이 아직 안 고쳐졌을 겁니다.

나는 간단합니다. 양방이 다 영세 중립국으로 가는 걸로 합의할 수밖에 없다. 소련도 중국도 일본도 미국도, 우리가 침략할 능력 없으면 우리가 중립국으로 사는 수밖에 없지. 우리가 남을 안 쳤다고 말할 수도 없어요.

한(漢)민족이라는 개념, 동이족이라는 단어

바로 우리하고 같은 족속인, 서양 세력의 민족이란 개념 있기 전에, 이성계가 여진인이니까, 청나라 사람들이, 여진 사람들이 중국 지배했잖아요. 우리 패거리가 계속해서, 우리 패거리 아닌 놈과 우리 패거리가 역사의식을 그렇게 가지고, 바꿔가지고 지배하고 있습니다. 진시황 때까지 진나라

때까지는 동이족(東夷族)입니다. 주나라 밑에서 서이 밑에서도 동이족이고 한나라가 비로소, 자꾸 한족이라는 민족을 그런 대 위대한 민족이 옛날부터 그런 개념이 있는 줄 아는데 그거 손문이 만들어 낸 겁니다. 자기 정체성 모르는 대다수 중국에 살고 있는 녀석들한테 자존심 주기 위해서 한(漢)민족이라는 개념을 세웠어요. 자기 정체성 잃은 사람들한테 다 너거는 한족이다. 그래서 민족주의가 나오기 시작했거든요. 왜냐면 한나라 전에 그 많은 중국인은 다 무슨 족이에요? 그러면. 한나라 전에 너거 땅에 살고 있는 족속은 누군데? '서'가 우리말이야, '서'가 서라벌의 '서'야. '서'가 '신', 새롭다는 옛 발음이고. 진시황부터 자기네들이 권위를 만들기 위해서 '서이'라는 개념을 맨들거든. 동이도 '이'는 '이'야. 그런데 우리는 새로운 '이'다 하고.

우리 '동'자는 우리 말인 게 분명해. 동아줄, 동그래미, 그 '동'입니다. 그물을 아래위에 묶은 글자가 동녘 '동(東)'자입니다. 나무 위에 해가 뜨는 글자가 아니고 그물을 아래 위에 묶은, 활이 말을 안 들으니까 활줄을 가지고 그물을 맨들어서 물고기 잡아먹었던 겁니다, 강남 우림지대에 가 가지고. 그러다가 북쪽에 올라가 가지고 활도 탄력을 회복하고 그물도 회복하니까 그 그물까지 가지고 있는 이족의 한 패거리가 이족 전체를, 동족이 이족을 다 합치니까, 따라서 동이족이라는 거는 노자의 말처럼 본래의 족이라는 말이 아니고 동족이 이족을 총통합을 해가지고 동이족이 된 겁니다. 아직도 우리는 그런 개념 전혀 안 가지고 있습니다.

자, 만족한 대답이 됐는지는 모르겠습니다마는 정말 여기 오신 분들이라도 총체적으로 보시도록, 가르친 대로 생각 안 하시도록, 신문이 떠드는 대로 하시면, 그건 헛소립니다. 저는 지금 신문 안 본 지가요, 박정희가 권력을 쥔 70년대, 사형을 4월인가 그때 그 여덟 명 사형시키면서 기사가 안 나길래 그때 10월부터 신문 끊고 안 봤습니다. 나는 여러분들이 아는 것 중에 모르는 것 천지입니다. 신문을 그렇게 오랫동안 안 봤으니까. 37년을 안 봤으니까, 남이 말해주면 알고. 박정희가 사형선고 내려놓은 것을 집행하면서 지가, 겁 줄라고 8명을 사형시켰거든요. 그러고도 끝까지 신문에 안 났습니다. 기다리고 기다려도 신문에 안 났습니다. 실제로 그게 더 무섭거든, 신문에 나는 것보다. 신문이라는 게 그런 걸 안 내는 기 신문이고, 그렇다면 나오는 건 전부다 그자들이 허용한 기사만 나온다 싶어서 안 본 기 고마 오늘날까지도 안 보게 된 거지요.

다민족 국가 이기면 골치 아프다

또 딴 질문 없으실까요? 궁금하신 거 많을 텐데. 일단 거북한 것도 상관없습니다.

청중: 우리가 어떻게 하면 미국을 이길 수 있습니까.

채: 제발 미국 이긴다는 말 포기부터 먼저 하십시오. 다민족 국가 이기면 골 아픕니다. 거란족들이 중국 들어가서 거란족 사라지고, 요 금 다 거란 아닙니까. 다민족 국가 먹는 순간에 사라집니다. 청나라, 우리 눈 앞에서 청이 사라졌습니다. 중국을 먹어 이겼기 때문에 사라져버렸어.

청중: 선생님, 중립국은 돼야 하지 않겠습니까?

채: 그래서 아까 영세 중립국밖에는 미국하고 상관 안 하고 살 수 있는 길이 없지 않냐. 미국은 여기에 아무 관심도 없어요. 뭔 관심이 있겠어요, 말단 관리들이나 지 자리 때문에…. 쳐다도 안보니까 몰라, 여기 무슨 일이 일어나는지.

일본에 지식인들이, 식민지 조선에서 일본인들이 어떤 만행, 악행을 했는지 모른 체하기 때문에, 실제로 모릅니다. 아베만 해도, 지 애비, 지 외

할아버지, 다 아주 친한파로 조선 사람들하고 친하니까 지도 조선 사람하고 굉장히 친해. 그런데 말은 저따구로 하고 정치를 저따구로 하고, 이게 인간의 실체입니다. 조선하고 친했던 이들이 전부 정한론자가 됩니다. 실제로 일본의 정한론자는 그 전에 바로 친한 이들입니다. 거기에는 이런 열등의식도 있다고 봐요. 저거가 살기 좋은 데로 도망간 건데, 살기 좋아서 나가놓고는 쫓겨난 것처럼 생각하는 그런 열등의식도 좀 있습니다. LA가 여기가 잘 잘산다 카니까 LA에 지식인들이 우리 잘산다는 거 그렇게 괘씸해하고 배 아파 합니다. 먼저 도망온 기 창피하고, 미국에서 고생했거든요. 요게 꼭 묘한 인간의 자기 합리화 때문에 그런 아주 보복심리가…. 농담 안 하고 일본의 어느 사람이 표현을 그렇게 합디다. 우리가 실제로 명치유신 이전에 반도에서 온 사람은 다 일본 사람이고 명치유신 이후에 온 것만 우리가 조센징이라고 그러지 않냐. 명치유신 때문에 이렇게 된 거 아니냐. 민족이 사라질 걸 생각 안 하고 다민족 국가 이겨서 뭐 할라고?

청중: 한 번은 이겨봐야 안 되겠습니까 선생님.

채: 그거 그렇게 행복한 생각 아닙니다.

전시작전권, 독립국가의 자주적인 자기 권리

청중: 선생님 지금까지 하신 말씀 다 동감하지만 작전권이 없는 우리 민족이 우리의 자유를 보장할 수 있겠습니까?

채: 미국이 대답 안 하고 있는 거 압니까?

청중: 예.

채: 돌려 달라 했을 때 암말도 안했습니다. 자기 주권을 또 찾겠다 해놓고는 또 안 받겠다 하니, 정신병자들 아닙니까. 독립 국가의 자기 권리 아닙니까. 달라 말라 할 것도 없습니다. 이제부터 작전권 우리꺼다 하고

통지하면 그만입니다. 전시에 미숙한 한국 군대 지휘관한테 미국 청년의 목숨을 맡길 수가 없어서 행정적인 잠정 절차로 작전권을 저거가 가진 거거든요. 통지로 끝날 꺼지 회담꺼리가 안됩니다. 독립국가의 자주적인 자기 권리인데 무슨 회담꺼리가 됩니까. 달라고 말하는 것부터가 어리석은 거지. 통지하면 그만입니다. 전시 군사작전권은 우리꺼다. 누구한테 달라는 것부터가 식민적인 근성입니다.

'통일'은 정치 용어, 함께 같이 살면 되는 것

청중: 남북통일이 가능할까요?

채: 저는 그 '통일'이라는 말 전에 '함께 살기' 같은 말을 하지. '통일'이라는 말은 분명히 정치 용어입니다. 정부의 통일이거나, 국권의 통일이거나, 국토의 통일이거나, 어쨌든 간에 정치 용어입니다. 굳이 정치 용어 이전에 자연스러운 '함께 살기'란 우리말이 있는데, 함께 같이 살면 되는 거지, 왔다 갔다 하면 되는 거지. 통일이라는 말 꼭 쓰는 놈들은 통일하기 싫어서 일부러 안될 수밖에 없는 용어를 쓰고 있는 겁니다. 뭐하러 통일이라는 말을 꼭 씁니까? 휴전선에 모든 군인들이 이제부터 안 쏘겠으니 올려면 오고 말려면 마라, 우리는 안 쏜다, 하고 선언해버리면 그만입니다. 그 말 한 마디면 끝나는 건데, 아까 전시작전권하고 비슷합니다. 우리는 안 쏘겠다. 오든 말든 우리는 쏘지는 않겠다. 너거도 좀 그렇게 생각하면 안 되나? 통일이라는 말은 상당히 골치 아픈 우리가 잘 모르는 정치용어입니다.

청중: '함께 살기'는 가능한가요?

채: 가능한 정도가 아닙니다. 나 같은 늙은이들이 "쏘려면 쏴라, 하여튼 우리는 북쪽에 간다. 뒤에서 쏘든, 앞에서 쏘든." 하고, 와르르르 몇 천 명이 올라가버리면 그거 쏘겠습니까?(청중 웃음)

나이 먹은 놈들 우르르 가겠다고 하면 지들이 어쩔 거야. 미국이 쏘나? 그럼 미국이 쐈다고 전 세계에서 난리난다, 이놈들아.

뭐 함께 못 살 것도 없지요. 어떻게 우리 국민 하나하나가 반공사상에서 해방되고 자유롭게 생각하느냐에 달려있습니다. 반공 따위, 그 말도 안되는 우리말 망치는 그 따위 말 자꾸 쓰는 한은 어렵지.

자, 제가 사실 건강이 별로 안 좋습니다. 아파가지고 영 시원치 않습니다. 꼭 묻고 싶은 분은 하십시오만은….

청중: 자본주의 사회에서 돈 버는 재주, 여기 있는 사람들한테 좀 가르쳐주십시오.

자본주의 사회에서 돈 버는 법

채: 자본주의 사회에서 돈 버는 게 그렇게 어렵진 않습니다. 누구나 다 벌라고 하니까 어렵지. 내 혼자서 벌어서는 혼자 버는 거밖에 안되잖아요. 남들로 하여금 의미를 느낄 수 있는 일을 같이 하면, 아! 내가 이렇게 이런 일을 할 수 있는 사람이구나라는 걸 느끼면 목숨 내놓고 일합니다. 그건 그렇게 어려운 일이 아니잖아요. 모든 사람이 자기의 의미를 발견하고 자기 하는 일에 대해서 자신감을 갖게 하는 거는 조금씩만 성취감이 있으면 자신감을 갖거든요. 난 그걸로 돈 번 겁니다. 남으로 하여금 신나게 맨들어 가지고. 농촌에서 쫓겨나오다시피, 밥을 굶어서 할 수 없이 죽을 줄 알고 탄광에 왔는데, 탄광이 뭐 거지 탄광이죠, 죽 나눠먹고 하는 거지 탄광이지만, 자기가 그런 일을 할 수 있다는 것에 대해서, 먹고 하고, 월급도 조금이라도 주지, 밥을 주지, 밥 얻어먹는 것만도 황송한데 월급까지 조금 주거든, 얼마나 신납니까? 농촌서 배 쫄쫄 굶다가, 그러니까 자기 동네사람 자꾸 불러들이지. 신이 나지, 자기 덕에 동네사람들 와서 밥 먹고

월급까지 조금씩 받으니까. 그 사람들이 목숨 내놓고 일하니까 떼돈을 번 거지. 내가 무슨 수로 떼돈을 법니까. 그 사람들로 하여금 자기가 이런 능력이 있다 하는 걸, 지가 느꼈지 내가 맨든 겁니까? 자기들이 그렇게 한 겁니다. 조금 힘들게 줄려고 나는 애쓴 거지요. 그러니까 그걸 느낍니다, 사람들이. 내 먼저 가질라고 안 하고, 가져봐야 몇 푼 안되는 거 그거 가져봐야 뭐해요. 열심히 어떡하든지 공평하게 줄라고 애썼더니만 떼돈을 벌게 해줍디다. 제일 많이 이익이 날 때는 10월, 11월, 12월, 1월, 2월, 5개월 동안은 웬만하면 순이익이 100만 달러 돼요. 그때 60년대 때에도, 지금 100만 달러가 아닙니다. 엄청난 돈입니다. 돈으로 끄는 판인데 뭐 어떻게 떼부자가 안됩니까.

조금의 배짱과 용기가 있어야 돈을 법니다. 조금 내가 안 먹고 나하고 같이 일하는 사람 조금 더, 너무 빨리 나눠먹어도 망하고, 너무 천천히 줘도 망합니다. 벌 수 있다는 확신 같은 배짱이 제일 중요합니다.

돈은 정말 어떻게 버느냐? 남 싫어하는 일을 아주 기꺼이 하면 법니다. 어렵지 않습니다. 큰 돈 필요한 게 아닙니다. 큰 돈 있어봤자 골만 아프고, 모든 부자한테 돈은 일거리지 돈 아닙니다. 모든 사업과 돈은 일거리에 지나지 않습니다. 없으니까 그게 부러운 거고 하고 싶은 거지. 옆에 놈은 좋아서, 내가 또 돈 한번 안 버나 하고 바랍니다. "야 임마, 또 그거 하라고? 안 해 임마. 나한테는 아무 소용없어 그거. 거짓말이나 하고 건달 짓이나 하고 헛소리나 하고 여러분들한테 귀여움 받는 게 낫지."

4차 산업에 손자들 코가 꿰일 건데…

청중: 놀이터에 노는 아이들이 점점 사라지는데, 거기에 대해서 어떻게 생각하십니까?

채: 아이들이 없으니까 그런 겁니까 아니면 노는 것이 불필요해서, 돈 벌어먹는 데 방해된다고 해서 놀지 못하게 해서 그런 겁니까? 양쪽 다겠지요.

청중: 주류나 음란물이나 이런 것들은 몇 세 이상, 이런 기준이 있는데, 스마트폰은 그런 기준이 없거든요.

채: 실제로 이거 몸에 붙어있는 거 분명히 자장에 해로운 것이 틀림없습니다. 나는 우리 집 애들 키울 때 텔레비전도 없었고, 전화기도 없었고, 라디오도 없었습니다. 아무 것도 없는데 아이들 가정 조사표에 '자가용'란에 있다고 했거든요. 그랬더니 아이들 친구들이 "너거 아부지 혹시 운전하시나?" (청중 웃음)

여기 오신 분들은 당연히 주장해야합니다. 어린 아이들한테 전기 자장이 신체에 미치는 영향, 이런 것이 문제가 되지요. 아이들 건강이 문제예요. 학교 교실에 보면 어떤 재미있는 수업시간에도 자는 애가 게임할 땐 잠도 안 자고 합니다. 그리고 지금 과연 4차 산업을 희망으로 떠드는 소리가 들리는데, 그것도 4차 산업이 유리한 놈들에 의한 길들이기입니다. 준비 안 하고 4차 산업이 진행될수록 대량 실업자 나오고 빈부격차 커집니다. 어쩔 수가 없습니다. 어떻게 하면 빈부격차가 안 생기게끔 공동의 이익으로 할 거냐, 공산주의 국가가 아니어도, 4차 산업으로 인해 생기는 모든 실업자와 그런 사태를 위해 세금으로 그런 기금을 안 만들면 안 됩니다. 말은 담배 안 피우게 할려고 담뱃값 올렸는데, 실제로 세수만 올렸거든. 그런 짓 하면 안됩니다. 4차 산업으로 집중되는 부 전체는 사회 기금으로만 저축된다라고 해야죠. 저는 4차 산업 잘 모릅니다. 전혀 관심도 없고, 난 죽을 꺼니까. 나는 직접 상관은 없는 거지만 내 손자들이 당장 코가 꿰일 건데, 허덕거릴 건데.

청중: 선생님께서는 이 사람도 보고 저 사람도 보고 많이 보셨잖아요. 정말 사람이라는 존재가 어떤 존재인지, 한평생 살아보니까 어떠신지요?

채: 그 말에는 대단히 실망스러운 대답을 하겠습니다. 평범한 사람일수록 비겁하고, 비루하고, 야비하고, 그럴 수밖에 없는 게 사람입니다. 너무 자기 탓하지 마십시오. 인간이 그렇게 되어 있습니다. 우리가 동물 아닌지가 기껏 길게 올라가서 구별해봤자 300만 년 아닙니까? 사실은 300만 년도 안되지요. 그저 한 100만 년 이내일 겁니다. 불을 제법 겁 안내고 쓰고 한 것이. 불을 겁 안 내고 가까이 할 수 있었으면 말할 수 있었을 거고, 그런데 문제는 여성의 그 DNA 골라내는 갈등과 수놈의 그렇게 뿌리고 싶어 하는 갈등이 인간을 급속도로 진화시켰습니다. 거기다가 인간이 이렇게 급속도로 발달했던 것은 2만 년 이후입니다. 이렇게까지 간악하고 이렇게까지 오만 대가리를 다 쓰고 하는 것은. 공자 때나, 예수 때나, 석가모니 때에 인간의 고민에 대한 문제 안 나온 게 없습니다. 겁나는 건 너무 급속도로 여기까지 온 것이, 그 스피드를 우리가 주목을 해야 될 겁니다. 동물에서 벗어난 지 얼마 안 되었는데, 갑자기 2만 년 전, 그 빙하기 끝나자마자부터 준비되었던 것이 폭발적으로 이렇게까지 왔으니까 인간이 현재의 삶에 준비가 안 되었다는 것을 느낄 수가 있습니다. 그 스피드에서 문제가 생깁니다. 우리가 짐작하는 말이니까 우리가 알아듣지, 듣자마자 말 못 알아듣습니다. 전제가 깔려있어서 우리가 말을 알아듣는 겁니다. 우리가 전제에 대한, 현재-과거-미래의 시간에 대해서 우리가 아는 것이 진짜 너무 얇지요. 사람에 대한 사랑도, 괄시하고 멸시하고 지배할 줄만 알았지, 정말 인간이 사랑하고 사는 길 이외에는 못 산다는 인식을, 예수가 그렇게 고래고함을 질러도 그거 믿고 따르는 자 몇 안 되거든. 이런 거 잘 생각을 해서 어떻게든지 우리가 아는 것보다 형편없다는 것을 좀 알면, 그

래야 또 행복합니다.

시시해서 좀 모르고 아둔하고 헷갈리고 하는 놈이 행복하지

이렇게 살아보니까 전 운이 좋은 사람입니다. 실제로 글자 몰라서 집중력이 생겨서 성적 잘 따는 놈이 되었고, 아부지가 부자였으면 망하는 건데 그렇지 않아서 조금 부지런해야 사는 줄 알게 되었고, 남의 사정도 알게 되었고, 지금 여러분 중에 젊은 사람들, 아부지 어무니가 밥 굶게 안 했기 때문에 고마운 걸 모릅니다, 지금 젊은 아이들은. 젊은 아이들 탓이 아닙니다. 배가 고파야 아부지 어무니 걱정을 하게 됩니다. 배고픈 아이는 우리 어무이 아부지도 배가 고플 낀데 하면서 생각을 합니다. 먹고 사는 게 아무 걱정이 없으면 아무 생각이 없습니다. 우리나라에서도 아부지 뚜드려 패는 사건 많습니다. 엄마 때리는 놈도 있습니다, 정신병 아니어도. 고마운 줄 모르면 별 일이 다 납니다. 지금 안 굶은 지 2대가 채 안됩니다. 하느님이 사람을 맨들 때 천사도 아니고 악마도 아니게 만든 건, 그렇게 거짓말 해야 합니다. 우리는 양면이 다 있지. 나쁜 짓을 하면 나쁜 놈이고, 좋은 일을 하면 좋은 사람이지, 나쁜 사람 따로 있고 좋은 사람 따로 있지 않습니다.

모든 의학과 약학은 좀비를 만드는 데 목적이 있다

목뼈가 잘못되면 사람의 행동이 아주 포악해집니다. 당뇨만 있어도 포악해집니다. 제가 당뇨가 있기 때문에 당뇨가 얼마나 사람을 포악하게 만들 수 있는지 가끔 실감을 합니다. 별거 아닌데도 인간의 행동이 그 모양이 되니까 또 별거 아닌 걸로 인간이 멀쩡해질 것 아닙니까. 생로병사가 인간에게 과도하게 앞에 와 있는데, 죽음은 오히려 절망이나 견딜 수 없는 분노나 그런 모든 번뇌에서 유일한 해결의 길입니다. 안 죽으면 큰일입니다. 자기가 석가모니, 예수가 아닌데 그 절망을, 분노를 어떻게 참습니까, 어떻게 견딥니까. 죽음은 오히려 우리의 희망인데, 문제는 질병이 하도 무섭고 사후가 하도 무서우니까 그걸 죽음이라고 하고 핑계 대는 겁니다. 남한테 탓하려고 죽음을 과장시켜놓은 겁니다. 우리한테 문제가 되는 것은 질병과 사후입니다. 나처럼 한 80살 되면 죽으면 됩니다. 왜 자꾸 살라고 수술을 받고 왜 그래요? 좀비 될라고 지가 빽 쓰는 겁니다. 실제로 이번에 내가 해보니까, 모든 의학과 약학은 좀비를 만드는 데 목적이 있지 인간을 건강하게 행복하게 살 게 하는데 목적이 있지 않습니다.

병 안 걸려야 합니다. 병 안 걸리려면 심호흡을 늘 해야 합니다. 밥 50번 이상 씹어 먹어야 하고, 호흡만 심호흡하고 몸자세만 꼿꼿이 해서 만 보 가까이만 걸을 수 있으면 웬만하면 병 안 걸리고 90살, 100살까지 살 수 있습니다. 입원해서 오래 걸릴 정도면 돌아가시면 됩니다. 굳이 살려고 좀비 되겠다고 버둥거리는 거지 인간 되겠다고 버둥거리는 거 아닙니다. 내가 이번에 당해보니까 그렇습니다. 이제 안 죽어. 못 죽게 맨들어 놨으니까.

네. 살아보니까 그렇습니다. 고맙습니다.

에필로그: 기획자의 말

채현국 선생님 영원한 소풍에 드신 지도 한 해가 지나갑니다.

코비드19가 한창인 작년 4월에 가셨기에 제대로 조문도 못하고, 장지에도 갈 수 없었던 사람들의 섭섭함을 달래려 채현국 선생님과 먼저 가신 선생님 친구들, 천상병, 민병산, 박이엽, 이계익 선생님의 추억담을 몇 장의 사진과 함께 여러 선생님들의 원고를 모아 『건달할배 채현국과 친구들』이란 제목의 책을 내게 되었습니다.

이 책을 만드는 과정에서 임재경, 구중관, 이만주, 배평모, 김영복, 복기대 선생의 자문을 받아 조문호 형, 김수길 씨가 제공한 사진 자료, 신경림, 황명걸, 염무웅, 이인호, 이상만, 이종찬, 백낙청 선생님 등 서른일곱 분의 원고를 모았습니다. 새삼 인사동에서 삶의 지혜와 가르침을 전수해 주셨던 선생님들의 모습이 그립습니다.

이 책을 위해 경제적 후원을 해주신 김철환 대표, 김영복 형, 강용성 형께 각별한 고마움을 전합니다. 혹여 책의 허물이 있다면 기획자인 저에게 물어주시고, 공이 있다면 위의 여러분들께 돌려드립니다.

노광래 드림